A JORNADA PARA CASA

The Voyage Home
Copyright © Pat Barker, 2024

Tradução © 2024 by Book One
Todos os direitos de tradução reservados e protegidos pela Lei 9.610 de 19/02/1998. Nenhuma parte desta publicação, sem autorização prévia por escrito da editora, poderá ser reproduzida ou transmitida sejam quais forem os meios empregados: eletrônicos, mecânicos, fotográficos, gravação ou quaisquer outros.

Coordenadora editorial	Francine C. Silva
Tradução	Lina Machado
Preparação	Tainá Fabrin
Revisão	Tássia Carvalho
	Silvia Yumi FK
Projeto gráfico e adaptação de capa	Francine C. Silva
Diagramação	Bárbara Rodrigues
Tipografia	Adobe Garamond Pro
Impressão	Grafilar
Ilustração original de capa	Sarah Young

Dados Internacionais de Catalogação na Publicação (CIP)
Angélica Ilacqua CRB-8/7057

Barker, Pat

B237j   A jornada para casa / Pat Barker ; tradução de Lina Machado. –– São Paulo : Excelsior, 2024.
   272 p.;

   ISBN 978-65-85849-61-6
   Título original: *The Voyage Home*
   1. Ficção inglesa 2. Mitologia grega I. Título II. Machado, Lina

24-3228   CDD 823

A JORNADA PARA CASA

São Paulo
2024

EXCELSIOR
BOOK ONE

PAT BARKER

Em amorosa memória de Alice Stott

1

Ela tinha olhos amarelos. Às vezes, principalmente à luz de velas, quase não pareciam olhos humanos. Calcas, o sacerdote, disse uma vez que lhe lembravam os olhos de uma cabra: que ela tinha a mesma expressão entorpecida de um sacrifício. *Eu* nunca a enxerguei dessa forma. Ela me lembrava uma águia marinha, uma ave bastante comum na costa onde cresci; os marinheiros a chamam de "águia dos olhos iluminados pelo sol". E seus olhos são lindos, mas não se deve esquecer o bico brutal, as garras afiadas o bastante para arrancar carne viva dos ossos. Não, eu não a via como uma vítima, porém eu a conhecia melhor do que a maioria. Eu era sua escrava ou, para usar o termo comum e vulgar que os próprios escravos usam, sua cheira-peido. E eu odiava.

Naquele dia, o dia em que finalmente abandonamos o acampamento grego e partimos para "casa", eu estava me sentindo muito farta dela porque me manteve acordada metade da noite orando — se é que se pode chamar aquilo de orar. Para mim, parecia mais um casal brigando. Apolo não falava muito — na verdade, nada que eu pudesse ouvir. *Ela* dizia: "Lar? *Lar?*" repetidas vezes, como se fosse o pior palavrão de seu vocabulário. Eu entendia o que ela queria dizer, porque qualquer que fosse o lugar inimaginável para onde nossos captores gregos estavam nos levando, com certeza não seria um lar. Lar, para mim, tinha sido uma casinha branca na encosta de uma colina, o jardim dos fundos tão íngreme que eu precisei cavar patamares para cultivar minhas ervas. Eu adorava aquele jardim. Cabras andavam no topo do morro, então meus dias eram pontuados pelo badalar de sinos. Para Cassandra, lar havia sido primeiro um palácio, depois um templo, ambos, agora, em ruínas, igual à minha casa — um infortúnio compartilhado que provavelmente devia ter-nos aproximado mais do que fez.

Deixando Cassandra com a carroça e a bagagem, andei pela cabana uma última vez, verificando se não havíamos deixado nada para trás — ou se ela não havia deixado nada para trás. Eu não tinha nada para deixar. As tábuas do piso estavam ásperas sob meus pés, a areia já começava a invadir. Normalmente, varrê-la todas as manhãs era uma das minhas tarefas, mas, nos últimos dias, eu não me dei o trabalho. De que importava? A areia logo estaria por toda parte, acumulando-se nos cantos, fechando as portas; e depois disso as tempestades de inverno começariam, encontrando rachaduras nas paredes, descascando a pintura, deformando a madeira até que apenas algumas longarinas permaneceriam, espalhadas por uma praia que havia engolido todo o restante. Havia uma amarga satisfação em saber que os palácios e templos de mármore em ruínas de Troia perdurariam por séculos, enquanto em poucos anos o acampamento grego desapareceria sem deixar vestígios.

Ficar sozinha assim, mesmo que por alguns momentos, era um luxo. Nos últimos dois meses, eu tinha dividido a cabana com Cassandra, que estava em estado de "frenesi divino" quando chegou, com as roupas rasgadas, a saia ensanguentada e manchada de sêmen. Ninguém que viu Cassandra naqueles primeiros dias jamais se esqueceu disso. Segurando duas tochas acesas acima da cabeça, ela girava pela cabana superlotada, os cabelos e a saia esvoaçando, gritando: "Vamos, levantem-se, o que há de errado com vocês? Dancem!". Sua mãe e irmãs se encolhiam para longe dela. "Vamos, o que há de errado com vocês?" — ela chutava as canelas da mãe a esta altura — "Levantem-se, dancem! Dancem!" E Hécuba, desesperada para acalmar a filha desvairada, arrastava os velhos pés escamosos de um lado para o outro. Mais um momento de horror na vida da velha rainha, ver a filha reduzida a isto: uma criatura patética com baba no queixo e guirlandas de flores mortas penduradas no pescoço.

— Vamos, todas vocês. Dancem no meu casamento!

Que casamento? Como todas as outras mulheres do acampamento, Cassandra tinha pela frente uma vida inteira de escravidão. Nascimento real, sua posição como suma sacerdotisa de Apolo, nada disso seria suficiente para salvá-la. Como todas as outras ali, como a própria mãe, ela não era mais uma pessoa importante; na verdade, ela não era qualquer tipo de pessoa. Ela era uma coisa, porque uma escrava é isso — e não apenas aos olhos das outras pessoas, das pessoas que a possuem e que usam ou abusam dela; não, é pior que isso. Você se torna uma coisa mesmo na sua própria opinião. É preciso um espírito forte, uma mente forte, para resistir ao despojamento de sua antiga identidade. A maioria de nós não consegue fazer isso. E, no entanto, aqui estava Cassandra, que, se metade das histórias for verdade, era tão louca quanto uma caixa de cobras, profetizando que estava prestes a se tornar a esposa de um grande rei.

— Celebrem! — Todas elas tiveram que celebrar com Cassandra, não porque ela ia se casar com o homem mais rico e poderoso do mundo grego, mas porque o casamento dela levaria diretamente à morte dele. *Olhem para ele, dizia ela, cavalgando triunfante sobre crianças mortas, rei dos reis, senhor dos senhores — e, ainda assim, este herói, este deus mortal, terá a morte de um porco preso abatido no chão de um matadouro.* A morte dela própria não tinha importância. Ela desceria para a escuridão coroada de louros, tendo feito o que seus irmãos, apesar de toda a sua força e coragem, não haviam conseguido fazer: derrubar a cabeça de Agamêmnon à terra.

Iludida. Não me recordo de ninguém ter dito a palavra, mas não precisava ser dita. Suas irmãs trocavam olhares de pena, embora eu tenha notado que nenhuma delas tentou consolá-la. Mesmo rodeada pelas mulheres da própria família, ela estava totalmente sozinha. Ela não era exatamente desprezada, mas ninguém acreditava em suas profecias; na verdade, ninguém dava ouvidos a uma palavra do que ela dizia.

Entretanto — e isso foi tão inesperado quanto um relâmpago em um dia claro de céu azul — Agamêmnon a escolheu como prêmio. Eu estava lá. Senti a onda de surpresa, até mesmo de consternação, que se espalhou pela arena. Em seguida, enquanto a multidão se dispersava, ouvi alguns guerreiros gregos conversando: "Caramba, eu não ia querer isso na minha cama". "Não, você nem arriscaria dormir." "Você a viu com aquelas tochas? Quase tacou fogo no lugar." "Bem, suponho que, se tudo mais falhar, vão apenas amarrá-la na cama."

No fim das contas, ele não estava muito longe em seu palpite. Para a própria segurança, ela foi mantida trancada, e eu fui a alma sortuda encarregada de cuidar dela. As reclamações, os delírios, as cuspidas e mijadas continuaram como antes, mas a portas fechadas. Segui o exemplo das irmãs dela e ignorei o falatório — o que não é fácil quando ele é gritado no seu ouvido no meio da noite. O que eu não podia ignorar era a obsessão pelo fogo. Ela me observava a cada minuto, esperando que eu adormecesse para poder sair da cabana e pegar tochas nas arandelas que margeavam o caminho do lado de fora. Eu acordava e encontrava a porta aberta, o ar frio da noite entrando, e Cassandra lá fora, no caminho, girando tochas em grandes arcos de chamas acima de sua cabeça. Sem dúvida, na sua pobre mente enlouquecida, eram as tochas de Himeneu que iluminam uma noiva virgem para o seu leito nupcial.

Hora após hora, eu ficava acordada, olhando para as vigas, com medo até de fechar os olhos pela possibilidade de cair no sono. "Frenesi divino" era como as pessoas chamavam, mas, para mim, supervisioná-la a cada instante em que ela estava acordada, pentear seu cabelo, lavar seu rosto, trocar seus panos ensanguentados pela menstruação — mesmo que ela não pudesse fazê-lo por si mesma — não havia nada de "divino" nisso. Quando ela finalmente começou a se acalmar, quando não ficava mais andando de um lado para o outro por horas a fio, cuspe voando, os dedos agarrando o ar, quando se sentava na cama e aceitava um copo de água fria, tendo dormido por quinze horas direto, eu estava acabada. O mais perto do colapso físico e mental que eu já havia chegado. Mas curiosa também. Apesar das semanas de intimidade forçada, sentia que não conhecia aquela mulher e queria conhecer.

Infelizmente, quase tudo que aprendi sobre ela desde então me causou repulsa. E — na medida em que ela se preocupava em me notar — correspondia à antipatia. Eu a vi nos seus piores momentos, babando e salivando em lençóis encharcados de urina. Pode suavizar da maneira que desejar, mas o simples fato é que eu tinha visto demais. Eu sabia demais. Às vezes, creio eu, ela achava difícil estar no mesmo aposento que eu.

Ritsa? Ritsa!

Essa era ela agora. Uma última olhada pela cabana vazia, um último e abençoado momento de paz, e então eu tinha que ir.

O que você *estava* fazendo?

Ela estava parada ao lado de uma carroça carregada com seus pertences, uma grande pilha deles — nada mal para uma mulher que havia chegado ao acampamento com nada além dos trapos sobre seu corpo.

Estendi a mão.

A JORNADA PARA CASA

— Encontrei seus brincos.

A mão dela foi até os lóbulos das orelhas.

— Não consigo imaginar como foram deixados para trás.

E eram brincos lindos: argolas de ouro maciço, presente de Agamêmnon. Só os deuses sabiam das orelhas de que pobre garota tinham sido arrancados. Cassandra não me agradeceu. Observei-a subir na carroça ao lado do condutor e depois, com um estalar das rédeas, eles partiram, deixando-me atrás, carregando uma sacola com roupas "especiais". O que havia de especial nelas eu não fazia ideia; ela mesma embalou aquela bolsa. Estava pesada, disso eu sabia, inexplicavelmente pesada se tudo o que continha eram roupas. Eu também levava sua caixa de joias, contendo vários presentes que Agamêmnon lhe dera, inclusive um lindo colar de prata incrustado com opalas de fogo. Eu tinha minhas próprias razões para desejar manter *isto* a salvo.

Então, lá estava eu, cambaleando atrás da carroça, meu horizonte limitado pelas costas cobertas de merda dos bois e por seus rabos que balançavam. Eu tinha realmente afundado tanto? *Sim* — era a única resposta possível. Eu era a cheira-peido de Cassandra — bem, seja honesta, você gostaria de ter isso na *sua* lápide? Eu também não. Não que fosse provável que eu tivesse uma — uma lápide, quero dizer — ou mesmo um túmulo. No campo, os corpos das mulheres que morreram foram atirados dos penhascos ou acrescentados — como gravetos, pode-se dizer — à pira funerária de um combatente. Perdi a conta da quantidade de boas mulheres que vi deixarem o mundo dessa forma.

No final do caminho, o condutor puxou as rédeas dos bois, pois, se avançasse mais, havia o risco de as rodas ficarem atoladas na areia fofa. Saltando, ele deu a volta até a traseira da carroça, considerou o número e o tamanho das caixas de Cassandra, suspirou exageradamente e partiu em busca de alguém para ajudar. Cassandra não pareceu notar sua partida; como eu, ela estava olhando para a baía.

Nos últimos dias, desde que o vento mudou de direção, o porto estava se enchendo de navios cargueiros marrons e de casco largo, parados na água, os porões lotados com o saque das ruínas de Troia, subindo e descendo nas ondas agitadas como uma poça de patos descontentes. Eles estavam cercados pelos navios de guerra pretos e bicudos que esperavam para escoltá-los para casa.

Perto de onde eu estava, sombras de nuvens perseguiam umas às outras pela areia molhada. Apequenados pela imensidão do mar e do céu, grupos de guerreiros gregos estavam espalhados, alguns ainda cantando a mesma canção estúpida que vinham cantando há semanas: "*Vamos, vamos, vamos para casa!*". Casa. E nós, mulheres de Troia e de suas cidades satélites, para onde estávamos indo? Havia muitas mulheres na praia, centenas; algumas das que seguravam meninas pequenas pela mão estariam de luto pela perda dos filhos. Homens e meninos mortos, mulheres em idade fértil distribuídas aos conquistadores, algumas já grávidas deles. O que estávamos testemunhando naquela praia era a destruição deliberada de um povo.

As longas fileiras avançavam, alguns metros por vez. As que estavam na dianteira eram encorajadas, com cutucadas das pontas de cabos de lanças, a entrar no mar e subir as escadas de corda que pendiam das laterais inchadas dos navios. Observei seu progresso incerto e não vi conforto em lugar nenhum. Parecia o fim de tudo. *Era* o fim. E então, de repente, uma das mulheres começou a cantar, embora tenha demorado um pouco até eu identificar a cantora. Uma senhora idosa, já fora da idade fértil, decidiu cantar, não uma canção de desafio, mas de perda. Um lamento, mas estoico em vez de autopiedoso. Ela deu voz àquelas centenas de mulheres silenciosas. Nem sempre precisamos de esperança; às vezes ajuda apenas ter seu desalento reconhecido e compartilhado.

Cassandra falou:

Acha que ele vai voltar em algum momento?

Ela falava do condutor, suponho. Um minuto depois, ela saltou da carroça e estava atravessando a praia, olhando direto para a frente, nem para a direita nem para a esquerda, como um jovem guerreiro ansioso pelo início da batalha. Carregando a sacola pesada, tropecei e cambaleei atrás dela. À medida que nos aproximávamos da costa, vi que um pequeno grupo se reunira para se despedir de mim. Eram mulheres de outros acampamentos cujos reis ainda não estavam prontos para navegar. Entre elas, minha melhor amiga, Briseida, que já tinha me avistado e, apesar de sua barriga de grávida, pulava e gritava: "Boa sorte!" — fazendo tudo o que podia para me impulsionar à minha nova vida. Mas eu não queria uma vida nova, queria a vida antiga de volta. E não me refiro à minha existência anterior como mulher livre em Lirnesso; há muito eu já havia aceitado a perda dela. Não, eu só queria mais alguns meses no acampamento grego, porque assim ainda *a* teria e poderia ajudá-la no nascimento de seu filho. Olhei longa e intensamente para aquele pequeno grupo de amigas, mas principalmente para ela, tentando gravar essa sua última visão em minha mente para que eu tivesse algo a que recorrer nas horas mais escuras da noite, quando o tempo apenas não passa.

Mas Cassandra chamou, em um tom de voz ligeiramente afetado e mandão:

— Vamos, Ritsa, não perca tempo, temos que embarcar.

Por que tínhamos? Não conseguia pensar em um único motivo, mas não era minha decisão. E, assim, muito antes de estar preparada, tive que virar as costas a Briseida, que era como uma segunda filha para mim, e enfrentar o mar e os navios.

Cassandra avançou correndo. Deslizando pela última encosta íngreme de cascalho, ela desalojou uma avalanche de pedras que seguiram em seu rastro. Eu a segui com mais cautela, dizendo a mim mesma, toda vez que meu pé direito tocava o chão: *última* vez, *última* vez, *última* vez... Eu estava tentando desesperadamente me forçar a sentir alguma coisa, qualquer coisa, mas não conseguia. Desde o momento em que dei as costas a Briseida, todas as emoções pareceram secar.

O navio em que íamos embarcar era com facilidade o maior da frota de carga, possivelmente o mais antigo e com certeza não o mais bem preservado. Por que diabos Agamêmnon estava navegando para casa nesse balde velho, maltratado e doente? Chamava-se *Medusa*. Por sorte, a figura de proa estava voltada para o mar — não que eu tivesse algo a temer em seu olhar: eu já era pedra.

Havia uma prancha de embarque. Ninguém de fato esperava que Agamêmnon entrasse no mar e escalasse uma escada de corda, embora presumivelmente durante seus anos como guerreiro ele já tivesse feito isso diversas vezes. Mas circulavam rumores sobre sua saúde. Nos últimos dois meses, ele raramente foi visto em público e quando aparecia mantinha distância das multidões. Eu desejava que ele estivesse doente; eu desejava que ele estivesse morrendo, mas não tinha esperança. A essa altura, eu já tinha vivido o bastante para ver os perversos prosperarem, alcançarem uma idade avançada e morrerem em suas camas.

Cassandra *subiu correndo* a prancha de embarque — com ousadia, embora, eu deva dizer, sem graciosidade. Cassandra não era uma mulher graciosa. Nenhum de seus movimentos era exatamente o correto e, por isso, aonde quer que fosse, ela deixava um pequeno rastro de destruição. Eu estava o tempo todo cuidando dela. Nesta ocasião, bem quando ela chegou ao topo, tropeçou. Prendi a respiração, apesar de não estar em verdadeiro perigo — mãos anônimas logo se estenderam e a puxaram a bordo. Ela era a... Bem, o que ela era de Agamêmnon? Concubina, suponho que se deva dizer. Havia rumores de um casamento secreto? Eu não sabia e não ousava perguntar. Mas fosse como fosse, ela era uma carga valiosa. Ninguém queria que ela caísse no mar sob sua vigia.

Agora era a minha vez. A sacola com roupas "especiais" pesava uma tonelada, e eu apertava o porta-joias ao lado do corpo.

— Pode deixar isso conosco, querida — falou um dos marinheiros. — Cuidaremos disso.

Claro, aposto que vão. Dezenas de caixas e sacolas estavam empilhadas aos pés deles. Acrescentei a sacola de roupas à pilha, mas não a caixa — de jeito nenhum eu a largaria — e comecei a subir com cautela a prancha de embarque, tentando não olhar para as ondas que passavam abaixo dos meus pés. A dois terços do caminho, parei, sabendo que nunca conseguiria chegar ao topo. Minha situação foi notada pelos marinheiros abaixo — para a sua diversão — e um deles subiu pela prancha, quase me derrubando no processo, plantou as duas mãos bem na minha bunda e, acompanhado de gritos grosseiros vindos de baixo, me empurrou pelos últimos metros até o convés.

Eu estava intacta, mesmo que minha dignidade não estivesse — embora eu tenha piorado tudo ao tropeçar na barra da minha túnica e cair de cara no chão.

— Hei, moça.

Mãos calejadas me levantaram e me espanaram. Meu salvador estava falando alguma coisa, mas eu estava nervosa demais para entender e agradeci a um borrão de peito e barba ruiva. De todo modo, mesmo naquele primeiro momento, algo despertou minha memória. A voz dele? Em algum lugar ou outro, eu já tinha ouvido aquela voz antes, mas foi apenas uma impressão passageira, e ele já havia seguido adiante.

Fiquei parada por um momento, esforçando-me para absorver esse estranho mundo novo. O convés estava lotado de marinheiros; dois estavam removendo o que parecia ser cocô de ovelha das tábuas, enquanto outros se reuniam junto aos assentos de remo e esfregavam giz nas mãos. Obviamente, Agamêmnon era esperado a bordo a qualquer momento. Todos pareciam nervosos. Um rapaz jovem estava de pé não muito longe de mim, mexendo em um cachimbo, até mesmo levando-o aos lábios e dando uma *pitada* breve e hesitante. Além disso, minha impressão avassaladora foi a do fedor dos animais. Havia ovelhas em um curral e alguns cabritos pequenos, sacudindo a cabeça de um lado para o outro, tocando seus sinos — um som doloroso, na melhor das hipóteses, que sempre me lembrava fortemente de casa, mas especialmente naquele momento. Eu era uma boa marinheira, uma marinheira tranquila, mas estava com medo desta viagem. Ouvindo o balido das cabras, senti nas minhas pernas e barriga o terror do convés inclinado.

Cassandra estava na popa, olhando além da praia e do campo de batalha para as ruínas de Troia. Dizem que se você olha para trás você vira sal, mas o que mais ela poderia fazer? Seu pai e irmãos, seu sobrinho bebê, estavam todos enterrados naquele solo. Olhando de canto de olho, eu a vi enfiar a ponta do véu na boca, talvez para impedir-se de gritar alto ou de amaldiçoar Agamêmnon, cuja procissão agora serpenteava em sua lenta e radiante fileira ao longo da costa. Uma visão esplêndida — ou assim devia parecer aos gregos. Trombetas estridentes, trompas de batalha, tambores rufando, a luz do sol reluzindo em capacetes e lanças e, lá no alto, os estandartes vermelhos e dourados de Micenas balançando ao vento. Bem no final da procissão vinha Agamêmnon, marchando à sombra de um enorme dossel quadrado; sacerdotes balançando incensários caminhavam à frente dele para santificar seu caminho.

Eu esperava que Cassandra permanecesse no convés para cumprimentá-lo, mas ela cuspiu a bainha do véu e virou as costas.

— Vamos, vamos ver onde vão nos colocar para dormir.

Ela fez uma pergunta ao homem de barba ruiva, que indicou uma porta baixa no lado oposto do convés. Tivemos que nos curvar quase ao meio para passar por ela. Cegadas pela escuridão repentina, descemos tateando um lance de escadas — era uma escada de verdade, fiquei satisfeita em descobrir, não apenas uma escada de mão glorificada — e entramos na escuridão mais profunda abaixo. Um cheiro adocicado e um tanto enjoativo, com um fedor de decomposição por baixo, como a água de um vaso no qual lírios foram deixados para apodrecer. Até Cassandra, muitas vezes tão perdida nos próprios pensamentos que não notava o que estava ao seu redor, torceu o nariz de nojo.

À medida que meus olhos se acostumaram à luz, vi que estávamos em um longo corredor com portas de cada lado. Vozes gritavam no convés acima de nós, mas aqui embaixo podíamos ser as últimas pessoas vivas. O chão se inclinava e oscilava — eu estava mais consciente do movimento do navio aqui do que no convés. Olhamos uma para a outra, sem saber se devíamos prosseguir ou voltar ao convés e pedir mais informações, mas nesse momento um homem apareceu atrás de nós, segurando um candeeiro cuja luz trêmula fazia sombras fugirem pelas paredes.

— Olá, senhoras — disse ele. — Perdidas, não é?

— Sim — disse Cassandra.

— Não se preocupem, logo vamos encontrar seu lugar.

Um tom bajulador e insinuante; este era um homem que inspirava desconfiança imediata, mas pelo menos ele parecia saber para onde estava indo. Portanto, nós o seguimos. Mais ou menos na metade do corredor, ele abriu uma porta e se afastou para nos deixar passar. Pequena, foi minha primeira impressão. Lúgubre foi a segunda.

— Trarei suas bolsas e coisas mais tarde.

Olhando em volta, eu falei:

— Não há onde colocar nada.

Há pinos.

Havia *dois* atrás da porta.

— Olha, sei que é um pouco apertado. Quando pegarem suas coisas, basta tirar o que acham que vão precisar e depois nos avisar. O resto tem que ir para o porão. — Ele olhou para Cassandra. — Desculpe, amorzinho, é assim que as coisas são. — Ele tirou algumas velas da túnica e as entregou para mim. — Vá com calma com elas, por favor. Não são baratas.

— Não podemos ter uma lâmpada? — perguntou Cassandra.

— Desculpe, amorzinho, ordens do capitão.

A expressão de Cassandra era uma visão. Esta era provavelmente a primeira vez que ela recebia um "desculpe, amorzinho" em toda a sua vida.

Nosso guia estava encostado na porta agora, acomodando-se para conversar.

— Veja bem, se uma vela é derrubada, nove em cada dez vezes ela apaga antes de tocar o convés. Enquanto uma lâmpada, bem... vai continuar queimando. Um navio desta idade... Puff, bem, ela é lenha, basicamente. Qualquer pequena faísca e *uau*!

— Se o navio está tão seco — retruquei — por que tudo parece tão úmido?

— Parece é?

— Esses cobertores estão praticamente molhados.

— Ela é uma senhora idosa, ela vaza. — Ele acenou com a cabeça por cima do ombro. — Se o vento aumenta, aquela passagem é inundada.

Cassandra perguntou:

— Para ser mais direta, quanto tempo vai demorar para chegar lá?

— Ninguém pode dizer, amor. Porque tudo depende do vento. Caso não tenha notado, este é um navio *à vela*, porque é longe demais para remar.

— Duas noites — respondi. — Com vento forte.

Virei-me para ele.

— Isso mesmo, não é?

— Certo.

A essa altura, eu estava quase empurrando-o porta afora. Foi um alívio quando aquela voz excessivamente íntima e um tanto ameaçadora foi interrompida.

Sem a presença dele, observei melhor a cabine. A água havia se acumulado em poças por todo o chão esburacado. Não houve nenhuma tempestade recente, então talvez isso tenha restado depois de uma tentativa de última hora de limpar o lugar. O teto era baixo, baixo demais para que Cassandra ficasse de pé ereta, desse modo, ela andava de um lado para o outro entre as camas como uma ave predadora. Eu esperava que ela não ficasse andando a noite toda — já havia acontecido. Até orar era melhor que isso. O que me preocupava não era tanto o desconforto dos cobertores úmidos, mas sim o tamanho do lugar. A cabana que dividíamos era apertada o suficiente para irritá-la e era dez vezes maior que esse lugar. Mas, para ser justa, ela não pronunciou uma palavra de reclamação. Depois de um ou dois minutos, sentou-se na cama da direita e quicou um pouco, embora fosse possível ver, sem testar, que o colchão era irregular e duro. Crina de cavalo, eu deduzi, possivelmente palha. Ela ia dormir em plumas de ganso, já que passava a maior parte das noites na cama de Agamêmnon.

Após um momento de hesitação, sentei-me na outra cama. O espaço entre nós era tão estreito que nossos joelhos esbarravam desajeitadamente no meio e eu tive que me arrastar.

— *Bem* — disse ela.

Ela parecia mais estar achando graça do que zangada, e percebi que tudo isso devia parecer trivial para ela. Desde o momento em que chegou ao acampamento, ela profetizava a morte de Agamêmnon e a própria. Sim, sim, eu sei: fantasias, desejos, sonhos ilusórios de vingança de uma mulher traumatizada. Mas a questão é que *ela* acreditava neles, e eles determinavam a maneira como ela reagia agora. Por que se preocupar com o tamanho de sua cabine? Por mais estreita que fosse, é provável que seja mais larga que o seu túmulo. Provavelmente eu me importava mais com a constrição do que ela.

E eu me importava. A luz fraca e o cheiro de lã úmida faziam com que eu me sentisse submersa. Eu sabia que não havíamos andado muito para chegar à cabine, na verdade, quase nada, e mesmo assim, na penumbra, eu tinha perdido toda a noção de onde estávamos; pelo que eu sabia, podíamos estar abaixo da linha d'água. Talvez o que havia do outro lado daquela parede manchada não fosse luz e ar, mas quilômetros e quilômetros de mar cinzento, agitado e voraz. Não era um pensamento reconfortante, principalmente porque algumas partes da parede estavam rachadas e lascadas, parecendo nada mais do que a pele de uma velha baleia.

Cassandra se remexeu inquieta.

— Você está bem? — perguntei.

— Eu ficarei bem quando partirmos.

Em algum lugar acima de nossas cabeças, um tambor começou a soar. Ordens gritadas, batida de pés correndo, seguidas por uma cacofonia de flautas, assobios, trombetas, tambores: Agamêmnon subindo a bordo. Aplausos — aplausos formais e organizados — e em seguida, após uma breve pausa, passos se aproximando pelo corredor do lado de fora. Ouvi a voz de Agamêmnon, afável, charmosa — ah, sim, acredite ou não, ele era capaz de ser charmoso! — seguida por uma voz totalmente diferente: seca, brusca, conscientemente realista, um homem forçado a desempenhar o papel de cortesão e que sabe que não combina com ele. Mais uma vez, senti que conhecia a voz; e não era apenas o sotaque, embora fosse grande parte disso. Pensei ter reconhecido aquela mistura de agressividade e… não conseguia pensar na palavra certa, mas havia algo ao mesmo tempo espinhoso e vulnerável naquela voz. Alguns segundos depois, eles tinham passado.

A JORNADA PARA CASA

Quase imediatamente, ouviu-se um grande barulho de correntes quando a âncora foi erguida. A batida dos tambores recomeçou, agora mais ritmada, marcando o ritmo, enquanto os remadores se curvavam sobre os remos. Imaginei o navio se afastando pouco a pouco da costa, os remos subindo e descendo. Cassandra e eu nos entreolhamos. Estávamos deixando a nossa pátria pela última vez e simplesmente por sermos troianas partilhávamos a dor daquele momento. A cabine parecia escura demais. Ela voltou a sugar o véu, e isso me irritou. Preferia que ela uivasse como uma loba que viu seus filhotes serem mortos, qualquer coisa teria sido mais fácil de suportar do que vê-la agarrando-se a um pedaço de pano manchado de saliva tal qual um bebê — o que também estava fazendo com que eu me sentisse impotente. Talvez eu pudesse convencê-la a subir ao convés, para ver a terra desaparecer, confrontar a realidade da perda, mas quando eu estava prestes a sugerir isso, o rufar dos tambores parou.

Por um momento, o navio afundou — os nós dos dedos de Cassandra embranqueceram quando ela agarrou a lateral da cama — e, então, acima de nossas cabeças, ouviram-se gritos rítmicos de *força! força!* e outro estrondo de correntes enquanto as velas eram erguidas. Acabou, estávamos indo embora e nunca mais poderíamos voltar.

O navio saltou para a frente e, então, ao deixar o abrigo da baía, começou a abrir caminho através do mar agitado.

Mal tínhamos nos acostumado com a mudança de movimento quando ouvimos uma batida à porta e nosso guia surgiu, parecendo ainda menos atraente do que eu lembrava. Ele usava o cabelo preso para trás em um rabo de cavalo longo e oleoso, apesar de ser muito calvo na frente da cabeça. Ele provavelmente passava por momentos difíceis, já que os gregos se orgulham de seus cabelos longos e volumosos. Olhos claros, quase incolores na penumbra, correndo de um lado para o outro em busca de oportunidades de algum tipo. Ele apontou para as caixas de Cassandra e empurrou a maior para dentro da cabine.

— Dez minutos. — Ele ergueu os dedos de ambas as mãos ao falar, como se eu não soubesse contar. Típica arrogância grega; eles realmente nos consideravam bárbaros que mal têm senso bastante para limpar o traseiro.

— Não é suficiente — retruquei e bati a porta.

Abrindo a caixa, tirei um vestido ricamente bordado; era amarelo, uma cor da qual Cassandra gostava, embora não combinasse com ela, um par de túnicas mais simples e práticas e um xale de lã grosso para passeios no convés, e...? De que mais ela provavelmente precisaria? Mais abaixo, escondida sob um vestido azul, havia uma bolsa de linho contendo seus panos limpos. Enquanto eu pendurava a sacola em um dos ganchos, fazia as contas mentalmente, mas suponho que os cálculos devem ter transparecido em meu rosto porque Cassandra disse bruscamente:

— Não estou atrasada.

— Não... — vendo o rosto dela, eu repeti. — Não, claro que não.

Ela estava atrasada. Eu sabia disso porque era meu trabalho lavar os panos; porém, nunca valia a pena contradizer Cassandra, sendo assim, continuei sacudindo os vincos de suas túnicas e pendurando-as atrás da porta. Ela estava menstruada quando chegou ao acampamento e definitivamente não tinha ficado de novo desde então. É claro que, em um aspecto, ela estava certa: cinco, seis semanas, não eram nada. As mulheres no acampamento, muitas das quais testemunharam a morte dos seus filhos e maridos, inúmeras vezes passavam cinco ou seis meses sem menstruar. Muitas garotas já vieram até mim chorando, implorando e pedindo por algo para trazer sua menstruação, e ainda assim, quando eu as examinava, não havia nada. Por outro lado, a falta de menstruação não é o único sinal. Eu vestia e despia Cassandra, dava banho nela, dormia na mesma cama: eu sabia como seus seios haviam mudado.

Atrás de mim, o silêncio continuou, coagulando-se.

— Você acha que estou, não acha?

Ela era perita em ler os pensamentos das pessoas. Nunca conheci ninguém que fizesse isso melhor, antes ou depois.

— Não pode usar isso — declarei, passando os dedos pelo vestido amarelo, do pescoço até a bainha. — Está úmido.

— Vou usar.

— Você vai pegar uma doença que vai matar você...

— Não vou precisar correr muito rápido.

Eu odiava o jeito que ela me provocava acerca de sua maldita profecia. Ela sabia que eu não acreditava.

— Ouso dizer que você vai viver tanto quanto sua mãe. Esse é sempre o melhor indicativo.

Afastando-me, tentei pendurar o xale em cima das túnicas, mas ele ficava escorregando.

— Pode me dar isso.

Ela envolveu a cabeça e os ombros com ele, aconchegando-se nas dobras verde-mar, uma cor que, aliás, combinava muito mais com ela do que o amarelo açafrão do vestido. Depois de usar todo o espaço disponível — dois ganchos, pelos deuses! —, arrastei a caixa para fora a fim de esperar que a recolhessem. Depois, como os olhos de Cassandra estavam fechados, deitei-me na cama, dizendo a mim mesma que não devia dormir, embora estivesse bastante cansada.

Havia um novo ruído vindo do convés superior até a cabine: o zumbido do vento no cordame. Para mim, parecia uma mente no limite, como se as cordas do cordame fossem nervos. Mal suporto ouvir, mas, enfiadas como estávamos naquela caixinha fétida, não tive escolha. O mar estava ficando mais agitado? Eu estava consciente de cada movimento do navio, da laboriosa subida até a crista de uma onda, do choque estremecedor de sua descida. Olhando para a outra cama, vi que Cassandra estava muito pálida.

— Você estaria melhor no convés, sabe. Respirando um pouco de ar fresco.

— Não posso, você sabe que não posso. Tenho que estar preparada caso ele mande me chamar. Ah, e isso me lembra que vou precisar de água quente para tomar banho.

Água quente? Um banho? Além de qualquer outra coisa, onde ela achava que íamos colocar a banheira? Mesmo assim, eu me levantei imediatamente, contente por ter qualquer desculpa para sair da cabine. Fechando a porta atrás de mim, vi que as caixas haviam sido recolhidas, embora não tivesse ouvido ninguém vindo buscá-las. O corredor estava vazio, nada além de um túnel longo e escuro. Hesitei, sem saber que caminho seguir, mas então alguém abriu as grandes portas duplas no outro extremo e um homem alto e de ombros largos saiu. Seu rosto estava na sombra, mas quando ele se virou percebi um brilho dourado em sua garganta e em seu cabelo. Agamêmnon. Instintivamente, encostei-me na parede. Por um momento, ele pareceu estar olhando diretamente para mim, mas então percebi que ele estava olhando para além de mim, na escuridão. Virei-me para seguir a direção do seu olhar, mas não consegui ver nada, apenas mais portas, mais escuridão. A voz de um homem chamou do cômodo iluminado atrás dele e, depois de um olhar rápido e desdenhoso para mim, ele entrou e fechou a porta.

Fui deixada sozinha com a luz turva e o chão oscilante. Não havia corrimões nos quais me apoiar, mas ainda assim, de alguma forma, eu precisava encontrar água quente, portanto, usando um braço para me equilibrar, arrastei-me ao longo da parede em direção às portas duplas. Uma curta passagem levava à direita. Enquanto eu hesitava, uma porta no outro extremo dela se abriu, expelindo vapor, e um homem enormemente gordo emergiu carregando uma bandeja com canecas, com o rosto molhado de suor.

— Ah, olá — cumprimentou ele.

— Minha senhora gostaria de um pouco de água quente.

— Gostaria, é?

— E de uma banheira.

— Só temos uma, e *ele está* nela.

Repeti o pedido, tentando soar assertiva, mas não surtiu nenhum efeito.

— Diga a ela que pode ter um balde de água *morna* em meia hora, como todos os outros desgraçados. — Enquanto isso, ele disse que eu devia voltar para minha cabine e me deitar. — O vento está aumentando, e você pode ver por si mesma que não há nada em que se agarrar. Não quer quebrar uma perna agora, não é mesmo?

O sorriso dele tinha um ar lupino. Suponho, para ser justa, que nenhum de nós escolhe o comprimento dos nossos caninos.

— Isso é cordeiro? — Ofereci um sorriso apaziguador. (Deuses, às vezes eu me desprezo.) — Está com um cheiro bom...

— Vá se deitar, querida, porque o vento está aumentando. Consegue ouvi-lo? E não há nada pior do que vomitar de estômago vazio.

Derrotada, voltei para a cabine e encontrei Cassandra sentada na lateral de sua cama.

— Água quente?

— A caminho.

Eu não tinha fé alguma na chegada de água de qualquer temperatura, embora estivesse errada quanto a isso. Um balde de água razoavelmente quente foi entregue cerca de trinta minutos depois. Tirei a roupa dela, lavei-a, comecei a escovar seus cabelos...

— Eu não posso estar.

Levei um segundo para entender o que ela quis dizer.

— Bem, você poderia...

Não pareceu lhe ocorrer que uma mulher jovem e saudável que estava fazendo sexo todas as noites provavelmente fosse engravidar, e que seria até bastante surpreendente caso isso não acontecesse. Olhando para a palidez que não via sol de seu pescoço, senti uma pontada de pena dela, essa mulher inteligente e complicada, essa profetisa, essa vidente, que de alguma forma conseguira não prever o que qualquer faxineira de quatorze anos lhe diria para esperar.

— Sabe, se contasse a ele que estava grávida, talvez ele a deixasse em paz.

— Não, ele não faria isso. E, de qualquer forma, não estou.

Isso foi uma coisa estúpida de se dizer. Eu nem sabia que ela queria ser deixada em paz. Ela não tinha escolhido uma vida celibatária; a mãe tomara a decisão por ela. Depois de semanas de intimidade forçada na cabana, eu sentia que sabia tudo sobre Cassandra — apenas para perceber, à medida que o estado de "frenesi divino" diminuía, que eu não sabia quase nada. Ela sentia algum prazer com os agarrões e apertões de Agamêmnon? Eu achava isso difícil de imaginar. Ela nunca reclamava, mas não reclamaria, não comigo. Uma das coisas surpreendentes sobre Cassandra, a sacerdotisa virgem, era o quão incrivelmente desbocada ela podia ser, quão pragmática com relação a práticas sexuais das quais jamais se pensaria que ela já tinha ouvido falar. Ela me contou uma vez que seu quarto no templo dava para um beco aonde prostitutas levavam seus clientes. Todas as noites as suas orações virginais eram interrompidas por exigências urgentes de um lado e duras negociações do outro.

— Não era vida para uma sacerdotisa — ela comentou, com um de seus súbitos retornos à afetação.

— Você poderia ter pedido para trocar de quarto — retorqui. Mas, pelo que eu sei, ela nunca pediu. Desse modo, prosseguiu: *Quanto por isso? Quanto por aquilo? E quanto a...?* Ela escutou, ela aprendeu. E, talvez, não tenha sido uma preparação tão ruim para a cama de Agamêmnon, afinal. Ele gostava de experimentar, gostava de brincadeiras, ele podia ser muito, muito bruto. Muitos foram os lábios cortados que lavei e sequei — e em garotas muito mais novas que Cassandra. Mesmo assim, pobre mulher. Sem casamento, sem sexo, sem filhos — uma vida passada debruçada sobre as entranhas fedorentas de pássaros sacrificados em busca de "sinais". Durante todos os anos em que outras jovens, suas contemporâneas, deram à luz os seus bebês, Cassandra deu à luz uma série de profecias de natimortas, todas verdadeiras, segundo ela; nenhuma delas acreditava.

— Ele me beijou — contou, referindo-se a Apolo. — Ele me beijou nos lábios para me dar o dom da verdadeira profecia e, depois, quando eu ainda assim não quis ir para a cama com ele, cuspiu na minha boca para garantir que nunca acreditariam em mim.

O que eu devia pensar disso? Sério, o que alguém deveria pensar disso?

— Seria tão terrível você estar grávida? — perguntei. — Quero dizer, não estou dizendo que você está... Mas se fosse um menino, você estaria a salvo. — A salvo, queria dizer, de ser entregue aos homens dele. Durante meu tempo no acampamento, mais de uma mulher foi expulsa de suas cabanas e deixada sozinha perto das fogueiras de cozinhar. — Mesmo que seja uma menina, ainda é filha dele. — Nenhuma resposta. Tentei mais uma vez. — Você poderia ter uma vida.

— Que tipo de vida? Só de pensar nisso me sinto enjoada; o pirralho dele sugando meus peitos como uma sanguessuga? Não, obrigada. Sabe quando sua amiga Briseida veio me ver? Lembra? Bem, olhei para a barriga dela e pensei: *É o filho de Aquiles aí dentro. Ele assassinou os irmãos dela, ele assassinou o marido dela... e aí está ela, carregando o bebê dele.*

— Que escolha ela teve?

— Sempre há uma escolha! Se fosse eu, teria pegado a maior faca de trinchar que conseguisse encontrar e arrancado o bastardo de dentro de mim.

Eu não conseguia tolerar o desprezo dela por Briseida, que era gentil, corajosa e honesta — e, na minha opinião, valia cem Cassandras. Mas não fazia sentido discutir sobre isso. Peguei a escova e, em um silêncio pétreo, terminei de pentear o cabelo dela.

E não muito depois disso, o toque de um gongo anunciou que o jantar estava pronto.

Cassandra não estava olhando para mim, talvez temendo que, ao criticar Briseida, ela tivesse ido longe demais (ela foi). Mas não, não suponho nem por um momento que ela estivesse preocupada com isso. Duvido que lhe tenha ocorrido que eu tinha sentimentos e que poderia ficar magoada. Começamos esta viagem em um ânimo rancoroso, com Cassandra determinada a me manter em meu lugar e, até agora, não houve nenhum sinal de abrandamento de nenhum dos lados.

De qualquer forma, qualquer que fosse a causa de seu silêncio, logo passou. Minutos depois de o gongo soar, ela avançava pelo corredor como se não tivesse nenhuma preocupação no mundo. É claro que ela era uma sacerdotisa, e sacerdotisas, ao contrário de outras mulheres, têm status, um papel público, até mesmo um cargo público, até certa quantidade de poder. Quando uma sacerdotisa fala, as pessoas escutam, até os homens escutam, mesmo porque se acredita que sua voz seja a voz de um deus. Não se colocam os dedos nos ouvidos quando Apolo fala. Então, é óbvio, ela aprendeu há muito tempo a disfarçar suas dúvidas e medos — se é que tinha algum. O que ela de fato sentia ao atravessar aquele corredor para jantar com Agamêmnon? Eu não fazia a menor ideia. Eu, com certeza, não esperava ir com ela, mas aparentemente iria. Era impensável para Cassandra que ela aparecesse em público sem uma criada para servi-la.

O cômodo em que entramos era um clarão de luz, ofuscante, depois da escuridão da passagem. Cassandra marchou direto para a cabeceira da mesa e sentou-se ao lado da cadeira vazia de Agamêmnon. Bem em frente, fazendo uma tentativa incompleta de se levantar, estava Macaão, o médico pessoal do rei: meu antigo dono. Possivelmente ainda meu dono. Ninguém jamais se preocupou em explicar a transação para mim. Eu nem tinha certeza se ocorrera uma. Talvez eu estivesse apenas permanentemente emprestada?

Assim que Cassandra se acomodou, assumi minha posição atrás de sua cadeira. A intervalos imprevisíveis, o chão se inclinava... Fiquei com os pés bem afastados, agarrando-me às costas da cadeira de Cassandra para me apoiar contra o movimento. Ela pegou um pedaço de pão da cesta à sua frente e estava mordiscando as pontas. Talvez começando a se sentir enjoada? Eu certamente esperava que sim.

Um minuto depois, as portas foram abertas, e o homem que me levantou do convés entrou. Ele parou na soleira, seus pequenos e ferozes olhos azuis piscando com força enquanto ele absorvia a situação, então, dirigiu-se até a cabeceira da mesa, com a mesma confiança que Cassandra fizera, apenas para se conter e sentar-se em uma cadeira mais distante, depois de Macaão. Novamente, ele parecia familiar; bem, exceto pela barba. Uma pena que ele tivesse pernas arqueadas, pois sem isso ele seria um homem vistoso. Essa frase, surgindo inesperadamente na minha cabeça, fez meu avô rugir de volta. *Um homem vistoso*. Essa era a sua homenagem habitual aos homens por cujo porte ele nutria admiração especial, embora as mulheres vistosas fossem mais do seu gosto pessoal. Minha pobre avó teve que aguentar muita coisa, mas, para ser justa, ela pagava na mesma moeda; ela e suas irmãs, todas elas mulheres vistosas, e de posturas tão eretas que era de se pensar que alguém tinha enfiado um atiçador nos seus traseiros. Ninguém mexia com *elas*. Os deuses sabiam o que pensavam de mim: sua descendente cheira-peidos.

O capitão — e ele era obviamente o capitão; dava para dizer pela maneira como ele olhava ao redor da mesa — parecia estar descontente com a própria situação. Ele estava sentado com as duas mãos espalmadas diante de si, as veias azuis como vermes afogados. Este era seu navio, seu quarto, sua mesa, e com ou sem rei, aquele lugar à cabeceira era dele por direito. Ele com certeza não estava inclinado a conversar. Macaão fez o melhor que pôde e conseguiu extrair pelo menos um nome. Andreas. Revirei-o várias vezes na cabeça, esperando por ecos, mas nenhum veio.

Esperamos, e, quanto mais esperamos, mais a cadeira vazia de Agamêmnon dominava o cômodo. Os braços eram esculpidos com cabeças de leões, os leões de Micenas, e o encosto, reluzindo suavemente à luz da lamparina, era incrustado com marfim e ouro. Essa cadeira ia aonde ele fosse, servindo como uma espécie de trono móvel. A partir de uma longa associação, adquiriu uma parcela de seu poder de intimidação. O que poderia estar prendendo-o? Macaão, que estava nervoso — eu o conhecia bem o suficiente para saber —, lançava olhares para a porta da cabine. Uma ou duas vezes pensei que ele fosse se levantar e verificar o que estava acontecendo. Cassandra fixou o olhar no prato; ela estava enrolando um pedaço de pão entre o polegar e o indicador até que, percebendo como havia ficado cinza, fez uma pequena careta de nojo e o jogou para longe.

Finalmente a porta da cabine se abriu e Agamêmnon apareceu. Todos se levantaram; eu já estava de pé, é claro, mas por instinto baixei o olhar para os pés, por alguma noção ridícula de que, se não olhasse, não seria vista. Senti sua aproximação, embora apenas uma sombra que escurecia minhas pálpebras abaixadas revelasse que ele havia chegado à cabeceira da mesa. Uma vez ali, ele não se apressou, deixando todos em pé apenas tempo suficiente para lembrá-los que ele podia, antes de se acomodar em sua cadeira e acenar para eles.

Alguém devia estar espiando pela porta porque imediatamente vários rapazes entraram na sala carregando travessas de carne assada. O cheiro fez meu estômago roncar. Eu não comeria nada disso, é claro. Algumas sobras, se eu tivesse sorte; certamente não estava contando com isso; era mais provável que recebesse uma tigela de mingau de cevada na manhã seguinte. Meu problema agora era como cortar a carne de Cassandra sem soltar da cadeira. Eu não estava me saindo muito bem e percebi que ela estava ficando irritada. E então, de repente, sem aviso prévio, Andreas soltou um grande rugido.

— Pelos deuses, mulher, sente-se. Se há uma coisa que não posso suportar é gente pairando.

Eu não sabia o que fazer.

— Vamos, você me ouviu, sente-se!

Cassandra virou a cabeça para o lado, indicando que eu devia me sentar em uma cadeira ao pé da mesa. Sentindo todos os olhares sobre mim, sentei-me em frente a uma cadeira vazia, com outra cadeira vazia à minha direita. Andreas empurrou a cesta de pães na minha direção, um gesto amigável pelo qual fiquei grata, embora achasse que não ia conseguir comer nada. Mas a conversa recomeçou e aos poucos fui relaxando. Quando, alguns minutos depois, um prato de comida e uma taça de vinho foram postos à minha frente, não consegui acreditar na minha sorte.

Lentamente, avaliei a situação. Eu estava sentada ao lado de Andreas, nada menos que à direita do capitão, e lembrei-me, por causa das viagens que fiz com meu marido, de como aquela era uma posição de honra. Não era de admirar que Cassandra parecesse estar prestes a sufocar no próximo bocado de comida. Não que Andreas fosse exatamente um vizinho confortável; ele parecia estar irritado com todos ali e, acima de tudo, consigo mesmo. Eu tive a impressão de que ele nos desprezava, talvez não pessoalmente — era mais o desdém cordial de um marinheiro por quem não é do mar — e, no entanto, ao mesmo tempo, ele se sentia intimidado por sua companhia e furioso consigo mesmo por estar intimidado. Tudo isso combinado produzia uma atitude que alternava entre arrogante e obsequiosa. Mais de uma vez ele falou de modo grosseiro com os serviçais que, era preciso admitir, eram um bando de desajeitados, mas não tinham sido treinados para isso, eles eram marinheiros. Dava para ver na maneira como eles se adaptavam sem esforço às inclinações e aos movimentos do navio, enquanto nos agarrávamos à mesa que, estando pregada no chão, era o único ponto fixo em um mundo que girava.

Depois de algum tempo, o ritmo da ingestão de comida diminuiu, embora o de bebida nunca diminuísse. Agora que estávamos apenas mexendo na comida, os silêncios tornaram-se mais constrangedores. Certo momento, as portas duplas se abriram e todos erguemos o olhar, esperando ver um servo entrando, mas era apenas uma rajada de ar mais frio vinda da passagem externa. Podíamos ouvir o vento uivando através do cordame.

— Caramba — disse Macaão. — Está aumentando um pouco.

— Sim, vamos sofrer uma rajada, receio — comentou Andreas. E, então, incapaz de se conter por mais um minuto: — Todos vocês estariam melhor em suas camas.

— Por rajada, você quer dizer uma tempestade?

— Mais ou menos.

— Não haverá tempestade — declarou Cassandra.

Andreas voltou sua atenção para ela.

— Você tem certeza disso, não é? — Dava para perceber que ele não estava acostumado a ser contrariado por uma jovem, não importava o assunto, muito menos sobre a perspectiva de uma tempestade no mar. — Só por curiosidade, o que acha que é isso? — Ele acenou com a cabeça para a porta aberta e para o uivo do vento.

— Senhor Agamêmnon fará uma viagem rápida e segura para casa. — Ela estava falando com uma voz de menininha do papai, do tipo que alguns homens acham misteriosamente atraente e que faz com que todas as mulheres ao alcance da voz tenham vontade de lhe dar um tapa. — Os deuses exigem isso.

— Bem, eu não sei muito sobre os deuses, querida, mas conheço bastante o mar e estou lhe dizendo que teremos uma noite muito difícil e que todos vocês estariam melhor em suas camas.

Cassandra ignorou-o, inclinando-se para Agamêmnon, sussurrando, quase cantando: como os deuses o favoreciam, como ele, e apenas ele, entre todos os reis, teria uma travessia segura para casa. Todos os outros, sem exceção, enfrentariam os mais terríveis perigos. Ájax já estava morto, seu navio estraçalhado contra rochas. Um monstro marinho devorador esperava por Idomeneu. E quanto a Odisseu, o brilhante Odisseu, o mais inteligente de todos, ele desceria ao Hades e, ainda, vivo e respirando, caminharia entre os mortos heroicos.

Agamêmnon, tão crédulo quanto um garotinho, absorvia tudo.

— Quem ele vai ver?

Pela primeira vez, Cassandra pareceu hesitar.

— Bem, Aquiles, claro, e Pátroclo, e Ájax... os dois Ájax... Ah, e a própria mãe. Sabia que ela morreu enquanto ele estava em Troia? E... e não consigo ver nenhum dos outros rostos — respondeu ela, com o olhar fixo no rosto de Agamêmnon. — É escuro lá embaixo, você não acreditaria o quanto é escuro, mais escuro do que qualquer noite sem lua na Terra.

— Mas ele escapa?

— Ah, sim, ele sai, embora seus problemas ainda não tenham terminado. Ele ainda precisa navegar entre Cila e Caríbdis. Ah, e depois ele ordena que seus homens o amarrem ao mastro para que ele possa ouvir a música que as sereias cantam...

— O que elas cantam?

Macaão murmurou:

— Um monte de besteiras, eu imagino.

— Não ligue para ele — mandou Agamêmnon depressa. — Ele não acredita em nada, é conhecido por isso.

Eles estavam olhando para Macaão, rindo — os dois, juntos. Agamêmnon puxou-a para mais perto, tão perto que ela desabou, rindo, contra o peito dele. Mais de uma vez ela me falou que não podia mentir, que isso fazia parte da maldição de Apolo, mas agora ela estava mentindo e mentindo bem. O colapso era uma mentira, as risadas eram uma mentira, até o seu desprezo por Macaão era uma mentira. Ela não desprezava Macaão; ela tinha medo dele. Endireitando-se, ela sorriu diretamente para ele.

— Você pode pensar que, porque as sereias são mulheres com seios nus, elas devem estar cantando sobre o amor. Mas não tem nada a ver com amor. Elas estão cantando sobre Troia, é isso que atrai os homens para a sua perdição. Porque ninguém que lutou em Troia conseguirá esquecer.

Uma pausa constrangedora, porém eles se recuperaram logo. Agamêmnon estava bebendo muito, mas ele sempre o fazia. Ele parecia estar bem, conversando e rindo sobre coisas que aconteceram durante a guerra. Cassandra estava atenta a cada palavra dele, falando apenas o suficiente para provocar a próxima história, a próxima ostentação. Ele estava acariciando o braço dela. Uma ou duas vezes, pensei tê-la visto começar a se afastar, mas ela sempre se controlava e, em segundos, estava sorrindo de novo.

No entanto, aos poucos, à medida que a noite avançava, à medida que mais jarras de vinho eram trazidas e bebidas, o humor de Agamêmnon foi piorando. Ele ficava olhando na minha direção, não diretamente para mim — graças aos deuses! —, mas para a parede atrás de mim. Eu queria olhar por cima do ombro, mas não ousava. Além da mesa, onde as luminárias eram banhadas em poças de luz dourada, a sala estava escura e repleta de sombras. De repente, Agamêmnon fixou seus olhos turvos em Andreas. — Estou surpreso que você permita mulheres a bordo.

— Mulheres? Não há nenhuma mulher a bordo deste navio, senhor, exceto as duas senhoras aqui.

Duas senhoras? Cassandra deve estar adorando isso.

— O que você quer dizer com *nenhuma mulher*? Eu vi uma no corredor agora há pouco.

— Era um dos rapazes da cozinha, senhor.

— Estou lhe dizendo que vi uma mulher. Deuses, homem, acha que não sei a diferença?

Mas ele parecia subitamente inseguro, até mesmo confuso. Não se ouvia nenhum som na sala, exceto das nossas mandíbulas mastigando maçãs — maçãs com muitos vermes, devo dizer, embora doces. Agamêmnon afastou o prato, tomou um gole de vinho, ou melhor, tentou — a mão que levava a caneca aos lábios vagou e se perdeu. Nenhum de nós falou, porque ninguém conseguia pensar em nada para dizer. Pequenos incidentes tornaram-se chocantes. Uma jarra foi derrubada e rolou de um lado para o outro, derramando vinho tinto sobre a mesa até que um dos servos teve a presença de espírito de pegá-la, secando o vinho derramado com o pano branco que trazia na cintura. Agamêmnon ignorou o incidente; duvido que ele tivesse percebido. Ele estava encarando as sombras atrás da minha cadeira, lançando de vez em quando um olhar furtivo para Macaão, como se esperasse que ele comentasse. Ali, você viu aquilo? As palavras permaneceram não ditas, embora cada um de nós as ouvisse. Macaão encarava seu prato, impassível. Eu também, embora fosse cada vez mais difícil ignorar o formigamento no meu couro cabeludo.

Por fim, Agamêmnon exclamou:

— Então, como você chama isso? Suponho que seja um garoto, não é?

— O que senhor?

— *Aquilo.*

Andreas se virou para olhar para trás.

— Não me diga que não consegue vê-la.

— Não vejo nada, senhor.

— Então, ou você é mentiroso ou está cego.

Andreas pareceu ofendido. Tive a sensação de que podiam falar praticamente qualquer coisa que quisessem para ele, mas chamá-lo de mentiroso... Não. Ele se recostou na cadeira e cruzou os braços. Agamêmnon olhou ao redor da mesa, de um rosto para o outro, lendo em nossas expressões cuidadosamente vazias que também não conseguíamos ver nada.

Perplexo, ele se virou para Macaão, que o segurou pelo cotovelo.

— Acho que terminamos aqui — declarou ele, calmamente.

Cassandra empurrou a cadeira para trás. Agamêmnon olhou para Macaão e, obediente, igual a uma criança pequena, levantou-se. Andreas e eu nos levantamos, curvando-nos profundamente, enquanto Agamêmnon, apoiado por Macaão e seguido por Cassandra, atravessou a sala cambaleando.

No último momento, Cassandra olhou para mim, então se virou e os seguiu para dentro da cabine, deixando a porta se fechar atrás dela.

4

Imediatamente, Andreas ergueu as mãos para o céu.

— Obrigado, deuses! — Jogando-se de volta na cadeira, ele se virou para olhar para mim. — Achei que nunca ia acabar. — Ele pegou a jarra e estendeu-a para mim, mas cobri meu copo. — Pelo amor de Deus, mulher, beba um pouco!

— Está bem, vá em frente então. — Observei-o servir, tomei um gole longo, profundo e satisfatório e limpei o que suspeitava ser um bigode vermelho. Erguendo o olhar, eu o vi me observando. — Não é sempre que tenho a oportunidade.

— Não precisa se justificar para mim, amor. Se alguém merece uma bebida, é você. — Ele se aproximou. — Qual é o problema com ele?

— Não sei.

— Bem, ele tem algum.

Eu devia tê-lo advertido sobre isso, aconselhando-o a ficar quieto, embora suponha que ele não me escutaria caso eu tivesse feito isso. Mesmo quando falava diretamente com Agamêmnon, as palavras eram bastante respeitosas, mas ele tinha ficado vermelho. Ah, ele era um pequeno galo de briga, esse homem — ele enfrentaria qualquer um. Entretanto, as pessoas que enfrentavam Agamêmnon normalmente não sobreviviam.

Ele estava sorrindo.

— Não consegue se lembrar de mim, não é?

— Eu sei que conheço você.

— O *Ártemis*?

Apenas o nome foi suficiente: tudo voltou à tona.

— Ah, meu Deus, sim. — Bati no queixo para indicar a barba dele.
— Você não tinha isso naquela época.

— Eu tinha quatorze anos!

— O que, não faz tanto tempo, faz?

— Faz sim.

— Eu não era casada há muito tempo, disso eu sei. Foi da sua voz que me lembrei.

— Essa é nova. Geralmente são minhas pernas.

Por trás das palavras casuais, uma vida inteira de dor, de sempre ter certeza de que ele contava a piada primeiro.

— Não, foi a sua voz. No instante em que você me levantou do convés, pensei: *eu conheço esse homem*. Veja bem, faz muito tempo.

— Ora, quando uma mulher fala…

— Sim, eu sei, ela está querendo elogios. Bem, poupe seu fôlego, rapaz. Não tenho ilusões. Deve fazer o quê… trinta anos?

— Mais.

— Você costumava jogar dados com meu marido.

— Jogava… e ele me vencia todas as vezes. Embora, para ser justo, também conversávamos. Não era só jogatina e bebedeira.

Eu estava me lembrando de tudo. Um rapaz terrivelmente tímido, tanto que ele era quase mudo, sempre corado, coberto de espinhas, até as suas espinhas tinham espinhas, e zombavam dele sem piedade, claro, principalmente por causa das pernas, mas não só isso. Era tão fácil irritá-lo que os outros rapazes apenas não conseguiam resistir. Aqueles jogos de dados depois do jantar provavelmente eram a única parte tranquila do dia dele. Entre piadas e acusações de roubo, meu marido inseria alguns bons conselhos. E tudo isso no final de um dia difícil, às vezes, mas Galen era assim: bondoso, quase demais. Mole demais para fazer encostos, minha mãe costumava dizer, mas ela era uma mulher dura, minha mãe; ninguém poderia ter feito dela um encosto.

— Ele era um bom homem, seu marido.

— Era mesmo.

É estranho como a dor se apodera de você quando você menos espera; às vezes, anos depois. De repente, fiquei sufocada. Andreas estendeu a mão e tocou meu braço, o que foi gentil da parte dele, mesmo que tenha me feito chorar cinquenta vezes mais do que antes. Ele esperou pacientemente, enquanto eu chorava, fungava e soluçava para recuperar algum tipo de compostura.

— Um bom homem. E um bom curandeiro.

Isso podia ter feito com que eu voltasse a chorar, se ele não tivesse acrescentado:

— Ele fez milagres pelas minhas hemorroidas. Aquele creme que ele me deu acabou com elas. Veja bem, ele sempre dizia — lembro-me dele falando, você estava a menos de um metro e meio de distância — ele dizia: "um dia desses ela será melhor do que eu".

— O quê? Uma curandeira melhor? Ah, acho que não posso afirmar isso.

— Foi o que ele disse.

Nesse momento, a porta da cabine de Agamêmnon se abriu e Macaão saiu. Em segundos, Andreas estava de pé.

— Certo, bem, é melhor eu ir.

Ele acenou com a cabeça para Macaão, fez uma reverência para mim e saiu da sala. Ao contrário dos outros, ele teve o cuidado de fechá-la atrás de si. Macaão desabou na cadeira. Servi uma taça de vinho e a coloquei diante dele. Ficamos sentados em silêncio por algum tempo, não que ficar sentada em silêncio com Macaão me incomodasse, eu estava acostumada. Na maioria das noites, depois de um dia longo e muitas vezes angustiante na tenda médica, ele ia buscar uma jarra de vinho e nos sentávamos juntos à bancada, observando as fileiras e mais fileiras de camas de couro. Alguns homens, os sortudos, dormiam profundamente; outros, acordados, reviravam-se e rolavam, alguns gritando de dor. Muito pouco era dito naquelas noites, às vezes nada, mas mesmo assim a presença dele me confortava. Suponho que pareça estranho, visto que eu era uma mulher troiana, uma escrava, e ele era meu dono grego, mas não me parecia estranho, porque, acima de tudo, éramos ambos curandeiros. Um tanto ingenuamente, suponho, eu achei que isso importasse.

Macaão pediu-me como prêmio de honra porque eu tinha uma reputação e pensou que eu lhe seria útil no hospital. E eu era. Eu fui útil. É certo que, quando comecei, não sabia quase nada sobre ferimentos de guerra, mas sabia muito sobre febres, infecções e alívio da dor. Quanto aos ferimentos dos homens, quando ele viu que eu estava ansiosa para aprender, esforçou-se muito para me ensinar. E ele tinha um ou dois truques surpreendentes na manga. *Os pequenos ajudantes de Macaão*. Elas eram um deles. Lembro-me do dia em que ele trouxe algumas; abriu a caixa e lá estavam elas: uma massa de vermes fervilhando, contorcendo-se. Tivemos um homem cuja perna esquerda foi amputada; de alguma forma, graças à velocidade e destreza fenomenais de Macaão, ele sobreviveu, mas a ponta estava uma bagunça. Macaão polvilhou seus "ajudantes" em um cataplasma e prendeu-o no lugar. Eu devia ter parecido um pouco descrente porque ele riu.

— Espere, você vai ver.

Ele estava certo. Os vermes entraram magros e saíram gordos; e a ferida ficou visivelmente mais saudável. Ah, ele era bom, Macaão, melhor do que bom, e ele se importava. O último à noite, o primeiro pela manhã, sempre presente, sempre afiado — afiado como as garras de uma águia marinha, eu costumava pensar — e não parecia importar o quanto ele bebesse. Ele era gentil comigo. Sempre senti que ele estava do meu lado e precisava disso, porque não era fácil trabalhar naquele hospital, uma troiana lidando com jovens gregos, machucando-os, quando eles já estavam com dor. Eu tinha que fazer irrigações salinas duas vezes ao dia e, sinceramente, não são agradáveis. Lembro-me de um rapaz em particular — muito jovem, duvido que ele tivesse dezesseis anos —, sentindo fortes dores, assustado e com vergonha de estar assustado, e, claro, tentando encobrir tudo, agindo de forma grandiosa diante dos seus companheiros. Ele me causou muitos problemas, até que um dia Macaão apareceu por trás dele, testemunhou um pouco de sua arrogância e deu-lhe um tapa, muito gentil, na parte de trás da cabeça.

— Ei, você, lave a boca, esta senhora está tentando ajudar você.

— *Senhora!*

Macaão levantou um dedo.

Nada mais, apenas uma palavra, mas eu não tive nenhum problema com ele depois disso.

Portanto, agora, quando penso em Macaão, e penso com frequência, tento lembrar o quanto devo a ele. Eu gostaria que essa fosse a história toda, mas não é.

Naqueles primeiros tempos, antes de conseguir uma cama em um dos barracões de tecelagem de Agamêmnon, eu costumava dormir no quarto de estoque, cercada de sacos de raízes e tubérculos. Minha "cama" eram três sacos vazios espalhados pelo chão, perto da parede. Eu havia surrupiado algumas velas queimadas do hospital e à noite as organizava em um semicírculo protetor ao meu redor, com seus pavios se projetando, pretos e frágeis, dos restos de cera derretida. O sono nunca vinha facilmente, não importava o quão exausta eu estivesse. No minuto em que eu fechava os olhos, minha mente era inundada com imagens da queda de Lirnesso, sons também: o grito de guerra de Aquiles ressoando nas paredes, sangue nas pedras brancas do mercado onde eu costumava fazer compras, o barulho e o tapa frio da água do mar na minha virilha quando fomos forçados a embarcar em seus navios; atrás de nós, uma parede vermelha de chamas rugindo no céu noturno enquanto nossas casas queimavam. Às vezes, quase dormindo, eu era acordada pelo som do aríete rompendo os portões da cidade, e não me refiro à lembrança desse som, quero dizer o som em si, ali, no depósito, a poucos metros de mim. Sempre que isso acontecia, eu demorava muito para me acalmar de novo. Eu costumava me acalmar recitando nomes de ervas e outras plantas medicinais. Talvez seria melhor para mim rezar aos deuses, mas eles pareciam muito distantes. As ervas, eu podia tocar e cheirar.

Não sei o que aconteceu em seguida. Ou melhor, sei exatamente o que aconteceu em seguida; porém, não consigo entender. E não vou tentar.

Macaão tinha uma garota que morava em sua cabana. Eu costumava vê-la às vezes: muito jovem, pálida, com uma flor úmida de cogumelo na pele e o hábito de piscar com força, talvez bloqueando cenas que ela não queria lembrar. De qualquer forma, por alguma razão, talvez ela estivesse doente, talvez estivesse menstruada, não sei, ela não estava disponível naquela noite e, portanto, depois de horas de farra à mesa de Agamêmnon, gritos, risadas, cantos, dava para ouvi-los por todo o acampamento, ali no depósito, de repente, estava Macaão. Meu semicírculo protetor de velas já havia se apagado há muito tempo, mas ele tinha uma lanterna consigo e a colocou no chão. Sentei-me nos sacos com cheiro de terra, protegendo os olhos da luz, pensando, suponho, se é que pensei, que um paciente com um ferimento particularmente grave que havia sido trazido naquela tarde devia ter piorado.

O que doeu — e, para ser sincera, ainda dói, mesmo depois de todos esses anos — foi que ele fez igual a um cachorro, e eu sabia que ele estava fazendo assim para não ter que olhar na minha cara. Eu digo "para ser sincera", mas é realmente ridículo, porque nunca consegui ser sincera sobre aquela noite, nem mesmo contei a ninguém. E, por um lado, não havia nada para contar. Todas as mulheres naquele acampamento tinham sido estupradas. Eu apenas tentei esquecer e na maioria das vezes conseguia. Portanto, foi uma surpresa, naquela primeira noite a bordo do *Medusa*, que a memória retornasse a mim de forma tão vívida. Fiquei olhando para as mãos de Macaão, para os pelos pretos e esparsos nas costas de seus dedos, pensando: *Por que agora?* Olhando para trás, consigo entender que foi nesse momento que as coisas começaram a mudar.

Poderíamos ter ficado sentados em silêncio por uma hora ou mais se o mar não tivesse intervindo, mas naquele momento uma guinada particularmente alarmante fez com que nos agarrássemos à borda da mesa. Logo passou; Macaão voltou a girar o vinho em sua caneca, mas pude vê-lo escutando com atenção e, de fato, um som de grugulejo soou de trás da porta da cabine.

— Ele tomou o remédio para dormir? — perguntei.

— Sim, mas eles não funcionam tão bem como antes.

Eu tinha esperança de poder voltar para nossa cabine e dormir algumas horas, mas então Agamêmnon gritou, e o grito foi seguido por mais grugulejos, o som que as pessoas fazem quando estão tentando escapar de um pesadelo. Em seguida, a voz de Cassandra soou, murmurando algo tranquilizador, ou pelo menos foi o que presumi, não consegui entender as palavras. Macaão tinha atravessado a sala e escutava descaradamente do lado de fora da porta, mas depois de alguns minutos voltou, conseguindo caminhar em linha mais ou menos reta até que o convés inclinado o desequilibrou e o jogou com força contra a mesa.

— Você está bem?

Ele se sentou, flexionando o pulso.

— Estou. Parece que Andreas estava certo sobre a tempestade.

O navio fazia todo tipo de barulho: rangidos, assobios, batidas, estrondos, gemidos. Os gemidos soavam quase humanos e por alguma razão a estranheza disso soltou minha língua.

— Quem Agamêmnon está vendo?

— Ele não *está vendo* ninguém! — ele falou grunhindo.

Eu fiquei muito quieta.

Um segundo depois:

— Posso lhe dizer quem ele *pensa* que vê. Ele acha que está vendo a filha. Ifigênia.

A JORNADA PARA CASA

Ele me encarou, talvez se perguntando se precisava explicar. Ele não explicou. Tal como provavelmente algumas centenas de milhares de outras pessoas, posso dizer com exatidão onde eu estava quando recebi a notícia da morte de Ifigênia: Lirnesso, no mercado, na fila para comprar pão em uma manhã clara e fria com sombras negras afiadas como facas em lajes brancas e pequenas rajadas de vento violentas soprando poeira em meus olhos e areia em cada centímetro de pele exposta. Meu estômago roncava sempre que o cheiro de pãezinhos de canela recém-assados chegava ao final da fila. Várias posições à minha frente, uma mulher grande e rechonchuda, com seios pesados e olhos azuis esbugalhados, contava para quem quisesse ouvir que Agamêmnon sacrificara a filha — *a própria filha,* veja bem — para conseguir vento favorável até Troia.

Enquanto ela falava, um murmúrio de inquietação viajou da ponta até o final da fila, como um arrepio percorrendo nossa espinha coletiva. Todos sabiam que navios de toda a Grécia — mais de mil, segundo algumas pessoas — tinham se reunido em Áulis, prontos para invadir Troia. Mas o vento estava contra eles; eles estavam presos na praia, esperando que mudasse. Nossos sacerdotes afirmavam que a razão de os gregos não conseguirem vento era porque a sua causa era injusta. Eles estavam sendo punidos pelos deuses; e, se metade do que ouvimos fosse verdade, de fato soava um pouco como um castigo: a água potável acabara, as latrinas transbordaram, febre se espalhara pelo acampamento — e os reis brigavam e ameaçavam levar seus navios de volta para casa. Não que houvesse algo incomum nisso. Tínhamos um ditado em Lirnesso: coloque dois gregos em uma sala, você terá uma briga; um sozinho, tem uma discussão. No início, não me lembro de ninguém ter ficado assustado. De alguma forma, apesar do tamanho do exército se reunindo contra nós, nunca pareceu realmente uma guerra. Eles iam mesmo lutar e morrer para devolver a prostituta da Helena ao seu marido idiota? Ah, eles podiam atear fogo em algumas fazendas isoladas ao longo da costa, incendiar colheitas, roubar gado — mas eles faziam tudo isso de qualquer forma, malditos piratas.

Só agora, saindo da boca daquela mulher faladeira, um fato nítido e inegável: Agamêmnon sacrificara a própria filha para conseguir bons ventos para Troia. Foi quando o medo começou. Quase dava para ouvir as pessoas pensando: *se ele fez isso, o que mais está disposto a fazer?* Foi nesse momento que os portões da cidade, os altos muros de pedra que nos protegeram durante toda a vida, começaram a parecer frágeis, insubstanciais.

Minha própria filha, Ione, estava me esperando em casa.

— Não tenho nenhum — falei, largando minha bolsa na mesa. — Eles aumentaram os preços de novo, não tenho como pagar.

Ela já estava remexendo na sacola.

— Achei! — Ela balançou os pãezinhos de canela debaixo do meu nariz. — Posso pegar um?

— Não, vai estragar seu apetite. Ah, tudo bem, vá em frente, mas só um, entendido?

Poucos dias depois, ela pegou a doença do suor: viva e bem quando fui ver um paciente que morava do outro lado da cidade; morta quando retornei. Desde então, as mortes dessas duas garotas, a jovem princesa grega e a minha querida filha, passaram a estar inseparavelmente ligadas na minha mente, junto com um vento poeirento e o aroma de bolos de canela.

— Ele só fala disso.

Eu estava tão perdida na memória que, por um segundo, não consegui entender o que Macaão estava falando.

— Ifigênia. É como se os últimos dez anos não tivessem se passado. Todo o sofrimento. Todas as mortes. De alguma forma, parecem ter encolhido. — Ele aproximou os dedos indicadores, até que não houvesse espaço entre eles. — Perdi amigos, bons amigos. Todos nós perdemos.

Alguns de nós perdemos tudo.

— Ah, eu não me preocuparia muito, imagino que ele só esteja com medo da esposa.

— *Com medo?* Da *esposa* dele?

— Bem, ela dificilmente vai pular de alegria ao vê-lo, não é?

— Ela vai pular se ele mandar!

Puro reflexo, uma afirmação automática dos direitos dos homens, dos maridos e dos pais: tão instintiva e intransigente quanto um punho cerrado. Depois de algum tempo, ele continuou, com mais gentileza:

— Lembre-se, ela teve dez anos para superar; e ela tem outros filhos. Um filho, outra filha. Ela deve ter superado.

O inferno que tinha. Pela primeira vez, senti minha autoridade mais do que igual à dele. Tentei imaginar Clitemnestra esperando dentro do palácio pela volta do marido e foi surpreendentemente difícil. Invoquei uma figura alta e imponente, com diamantes brilhando nas orelhas e no pescoço, todos os adornos da posição real, mas o rosto era oval, perfeitamente liso, sem olhos, sem boca, sem nariz. Em vez disso, o que passou pela minha mente foi uma aranha de barriga gorda sentada no centro de sua teia, todos os dois metros e meio alertas para a vibração de uma mosca pousando.

Percebi que Macaão estava esperando que eu falasse. Quando permaneci em silêncio, ele disse:

— Ah, bem, acho que vou me recolher e ver se consigo dormir um pouco. Tenho a sensação de que talvez eu esteja de pé antes do amanhecer.

Terminou o vinho, limpou com delicadeza a boca no guardanapo e se aventurou até a porta. Digo "aventurou-se", porque o navio estava sacudindo tanto que mesmo a viagem mais curta era perigosa. Com uma das mãos segurando a maçaneta, ele se virou para olhar para trás.

— Sabe, as pessoas contam que ela foi para a morte de boa vontade... contam que no final ela se sacrificou pela honra da família. Não é verdade. Ela lutou contra eles a cada passo do caminho. Tiveram que amordaçá-la no final, pois temiam de tal maneira que ela o amaldiçoasse em seu último suspiro. Embora, mesmo com a mordaça, ainda desse para entender algumas das palavras. "Pai" ela repetia, e então, bem no final, ela...

Lá estava ele, gaguejando para pronunciar as palavras, um homem que nunca hesitava em nada.

— Ela falou... *P-papai.* — Um esforço supremo. — *Papai.*

Ele abaixou a cabeça, um pequeno movimento estranho, como alguém se esquivando de um golpe, e então saiu para a noite.

Deixada sozinha com o barulho do navio, fiquei encarando uma bagunça de canecas vazias, pratos engordurados, cascas de pão, restos de carne enrolados nas bordas e ilhados em gordura — e pareciam os destroços de tanta coisa mais do que uma refeição. Abrindo bem os braços, empurrei tudo para fora da mesa e para o chão. Um segundo de alívio glorioso, seguido imediatamente de terror, quando uma grande jarra derramando vinho começou a rolar para a frente e para trás pelo chão, fazendo, pelo menos aos meus ouvidos, barulho suficiente para acordar os mortos. Eu me joguei até ela, mas ela escapou dos meus dedos e deslizou para fora de alcance. Ao estender a mão para agarrá-la, caí no chão também e esperei, com o coração disparado, que Agamêmnon saísse de sua cabine e exigisse saber o que estava acontecendo. Ou, pior em alguns aspectos, Cassandra. Ela possivelmente acreditaria que a tempestade havia causado essa devastação, mas não se me encontrasse sentada no chão em meio a dela.

Com um último olhar aterrorizado para a porta do quarto, esforcei-me para ficar de pé e fugi.

5

Cassandra acorda de súbito e fica deitada, olhando para a escuridão, tentando identificar o barulho que a despertou, mas tudo o que consegue ouvir é o rangido das articulações artríticas do navio. Pobre e velha *Medusa*. Ela é tão inconcebivelmente antiga que é fácil imaginá-la se desintegrando completamente, com a água do mar inundando o corredor até esta sala. Daqui a alguns anos, seus ossos, os dela e os de Agamêmnon, misturados, serão vasculhados por cardumes de peixes curiosos. Ela tenta brevemente dar a essas imagens a autoridade de uma visão, mas não adianta: não são nada do tipo. Não é assim que a história deles termina.

Algo a acordou. Ela não pode se levantar para investigar, porque Agamêmnon adormeceu em cima dela, como costumava fazer. Contorcendo-se, ela consegue libertar os dedos de uma das mãos, mas mesmo esse leve movimento faz com que ele se mexa e estale os lábios antes de voltar a dormir. Ela espera, tenta de novo, desta vez consegue soltar a mão inteira e começa a explorar, um rato se aventurando na vastidão da noite. Tudo o que ela consegue ver são clarões roxos e alaranjados no interior das pálpebras, mas não são reais, não são como esse pedaço de lençol que ela conseguiu recuperar — isso é real, é fora dela mesma. Real, irreal; interior, exterior — territórios sempre discutíveis para ela. Ela só pode maravilhar-se com a vida de outras pessoas para quem essas são fronteiras claramente estabelecidas e indiscutíveis.

E Agamêmnon? Como ele vivencia essas coisas? Ele está seguro no mundo do tato e do olfato? Deitada debaixo dele no escuro, com o suor de sexo pegajoso na pele, ela acha difícil creditar a ele qualquer tipo de vida interior, mas ele obviamente tem uma. Ele vê a filha morta. O que é isso senão uma fronteira disputada? O esperma dele a está repuxando em sua coxa. Ela *está* gravida? Não, ela não pode pensar assim: um bebê é um futuro e não há futuro. Ela ousava arriscar tentar recuperar mais um centímetro? Não, ainda não. Ele tem sono leve — não era o que se pensaria considerando todos os roncos, as bufadas e os grugulejos que soam, mas ele tem. E esta cama, que parece tão estreita à luz da lâmpada, na escuridão torna-se tão vasta e ampla quanto as planícies de Troia varridas pelo vento. Muitas vezes, ela ficava nas ameias ao lado do pai, para assistir aos combates do dia. Sempre havia algo hediondo na proximidade da cidade com o campo de batalha: mulheres viram seus filhos e maridos morrerem; velhos viram seus filhos e netos tombarem e não se levantarem mais. É claro que poderiam ter se poupado do sofrimento mantendo-se afastados, mas quem era capaz de resistir ao vislumbre fugaz, ao rosto voltado para você pela última vez antes de desaparecer para sempre? E ela, que não tinha marido nem filho, seguia os capacetes emplumados dos irmãos pelo campo, dia após dia, ano após ano, enquanto eles tombavam um a um. Ela sabia, até o dia, até a hora, quando a hora marcada para Heitor havia chegado.

Não, você não sabia, diz a voz da mãe dela. *Como você poderia saber?*

Eu sabia. É verdade, ela sabia. Ela viu Aquiles parado lá, reluzindo como um deus, e ela soube. Após a luta, ele amarrou o corpo de Heitor às rodas da carruagem e arrastou-o três vezes ao redor das muralhas de Troia até que não restasse mais nada do homem que eles conheciam e amavam — apenas um pedaço sangrento de pele esfolada e osso estilhaçado.

Ah, obrigada por me lembrar. Eu estava nas ameias também, sabe? Eu vi tudo.

Ela está totalmente presente agora, tão real quanto Agamêmnon, na verdade, um pouco mais real, pois, diferente dele, ela está visível. Vinda direto da noite negra de Hades, a escuridão menor do mundo superior não tem poder sobre ela. Lá está ela sentada, embora não seja de forma alguma claro sobre o que ela está sentada, os cabelos brancos, abatida, o rosto tão velho quanto as muralhas de Troia e pelo menos duas vezes mais duro.

Por que é sempre você quem vem?

Ah, não tenho dúvidas de que você preferiria ver seu pai.

Ele sempre foi gentil.

A JORNADA PARA CASA

E eu não fui?

Você me mandou embora. Eu nunca quis ser sacerdotisa.

Não, mas você fez o melhor possível. O fato é que combinava com você. Todos dando atenção às suas palavras. Claro, ajuda se você conseguir contar uma boa história. Ah, a sua era boa: Apolo beijou você para lhe dar o dom da verdadeira profecia e, quando você ainda assim não aceitou se deitar com ele, cuspiu em sua boca para garantir que nunca acreditariam em você.

Em que parte da história você não acredita?

Toda ela!

Você não quer acreditar que sou uma vidente, não é? Porque isso faz de você uma galinha que chocou uma águia.

Ah, sou uma galinha agora, é? Deuses, ouçam a mulher.

A mãe dela fica ali sentada, chupando as gengivas e de mau humor.

Ritsa diz que estou grávida.

Grávida? Dele? Céus, garota, você se deu bem.

Ele vai morrer, mãe.

Você pensa demais sobre a morte.

É difícil não pensar, conversando com o fantasma da minha mãe.

Quem disse que sou um fantasma?

Não sei o que mais...

Mas ela se foi. Enfurecida, como sempre, deixando uma pergunta sem resposta para trás, porque o que mais ela poderia ser, senão um fantasma?

A voz em sua cabeça que não será silenciada, a voz que zomba: claro que você não é uma vidente. Você é apenas uma garotinha desagradável que faz xixi na cama e conta mentiras. Isso é o que suas profecias são. Mentiras, mentiras, mentiras.

Ela tenta se libertar do corpo suado de Agamêmnon, mas o braço poderoso dele se estende e cai em cima de seu peito. Todo aquele território dolorosamente recuperado perdido em um instante. O suor dele também mudou: agora é suor de medo, que tem seu próprio cheiro característico. Ele ficaria envergonhado caso soubesse. Seus braços se agitam, seu punho socando o colchão e, então, embora nada mais mude nele, ela sabe que ele está acordado. Suas mãos se movem para cima e para baixo pelo corpo dela, embora não por luxúria; ele está apenas tentando identificar esse objeto estranho que encontrou ao seu lado na cama. Abruptamente, a exploração para; ela sente o colchão descer e subir quando ele sai da cama.

Ela o ouve entrar no quarto ao lado — em busca de mais vinho? Quando ele volta, está segurando um castiçal, a vela queimada, sua chama mal sobrevivendo em uma poça de cera derretida. Iluminado por baixo, seu rosto é uma máscara. Ele aproxima a chama crepitante do rosto dela, mas sua mão treme tanto que ele inclina o castiçal e a cera quente respinga no pescoço e nos seios dela. A boca dele se abre, enquanto tenta entender o que está vendo. Então, ele começa a lhe dar tapinhas, não batendo nela, parece mais alguém tentando se livrar de um inseto que está picando.

— Vá embora — diz ele. — Deixe-me em paz. Volte de onde você veio. Seu lugar não é aqui agora.

— O meu lugar é aqui com você — responde Cassandra.

— Não. — Ele ataca, parece surpreso quando seu punho cerrado atinge osso.

E, então, ele está batendo na parede, gritando por Macaão, como um garotinho chamando pelo pai no escuro.

6

Acordei com o som de marteladas. Levei um momento para perceber que vinha do corredor, e não de dentro da minha cabeça. Em seguida, ouvi a voz de Cassandra, estridente e agitada, seguida por um brado masculino descontente: Macaão. Agarrando meu xale, olhei para fora e lá estavam eles, iluminados pela lanterna que Cassandra carregava, o rosto branco e pontiagudo sob uma confusão de cabelos emaranhados, Macaão suado e turvo, lutando para reprimir um bocejo.

— Não consigo fazer nada com ele — dizia ela. — Ele parece não saber quem eu sou.

Encolhi-me nas sombras, esperando que ela não me notasse, mas quando eles passaram, ela olhou por cima do ombro.

— Ritsa. Comigo.

Na porta da sala de jantar, ela me entregou a lanterna e me disse para ir acender outras lanternas, o que é claro que fiz, embora cada nova fonte de luz servisse apenas para revelar a bagunça. Cassandra chutou uma bandeja para o lado.

— O que é tudo isso?

— Deve ter sido a tempestade, creio eu — respondeu Macaão. — Sabe, aquela que não ia acontecer?

— Não pode ter sido a tempestade.

— Ficou bastante forte — falei.

Cassandra afundou-se numa cadeira junto à mesa e, após um momento de hesitação, juntei-me a ela.

— Ele estava dormindo — revelou ela. — Achei que ele ficaria bem… bem, pelo menos por um tempo. Achei que poderia fechar os olhos. Devo ter cochilado, porque de repente lá estava ele, segurando uma vela na minha cara. Acho que algo deve tê-lo assustado, porque ele puxou o castiçal e a cera quente... — Ela olhou para o peito, que estava salpicado de discos cinzentos e de aparência suja. — Não lembro o que ele disse, algo sobre voltar para o lugar de onde vim. Eu pensei: *ele quer dizer Troia?* Mas não posso voltar, não restou nada.

— Ele quer dizer Hades — explicou Macaão. — Não se preocupe, eu cuido disso.

Com apenas uma batida leve, ele abriu a porta da cabine e entrou. Tive um breve vislumbre de um velho nu, com cabelos desgrenhados, sentado na beira da cama, e depois a porta se fechou.

— Ele não sabia mesmo que era você? — perguntei.

— Pior que isso, ele pensou que eu era outra pessoa.

— Quem?

No mesmo instante, arrependi-me de ter perguntado, porque parecia trazer Ifigênia para mais perto, embora Cassandra me ignorasse de qualquer forma, então, talvez não tivesse importância. Agora que estávamos sozinhas, ela abriu a camisola e começou a examinar os seios, encontrando mais bolhas de cera e retirando-as, devagar no início, mas a busca tornou-se cada vez mais frenética até que ela começou a arranhar a pele, as unhas fazendo muito mais danos do que a cera causou. Por fim, incapaz de aguentar mais, agarrei-a e segurei-lhe as mãos.

Derrotada, ela respondeu:

— Você sabe quem. Todo mundo sabe.

Um exagero, pensei. Macaão sabia, eu sabia, Andreas provavelmente sabia. Ninguém mais, ou ninguém que importasse. Era por isso que Agamêmnon estava navegando para casa em um navio de carga velho, acompanhado apenas por seu médico pessoal, em vez de em um navio de guerra rodeado por assessores mais graduados, sacerdotes e conselheiros. Macaão estava protegendo seu paciente, seu rei, daqueles que pudessem ficar tentados a usar o seu atual estado de espírito contra ele.

Cassandra estava respirando normalmente de novo. Soltando as mãos dela, eu disse:

— Eu sei quem ele *pensa* que vê...

— Ele não *pensa* que a vê, ele a *vê*! Pelo amor de Deus, Ritsa, olhe nos olhos dele, eles estão focados. Eles estão focados em algo que o resto de nós não vê. Você pode falar: *sim, mas ela não é real,* você pode dizer isso se quiser, mas o que você não pode dizer é que ele não a vê, porque ele, claramente, muito obviamente a vê.

— O que é então? Culpa?

Ela deu de ombros.

— Não acho que ele se sinta culpado. — Ela voltou a retirar os discos de cera, mas com mais calma agora, rolando cada um deles entre o polegar e o indicador antes de jogá-los no chão? — Medo talvez?

Quando ela virou a cabeça para o lado, notei uma escoriação em sua bochecha e pensei: *vai causar um hematoma,* mas ela não a mencionou, portanto eu também não.

Vozes elevadas soaram atrás da porta da cabine, Agamêmnon insistindo em outro remédio para dormir, Macaão desaconselhando. Só poderia haver um vencedor nessa discussão, e seria uma má notícia para todos nós se a influência de Macaão sobre Agamêmnon começasse a diminuir. Fiz menção de falar, mas Cassandra ergueu a mão, ouvindo com atenção.

Agamêmnon:

— Eu sei quem ela é, ela é...

— Ela é Cassandra — falou Macaão com firmeza. — A filha de Príamo. — Ele poderia estar conversando com uma criança assustada. — Olhe, ela está lá fora. Por que você não vem e diz olá? Ela está preocupada com você.

Nenhuma resposta, mas cerca de um minuto depois a porta se abriu e Agamêmnon saiu. Ao vê-lo, meu primeiro pensamento foi: *Meu Deus, você está um completo desastre.* Ele mancou até sua cadeira e se sentou, o roupão caindo aberto e revelando um saco escrotal flácido e com veias grossas. Ele não fez nenhum movimento para se cobrir, mas a atitude grega em relação à nudez — em relação à nudez masculina, pelo menos — é totalmente diferente da nossa. Ao olhar para as bolas de Agamêmnon, pensei que a nossa atitude tinha suas vantagens. Cassandra estava olhando para as costas das mãos, mas Agamêmnon agarrou-a pelos ombros e puxou-a para encará-lo. A pergunta que ele nunca se permitiria fazer pairou no ar entre eles. Ela sustentou o olhar dele, firme.

— Eu sou Cassandra, filha de Príamo...

Ele assentiu. Pode ter sido a luz bruxuleante da lamparina, a rede de sombras que projetava em seu rosto, mas não achei que ele parecesse nem um pouco convencido.

Macaão serviu uma caneca de vinho, acrescentou um sonífero e entregou-a a ele.

— Só um agora.

Agamêmnon estendeu a mão trêmula e bebeu. Perguntei-me, não pela primeira vez, o que havia na poção; eu poderia nomear todas as ervas e raízes, a mistura básica era uma que eu mesma fazia rotineiramente, e também haveria ópio, é claro. E, possivelmente, algo mais? Era outra coisa que me interessava; normalmente Macaão era generoso ao partilhar o seu conhecimento, mas esse ele não tinha partilhado. Fosse o que fosse, Agamêmnon nunca estava satisfeito; e Macaão estava certo, não estava funcionando tão bem como antes. Embora os efeitos imediatos fossem impressionantes; Agamêmnon sentou-se mais ereto e parecia mais relaxado. Depois de um tempo, hesitante, ele tocou a mão de Cassandra, mas foi com Macaão que ele falou.

— Eu fiz o que eu tinha que fazer.

— Eu sei. Eu estava lá.

Agamêmnon assentiu.

— Sim, você estava lá.

Foi uma troca tão curta, mas senti que muito havia sido dito. Influência em declínio? Sem chance. Como todos os outros que lutaram em Troia, estes dois estavam unidos por cordas de sangue.

Agamêmnon ainda parecia bastante incerto.

— Vai ser estranho, não é, estar em casa?

— Bem, não esqueça que você está voltando para casa em triunfo. Muitas pessoas disseram que Troia não poderia ser tomada. Lembra? As muralhas de Troia, construídas por um deus; a cidade, fundada por um deus? Ninguém ia tomá-la, mas você conseguiu.

— Consegui, não é? Eu não apenas tomei, eu a pulverizei, porra.

Lembrei-me das colunas de fumaça negra que pairaram sobre a cidade por dias a fio. Os corvos sobrevoando...

Incentivado gentilmente por Macaão, Agamêmnon começou a relembrar a guerra, a primeira de inúmeras conversas desse tipo que tive de assistir ao longo dos anos.

— Lembra-se de quando Aquiles pensou que Odisseu não o havia convidado para um banquete? Deus, que tempestade em copo d'água foi aquela. Aquiles gritando enraivecido; ele nunca tinha se sentido tão insultado em toda a sua vida, logo pela manhã, ele ia carregar seus navios e iria para casa. Ah, e Pátroclo tentando acalmá-lo... Deuses, ele era um mártir, aquele homem. Não sei como ele aguentava. E depois de tudo, descobriu-se que ele *havia* sido convidado, ele tinha acabado de sair quando os arautos chegaram. O maior dos guerreiros gregos? Pelo amor de Deus... a maior maldita rainha do drama! — Tarde demais, Agamêmnon pareceu lembrar que acreditam que traz má sorte falar mal dos mortos e, piedosamente, abaixou a cabeça. — Que ele descanse em paz.

— Descansar em paz? — disse Macaão — *Aquiles?* Isso nunca vai acontecer, não é? Ainda estou esperando o desgraçado voltar.

Talvez sua própria referência ao fato de Aquiles ser universalmente considerado o maior dos guerreiros gregos tenha deprimido Agamêmnon, porque a partir daquele momento seu humor pareceu piorar. Ele ficou calado e empurrou a cadeira para mais longe da mesa. Assim que suas pálpebras começaram a se fechar, Macaão o ajudou a levantar, conduziu-o por entre as jarras e travessas espalhadas até a porta da cabine e abriu-a com um pontapé. Vislumbrei uma cama desfeita e uma pequena lanterna acesa na mesa ao lado dela. Cassandra me submeteu a um de seus olhares longos e sem piscar. *Não ouse ter pena de mim.*

Avançando, ela pegou o braço de Agamêmnon, claramente com a intenção de ajudá-lo a se deitar, mas ele se soltou.

— Ela não — gritou ele para Macaão. — Meu Deus, homem, você não tem juízo?

Recuperando-se imediatamente, Macaão veio em nossa direção, abrindo os braços para os lados como um pastor pastoreando ovelhas. Recuei imediatamente, mas Cassandra hesitou, olhando para Agamêmnon, que estava sentado na beira da cama, com as mãos penduradas, indefesas, entre as coxas.

— Acho melhor você ir — disse Macaão. — Eu assumo daqui.

E então, sem cerimônia, sem despedidas, sem reverência, sem um pingo de consideração ou respeito, ele bateu a porta na cara dela.

7

O som daquela porta batendo nos perseguiu pelo corredor. O choque de Cassandra era palpável. Eu tinha outras coisas em que pensar; por exemplo, em não cair, não ser arremessada contra a parede por um movimento repentino do navio. Eu estava começando a achar que o *Medusa* tinha recebido um nome apropriado. Tinha-se a impressão de malevolência ativa, embora isso fosse um absurdo, é claro. Nós pisamos em poças, enquanto o chão oscilava e recuava sob nossos pés. Andreas tinha razão: o único lugar seguro era a cama. No final, agarrei Cassandra e terminamos a curta jornada mancando juntas como competidores em uma corrida de três pernas. Chegando à cabine, nos revezamos para usar o balde e, depois, pela segunda vez naquela noite, enfiei-me debaixo do cobertor e levei os joelhos até o queixo. Cassandra estava estendida feito um cadáver em cima de uma laje, e isso me irritou tanto que virei as costas para ela.

Eu não tinha esperanças de dormir, nenhuma. Fiquei deitada ouvindo a respiração dela, que era calma e constante, sem nenhum dos estranhos assobios, gemidos e grunhidos que as pessoas fazem durante o sono profundo.

Finalmente, perguntei:

— Você está acordada? — Um movimento relutante de sua cabeça forneceu a resposta. — O que foi aquilo?

— Ele pensou que eu fosse Ifigênia. A garota que ele matou.

— A filha. Foi a *filha* que ele matou. — De alguma forma, era importante dizer isso. — E, de repente, ele acorda e está na cama com ela. É suficiente para deixar qualquer um louco, só estou surpresa por ele não ter matado você.

— Ele *está* louco? — perguntou ela.

— Diga-me você.

— Não sei como é a aparência da loucura. Eu só sei como é a sensação dela... e, mesmo assim, provavelmente é só para mim. Quero dizer, tenho certeza de que é diferente para cada pessoa.

Eu não conseguia acreditar que ela estava falando tão abertamente assim.

— Qual foi a sensação para você?

— Incrível, para ser honesta. Bem, no começo, de qualquer forma. Você sente... não, desculpe. *Eu* sinto... sinto que sou capaz de fazer qualquer coisa, escalar montanhas, andar sobre as águas, beijar um deus. Mesmo as partes que devem parecer horríveis, como se mijar, não pareciam horríveis. Soltar, senti-la quente e forte descendo em cascata pelas pernas... Não é de todo ruim.

— Queria ter noção de que você estava gostando. Talvez eu tivesse sido um pouco menos compreensiva.

— Não permanece assim. Depois de algum tempo, isso começa a fazer você se despedaçar, como uma carruagem sendo conduzida rápido demais, suas partes caindo. — Ela colocou a mão sobre a boca para prender as palavras. — Eu sei que fui horrível com você.

— *Foi?*

Nenhuma resposta para isso.

— Olha — falei — nós duas sabemos o que está acontecendo aqui. Eu vi coisas que você não queria que eu visse, ou que ninguém visse, nunca. E você não pode me perdoar por isso.

— Sou grata a você.

— Não, você não é.

— Não, eu não sou.

Eu ri.

— Se eu desaparecesse por uma fenda no chão, você ficaria muito feliz. Não ficaria?

— Provavelmente.

Ficamos em silêncio depois disso; a atmosfera entre nós havia mudado sutilmente, embora não necessariamente para melhor. É possível ser honesta demais.

Depois de um tempo, ela disse:

— É minha imaginação ou o cheiro está um pouco melhor?

— Acho que já nos acostumamos. Provavelmente nós mesmas estamos com esse cheiro agora.

— Deuses, que pensamento horrível. — Cassandra estava sentada com as costas contra a parede manchada e marcada. Por fim, ela disse: — Sabe o que aconteceu... foi um choque terrível.

— Tenho certeza.

— Quero dizer, isso torna tudo... bem, só um pouco mais difícil. Entende?

— Claro que entendo. Como vocês vão morrer juntos quando ele não suporta ficar no mesmo quarto que você?

Um breve silêncio.

— Eu gostaria de poder fazer você acreditar em mim.

— Eu não desacredito você. Eu apenas não entendo.

— O que você não entende?

— Bem, você vê alguma coisa? Certo?

— Sim.

— Mas o que eu não entendo é... O que você vê é fixo? Quero dizer, vai acontecer, não importa o que alguém faça? Ou é mais como um aviso? Sabe, *continue por esse caminho e é isso que vai acontecer?*

— Não sei.

— Então... o que há na imagem?

— Dois cadáveres em um pátio. Agamêmnon e eu. Ambos esfaqueados. Ah, e sei que acontece pouco depois de chegarmos, mas não sei como sei disso. — Ela solta um som que é quase uma risada. — E você não acredita em uma palavra do que estou dizendo, não é?

Apesar do riso em sua voz, não consegui ver nada remotamente engraçado em sua profecia; porém, mais uma vez, as pessoas podem ficar extraordinariamente alegres quando sentem a aproximação da morte.

— O que acha que eu deveria fazer, Ritsa?

— Diga a ele que você está grávida. Então, ele vai cuidar de você.

— Você parece minha mãe.

— Vou aceitar isso como um elogio.

— E suponha que eu não esteja grávida?

— Bem, então você errou. Acontece o tempo todo.

Outro silêncio se fez. A luz estava ficando mais clara? Achei que as roupas penduradas nos ganchos estavam mais nítidas do que meia hora atrás.

— Ele tem que morrer, Ritsa. Se não houver justiça para as crianças que ele matou, não seremos melhores que porcos chafurdando na lama.

Ela esperou por uma resposta, mas eu apenas balancei a cabeça. Depois de algum tempo, ela virou de lado, e, alguns minutos depois, sua respiração constante sugeriu que ela havia adormecido. Eu estava me sentindo um pouco enjoada porque o balanço do navio parecia estar piorando. Supostamente, devia-se focar o olhar em um ponto fixo, mas como fazer isso quando tudo está em movimento ao mesmo tempo? Gritos soaram no convés, seguidos por uma explosão de cantoria. Homens corajosos para cantar no meio disso. Era uma tempestade? Bem, é óbvio que era uma maldita tempestade, como mais se chamaria isso? Então era mais uma das profecias de Cassandra por água abaixo. Ela era convincente; por um momento, eu acreditei que Agamêmnon estava navegando para casa para encontrar sua morte.

Ela estava murmurando enquanto dormia. Em um momento, pensei ter ouvido a palavra "mãe", então escutei com mais atenção, mas não houve mais palavras, apenas o rangido do navio, conforme ele abria caminho através do mar revolto.

Acordei cedo de um sono dilacerado por sonhos. Uma casa em ruínas, buracos no telhado que deixavam a chuva entrar, ratos correndo por toda parte… Nunca morei em um casebre parecido, e ainda assim, de alguma forma, está lá na minha cabeça, uma imagem de completa devastação, e tem estado lá por toda a minha vida adulta. Escondendo-se, às vezes por vários anos, e voltando de repente. É um sonho que tem o poder de manchar o dia seguinte, e eu sabia que seria necessário um grande esforço consciente para afastá-lo da minha mente.

O primeiro passo era sair desse buraco fétido. Virando-me de lado, vi que Cassandra ainda dormia. Dada a noite que acabamos de ter, talvez ela dormisse por horas. Enrolando-me em meu xale, subi ao convés, mas, quando cheguei ao topo da escada, fiquei do lado de dentro porque pude ver que uma chuva forte estava caindo. Tudo estava preto, cinza ou prateado, tudo borrado, o próprio sol nada mais do que um olho remelento espiando pelas frestas de um banco de nuvens escuras. Uma vez afastada do abrigo da escada, assustei-me com a ferocidade do vento, mas agarrei-me ao corrimão com mãos que logo ficaram dormentes. Apesar de a chuva formar uma tatuagem em meu couro cabeludo e de um amontoado de pano molhado fazendo fricção entre minhas coxas, eu me sentia melhor, mais viva, do que me senti por semanas.

Com cautela, movendo uma mão de cada vez, avancei mais ao longo da amurada. Abaixo, o mar espumava e borbulhava como caldo de osso fervendo, mas tentei não olhar para baixo. A cada lado de nós havia navios de guerra, alguns ainda exibindo luzes. Eu sabia que os navios de guerra estavam lá para nossa proteção — ou para a proteção de *Agamêmnon* —, mas não os achei tranquilizadores. Para mim e para milhares de outras mulheres, era impossível ver aquela silhueta de bico preto e não sentir terror. Com a intenção de observar os navios, não notei uma figura vindo atrás de mim, até que uma mão agarrou meu braço.

— Sua idiota. Sua *maldita* idiota.

Andreas, é claro; pequenos olhos azuis fervendo de raiva, suas bochechas vermelhas adquirindo um tom arroxeado mais intenso enquanto ele olhava para mim. Abri a boca para falar, apenas para engasgar quando o vento me tirou o fôlego; provavelmente foi o melhor também, já que qualquer coisa que eu dissesse só o teria irritado ainda mais. No final, eu fugi; eu estava com tanta pressa para escapar que desci as escadas de bunda. Embora quando me levantei, com o cabelo molhado escorrendo pela nuca e a túnica encharcada grudada em mim em dobras úmidas, me senti maravilhosa. Levando o braço ao rosto, senti o cheiro de uma mistura de chuva e maresia salgada, o cheiro de cobertores mofados e suor velho totalmente dissipado.

A alegria não durou muito. Tateando pelo corredor, tive medo de ouvir a voz de Cassandra chamando meu nome, mas quando espiei pela porta da cabine ela ainda estava dormindo, eu conseguia dizer pelo constante subir e descer de sua respiração; desse modo, entrei e me estiquei na minha cama. Eu estava animada demais pelo vento e pela chuva para dormir, embora meus pensamentos não fossem felizes. Aquela tinha sido uma pequena e desagradável cena, Andreas gritando obscenidades. Pura fúria. Eu falei para mim mesma que não me importava, mas a verdade é que me importava. Mas, depois de algum tempo, acalmei-me o bastante para dormir. Quando, depois de um tempo indeterminado, abri os olhos, Cassandra ainda dormia. E eu estava faminta.

Levantei-me, ajeitei meu cabelo eriçado o melhor que pude e caminhei a curta distância até a sala de jantar.

A bagunça tinha sido limpa. Uma única lamparina a óleo emitia uma luz vacilante sobre algumas cadeiras vazias. Nada mais: nenhuma comida, nenhuma bebida. Se fosse eu, teria de aguentar, não tinha escolha, mas quando eu estava prestes a sair, Macaão apareceu. Ele tinha um apreço saudável pelos prazeres da barriga e muito mais influência do que eu, sendo assim, ele saiu e bateu na porta da cozinha. Poucos minutos depois de seu retorno, um jovem chegou trazendo uma bandeja com carne cozida e um prato de azeitonas verdes. O pão veio pouco depois, já cortado; eu tirei a parte mofada no final e o restante, embora não exatamente fresco, serviu bem o suficiente.

Macaão estava comendo a carne com vontade.

— Você não está se sentindo nem um pouco enjoado? — Perguntei.

— Eu me senti um pouco ontem à noite. Estou bem agora.

— Como está o rei?

— *Definitivamente* não está enjoado. — Ele estava sorrindo. — Ou, se estiver, é segredo de estado. Como está Cassandra?

Fiz uma careta.

— Hum? Talvez não seja ruim para eles passarem algum tempo separados.

Não seria ruim para quem? Perguntei-me. Eles ou Macaão? Ele parecia ver Cassandra como uma rival, o que era incomum, já que é raro uma concubina real ter qualquer verdadeira influência sobre um rei.

Nesse momento a porta se abriu, e Cassandra entrou, uma Cassandra muito esgotada, pálida, suja e cheirando a vômito. Ela desabou na cadeira ao meu lado. Macaão ergueu a faca, oferecendo-se para cortar um pouco de pão para ela. Ela recusou com um gesto de cabeça e, talvez arrependida até mesmo daquele leve movimento, começou a massagear as têmporas com os indicadores de ambas as mãos.

Macaão disse:

— Sabe, você estaria melhor na cama.

— Como está o rei?

— Repousando.

A maneira como ele falou — todo o seu jeito, na verdade — era um tapa na cara tal qual a porta batida. No silêncio que se seguiu, o lamento do vento no cordame soou muito alto.

— Odeio esse som — comentei, como se alguém se importasse se eu odiava ou não.

— Faremos bom progresso — retrucou Cassandra.

— Faremos? — falou Macaão. — O que a faz dizer isso? Pelo que *você* sabe, fomos desviados da rota pela tempestade.

— Nós não fomos.

— Ah, não, claro que não, estou esquecendo, que tolo eu sou, não podemos ter sido desviados da rota pela tempestade, não é, porque não houve tempestade. — Ele estava absurdamente irritado. — O que há com você, então? Enjoo matinal?

Cassandra lançou um olhar malicioso em minha direção, obviamente pensando que eu devia ter contado a ele minhas suspeitas. Macaão percebeu sua irritação, adivinhou o que significava e ficou claramente encantado por ter descoberto o segredo dela. Cassandra ficou sentada em silêncio, com as costas retas e tensa. Provavelmente ela tinha esperança de que a porta da cabine se abrisse e Agamêmnon saísse, embora, dada a sua aparência e o seu cheiro, pensei que seria muito melhor para ela se ele não o fizesse.

O silêncio constrangedor foi interrompido por um grito vindo do convés, seguido por uma explosão de aplausos. Macaão levantou-se imediatamente.

— Vou informar... — Ele se controlou. — Não, é melhor ter certeza. — E, então, ele saiu pela porta, avançando pelo corredor como um menino.

Deixadas sozinhas, Cassandra e eu nos entreolhamos. Só podia haver uma explicação para a comemoração: eles avistaram terra. Sem olhar para mim, Cassandra se levantou e caminhou rigidamente até a porta. Pessoas cujos nomes e funções eu não conhecia espiavam pelas portas das cabines como coelhos assustados. Cassandra passou por elas, eu a segui e emergimos em um dia de neblina e chuva constante, mais calmo agora. Na proa, um rapaz magro com um pomo de adão proeminente na garganta insistia:

— Eu vi sim. — Ele olhou em volta em busca de apoio. — Eu vi.

Ficamos olhando para o mar. Nada, não por muito tempo, até que uma rajada mais forte abriu um buraco na névoa e ali, apenas por um segundo, vimos uma mancha marrom. Mais gritos, mais altos agora, espalhando-se de navio em navio através das águas agitadas. Mesmo a chuva torrencial não conseguia diminuir a animação deles, ou a de Cassandra, que estava tão exultante quanto qualquer um deles. Provavelmente eu era a única pessoa a bordo do *Medusa* que não queria que a viagem terminasse.

Cassandra virou-se para Macaão.

— Aí está você, viu. Eu falei para você que teríamos uma viagem tranquila.

Ele estava prestes a responder quando me intrometi.

— A noite passada foi tudo menos tranquila.

Duvido que ela tivesse me ouvido. Ela subiu até o topo da grade e estava inclinada para fora, muito mais do que era seguro, aparentemente tentando tocar a figura de proa. Macaão olhou para mim, claramente esperando que eu fizesse algo a respeito. Quando não fiz nada, ele soltou um *tsc* de impaciência, agarrou um punhado da saia dela e puxou-a para o convés. Ela ajeitou a túnica, virou-lhe as costas e perguntou a Andreas:

— É a Medusa, não é?

— É, sim. Meu avô esculpiu.

— Não é uma escolha estranha para uma figura de proa? — perguntou Macaão. — Um monstro?

Cassandra se virou para olhar para ele.

— Ela *era* um monstro?

— Ela transformava em pedra todos os seres vivos que encontrava. Eu chamaria isso de monstro, não?

— Mas não é esse o ponto? Quem decide quem é um monstro?

— O vencedor.

Pude ver que ela ficou surpresa com essa resposta, com o cinismo brutal dela ou com a honestidade.

— Então o que você está dizendo é que, se ela tivesse matado Perseu, e não o contrário, *ele* seria o monstro. É isso?

— Sim, creio que sim.

— Em vez de apenas um idiota desagradável?

Macaão e Andreas trocaram olhares de desaprovação; eu não tinha paciência para nenhum deles. Fosse qual fosse o problema aqui, não era a escolha de palavras de Cassandra. Ela continuou, quase sonhadora:

— Sabe, as pessoas pensam que Medusa é o nome dela, mas não é um nome, é um título. Significa "rainha".

Macaão encolheu os ombros.

— O fato é...

— O fato é que ela era uma garota que foi estuprada no templo de Atena por alguém poderoso demais para ser punido.

Um silêncio constrangedor. Eu sabia, e Macaão sabia, que Cassandra estava descrevendo o que acontecera a ela mesma. Quando os combatentes gregos assolavam as ruas de Troia, ela se refugiou no templo de Atena, escondendo-se atrás de uma estátua da deusa. Ao encontrá-la lá, Ájax a arrastou para fora do esconderijo, mas ela estava agarrada com tanta força que derrubou a imagem de madeira no chão ao seu lado. E, durante tudo o que se seguiu, ela manteve os olhos no rosto pintado. Mesmo quando

Ájax encontrou um pedaço de pano ensanguentado entre as pernas dela e o jogou para longe, ela não se permitiu sentir nada. Normalmente, o estupro de uma mulher troiana capturada não era considerado um crime, mas o estupro de uma sacerdotisa virgem no templo de uma deusa virgem era um sacrilégio. Mesmo assim, Ájax não foi punido. Ele tinha homens, tinha navios; no final das contas, ele era poderoso demais.

Não sei como poderia ter terminado o confronto de Macaão com Cassandra, pois, naquele momento, houve uma comoção atrás de nós. Viramos e vimos Agamêmnon atravessando o convés em nossa direção. De perto, ele não parecia exatamente doente, mas sem energia. Este era o seu momento de maior triunfo como rei e comandante e, ainda assim, não havia alegria em seu rosto. Ele parecia perdido. No entanto, aconteceu algo bastante notável: os combatentes dos dois navios de guerra mais próximos avistaram-no e começaram a aclamar. A aclamação se espalhou de convés em convés à medida que combatentes em navios distantes demais para vê-lo adivinhavam o que estava acontecendo e enlouqueciam de animação. "Agamêmnon! Agamêmnon!" gritaram, arrastando o nome até que se tornasse um grito de guerra. Erguendo os dois braços acima da cabeça, ele fez um lento círculo de reconhecimento e, então, à medida que os aplausos aumentavam, outro círculo e mais outro. A ligeira corcunda sumiu, seus ombros se endireitaram, ele parecia ficar mais alto diante dos nossos olhos, perdendo gordura da barriga, perdendo anos, milagrosamente rejuvenescido pela adoração de homens que mal conseguiam vê-lo e de alguns que sequer conseguiam.

Mesmo quando os aplausos finalmente cessaram, ele ainda parecia mais jovem, em melhor forma, cheio de energia e esperança. Ele apertou vigorosamente a mão de Andreas, que declarou:

— Não me agradeça, senhor. Ainda não chegamos lá.

Contudo, Agamêmnon já havia seguido adiante. Ele atravessou o convés para cumprimentar os membros da tripulação, acenou outra vez para os navios de guerra ao redor e então, de maneira bastante formal, cumprimentou Cassandra. Ele estava sorrindo, então era evidente que seus medos da noite anterior haviam sido esquecidos, pelo menos por enquanto. Ela ficou, paciente, ao lado dele enquanto ele conversava com outras pessoas. Mais ou menos dez minutos depois, eles deixaram o convés juntos.

Andreas estava furioso.

A JORNADA PARA CASA

— Ouviu isso? Agradecendo-me por levá-lo até lá? Nunca ouvi nada tão estúpido, tem mais um dia inteiro.

— Ótimo!

Ele olhou para mim.

— Então, você não está com pressa de chegar lá?

Balancei a cabeça.

— Não, sinto muito, sei que todos vocês devem estar ansiosos para voltar para casa. — Olhei ao redor do convés para os marinheiros que começaram a voltar ao trabalho. — Mas eu não tenho uma casa, não agora, e gosto daqui.

Um momento de silêncio. Algum tipo de luta interna parecia estar acontecendo; ele parecia prestes a falar, mas depois sacudiu a cabeça.

— É melhor eu ir andando.

Ele saiu para organizar alguns reparos e eu me virei para olhar para o mar de novo. Eu estava intensamente consciente da Medusa subindo as ondas, nós duas saltando a uma velocidade tremenda com o vento em nossos cabelos impossíveis. Pelo menos o meu não sibilava. Normalmente, os cabelos sempre eriçados por causa do tempo úmido não me incomodavam, eu já não me importava mais com coisas assim, e se eu estava ciente disso agora, era só porque tinha encontrado Andreas de novo e, inevitavelmente, isso me deixava um pouco mais insegura sobre a minha aparência. E ali na minha frente, navegando as ondas, estava Medusa, que provavelmente tinha parado de se sentir insegura logo após sua transformação, pois de que outra forma ela poderia ter vivido?

Quem decide quem é o monstro?

O vencedor.

Encarei a névoa até meus olhos começarem a doer, antes de puxar meu xale com firmeza ao meu redor e descer para o convés.

Fora toda aquela conversa sobre a Medusa, eu estava cada vez mais consciente da mulher ali, além do muro de névoa, que esperava, como eu e como Cassandra, que esta viagem terminasse. A rainha, Clitemnestra, que viu sua filha morrer e agora devia estar se preparando para receber em casa o assassino dela.

Ela vai pular se ele mandar.

Tive a sensação de que ela talvez não pulasse.

9

Os olhos de Clitemnestra estão cansados de observar e, hoje, de todos os dias, com a costa envolta em névoa, a sua vigilância parecia particularmente inútil.

Distração, é disso que ela precisa. Desse modo, depois de escurecer, quando os idiotas que a cercam estão seguros nas próprias camas ou nas camas de outras pessoas, ela pega duas taças e uma jarra de vinho e se esgueira pelo corredor deserto tão silenciosa quanto um fantasma. As pessoas notam essas excursões noturnas dela? Talvez; não, elas devem notar, notam todo o resto — cada gesto, cada movimento, cada mudança fugaz de expressão —, tudo era comentado, especulado. Até mesmo a regularidade, ou não, de sua menstruação, até mesmo as manchas em seus lençóis, tudo é informação valiosa. Pelo que ela sabe, alguns conselheiros subornam suas criadas para verem suas roupas lavadas. Provavelmente pensam que ela tem um amante; Egisto, sem dúvida, já que ela é obrigada a passar um tempo considerável com ele. Alguns homens parecem pensar que é impossível que uma mulher prefira dormir sozinha. Todo esse esforço e, ainda assim, eles não fazem ideia de para onde ela vai quando precisa de companhia, apenas que às vezes ela sai de seus quartos à noite, sem a companhia de suas criadas; e isso, por si só, é escandaloso.

Ao pé da escada, ela para, ouvindo. As paredes estão sussurrando juntas como sempre fazem, mas não sobre amor.

Os degraus que descem dos jardins formais até o terreno baldio nos fundos do palácio estão em sombras profundas. É lúgubre aqui e sempre úmido. As samambaias, que crescem densamente nas fendas da parede, claramente adoram; em nenhum outro lugar se vê um tom de verde tão intenso. Abaixo dela, o chão se estende até o horizonte. Apesar do ar de desolação, ela sempre gostou deste lugar. Foi um dos seus refúgios quando era jovem, recém-casada e começando a se sentir aprisionada. Plantas altas em forma de guarda-chuva margeiam um pequeno riacho que desce da colina acima, transformando-se em espuma branca ao redor das rochas em seu caminho. Aquele fluxo constante de água sobre a pedra clareia sua mente. Ela sempre se sente melhor aqui, embora, segundo qualquer ponto de vista objetivo, o lugar dificilmente pudesse ser mais miserável. Há trinta anos, as vítimas da peste foram enterradas aqui, a maioria em profundas fossas comunitárias. Mesmo os poucos que tinham sepulturas individuais não tinham um memorial de verdade. Este é um lugar onde tudo se perde — identidades, memórias e até nomes.

Ela só tem as memórias das velhas para guiá-la. Na época da grande peste, ela era criança em Esparta, embora a peste também tenha chegado lá; ela e sua irmã gêmea, Helena, foram enviadas para as montanhas para mantê-las seguras. Ela tem uma lembrança repentina de Helena, com uma fita azul no cabelo, saltando na frente.

Seguindo o caminho estreito ao lado do riacho, ela esbarra em samambaias molhadas e a umidade sobe de seus tornozelos até os joelhos. A colina é íngreme e o solo é traiçoeiro depois das chuvas recentes, mas agora bem à sua frente, surgindo em meio à névoa, está a imponente pirâmide da fogueira de vigilância. Ela faz uma pausa por um momento, olhando para ela. Mesmo desta distância, é uma estranha mistura de folhas mortas, grama, galhos, caixas de madeira, caixotes, pedaços de móveis quebrados — há até um sofá roxo na base, tão bem abrigado que permanece seco mesmo quando há uma tempestade. O sofá estava ali desde o início; uma vez ela surpreendeu Razmus encolhido nele, em sono profundo com sua capa velha e esfarrapada enrolada firmemente em volta dos ombros.

— Vai queimar que é uma beleza — comentou ele, quando abriu os olhos e a encontrou observando-o.

— Tenho certeza de que vai, e com você junto. Pelos deuses! E se algum idiota a acender enquanto você está dormindo?

— Dormindo? *Eu?* Quando é que *eu* durmo?

Isso foi há dois meses, quando ela ordenou pela primeira vez que as fogueiras de vigilância fossem construídas. Ela o conhece melhor agora.

A JORNADA PARA CASA

Chegando ao topo da colina, ela se vira e olha para o mar, ou melhor, para o lugar onde o mar deve estar. Um banco de névoa esconde tudo. É uma característica bem conhecida desta costa, estas brumas repentinas e espessas vindas do mar. Podia estar fazendo sol forte aqui em cima, enquanto lá embaixo, na cidade, a neblina marinha está tão densa que barcos de pesca não podem sair do porto. Essas névoas repentinas têm seu próprio característico cheiro metálico. E elas não apenas cheiram a metal, também têm gosto, era como lamber uma armadura. Ela passa a língua pelos lábios e o sente agora.

— Quem é?

— Uma amiga.

— Aproxime-se, amiga!

É realmente ridículo! Ela tem plena ciência de que ninguém mais o visita, exceto o escravo que traz sua comida, mas ele ainda insiste nessa besteira.

Ela sobe os últimos metros até o círculo de terra nua ao redor da fogueira, onde um homenzinho lúgubre de pernas magras está empoleirado em uma pedra plana. Na escuridão, envolto em névoa, ele parece uma criatura maligna de um mito antigo, uma criatura já antiga antes do nascimento dos deuses. Ela se senta em outra pedra convenientemente posicionada e ergue a jarra. A pergunta não dita tem que ser feita, embora ele já esteja lambendo os lábios; enquanto ela serve o vinho, os olhos dele nunca deixam a taça. Ela a entrega e então, por um momento, os dois ficam sentados e olham para a fogueira, cuja presença imponente e silenciosa os torna pequenos.

— Bem, como você está? — ela pergunta, finalmente.

— Molhado. Com frio.

— Beba isso, logo você se sentirá melhor.

— Ah, eu vou, não se preocupe. — Ele toma um longo gole e enxuga a boca com as costas da mão. — Eu gostaria de ter tido isso ontem à noite.

— Ficou um pouco difícil, não foi? A certa altura, pensei que o telhado estava desmoronando. — Ela hesita. — Acha que foi assim no mar?

— Pior, eu não devia especular. — Ele olha para ela. — Você com certeza vai ficar preocupada. É natural que queira seu homem de volta.

O conforto de seu tom é cortante, como devia ser. Ela não se preocupa em explicar o quanto seus sentimentos são mais complicados do que isso, porque ele já sabe. Na verdade, não há muito que ele não saiba, mas como, ou por que, ele descobre é um mistério. Ele não parece fazer uso da informação; ela saberia se ele o fizesse. É claro que muitas pessoas curiosas são perfeitamente bem-intencionadas, elas são apenas profundamente fascinadas pelos caprichos da natureza humana. Não é o caso de Razmus; a curiosidade *dele* parece ser motivada exclusivamente pela malícia. E seu fingimento cuidadosamente mantido de que ela é uma esposa amorosa que anseia pelo retorno seguro do marido é... bem, é o quê? Um exercício de poder? Porque conhecimento é poder, e ele está perfeitamente ciente disso. Uma ameaça? Não, ele não iria tão longe. Ele é uma das pessoas mais malignas que ela já conheceu, porém também é o melhor vigia noturno do ramo; em tempos mais normais, ele recebe um bom dinheiro para patrulhar as ruas depois de escurecer, embora ela duvide que ele seja bem-vindo em alguma das casas que vigia; sem dúvida a própria família o expulsou anos atrás.

Ela levanta os olhos da taça, encontra-o contemplando-a com seu habitual ar de expectativa e de olhos radiantes, e pensa que a expressão dele é, não exatamente desagradável, mas sem dúvidas perspicaz.

— Como estão os insetinhos? — pergunta ela, concentrando-se instintivamente na fraqueza dele.

— Dando trabalho. Eles não gostam de tempo chuvoso.

— Eles não parecem gostar de nenhum clima.

— O calor é o pior.

Os insetinhos são a razão pela qual ele é um vigia tão bom. Ele sempre tem o cuidado de prender uma dobra da capa em volta dos pés, para que ela não tenha como saber a gravidade das lesões; se o cheiro puder servir de indicação, de fato muito ruim. Ela suspeita que ele gosta da noite, porque, com a escuridão o envolvendo, ele consegue se lembrar de como era ser um homem.

Inclinando-se para a frente, ela enche a taça dele.

— Então, está ansiosa? — Quer saber ele.

Isso foi mais uma zombaria do que uma pergunta.

— O que você acha?

— Acho que não adianta discutir com os deuses. — A voz dele está exausta, monótona — a voz de um homem que passa todas as noites discutindo com os deuses. — Não leva você a lugar nenhum bem depressa. — Uma pausa, outro gole. — Ele fez o que tinha que fazer.

A JORNADA PARA CASA

— Ele fez?

— Ele estava em uma situação difícil. Eles o encurralaram.

— Portanto, não posso culpá-lo por matar minha filha porque ele estava em "uma situação difícil". Ah, querido, pobre alma.

— Só estou falando que o poder tem limites. Você governou Micenas durante dez anos, sabe disso melhor do que ninguém. Talvez ele tenha se deixado encurralar, talvez não houvesse mesmo outra saída. E ele teria os sacerdotes tagarelando no ouvido dele. Dizendo a ele que os deuses queriam sacrifício.

— Sacerdotes... eu enforcaria todos eles.

— Então por que não faz isso? Você é a rainha.

— Porque as pessoas comuns os ouvem. Não há escolha, é preciso mantê-los do lado.

— Aí está você, então. Os limites do poder.

Ela pensa, não pela primeira vez, embora nunca com mais clareza do que esta noite, que esse monte de carne fedorenta é seu único amigo. Ninguém acreditaria nisso, mas é verdade: quem mais havia? Dacia, talvez — e há muitas pessoas piores em quem confiar do que um escravo inteligente. Animais, melhor ainda, porque não sabem quem você é, mas o último cachorro dela morreu há seis meses e ela não vai pegar outro. Pobre Mylan. Ele era um filhotinho quando Ifigênia morreu. Na manhã em que partiram para Áulis, ela deu um beijo de despedida nele, abraçando-o e rindo quando ele lambeu seu rosto. Depois, quando a carroça parou em frente ao palácio, ela o colocou no degrau mais alto e ele permaneceu, inclinando-se um pouco para a frente, sobre a barriga, choramingando ao vê-la partir.

— Ifigênia — fala Razmus. — Uma garota adorável. — Ele espera para ver que reação provoca. — Dizem que ela foi para a morte de boa vontade.

— Ela estava amarrada e amordaçada.

Mas ela fala sem rancor, porque ele falou o nome de Ifigênia. Ninguém mais fala. Ah, falam dela: o templo de Ártemis vive lotado de gente visitando seu túmulo. Ela é amada, lembrada, venerada; porém, ninguém diz o nome dela. Às vezes, na câmara do conselho, quando os velhos estão há horas tagarelando, ela tem vontade de gritar: *Alguém, por favor... alguém, apenas diga o nome dela!*

Ela mergulhou tão fundo nos próprios pensamentos que se sobressalta quando Razmus diz:

— A névoa está se dissipando.
— Está?
— Sim, olhe.

Ela se vira, tentando ver o porto. A névoa está um pouco menos espessa?

— Não vai demorar muito agora.
— Você está falando isso há semanas.

Ele acena para reconhecer a verdade disso, mas depois a surpreende.

— Eu o vi outra noite.
— Quem?
— Agamêmnon.
— O que ele estava fazendo?
— Não estava fazendo nada. Ele estava dizendo: "Ela não".
— Imagino que ele estivesse escolhendo uma mulher para passar a noite.
— Acho que não. Ele parecia... amedrontado.
— *Amedrontado?*
— Só estou contando o que ouvi.
— Você devia estar sonhando. Também sonhei com ele ontem à noite, sonhei que o navio tinha naufragado.
— Você deve ter ficado devastada.

Estava aí, inconfundível agora: o esgar de malícia. A maneira como Razmus pronunciou a palavra "devastada" revelava exatamente o quanto ele sabia sobre os sentimentos dela em relação a Agamêmnon. Demais, demais mesmo. Ela provavelmente devia mandar matá-lo. Ele provavelmente agradeceria se ela o fizesse. Contudo, diferente de Egisto, ela não tem interesse em matar por matar. Ele pode causar algum dano a ela? Essa é a única pergunta que importa e, por enquanto, provisoriamente, a resposta é não.

— De qualquer forma — ela esvazia a taça — acabou. Não vou lhe desejar boa noite.

— Nem eu a você, senhora.

Senhora, é? Ele oferece a jarra a ela, como faz ao final de cada visita e, como em todas as ocasiões anteriores, ela diz: "Não, fique com ela". Mas ela leva a taça dele, sabendo que ele não vai se importar de beber da jarra no minuto em que ela partir. Eles se encaram como sempre, sustentando o olhar um do outro por um segundo a mais, e então ela se vira para ir embora. Não há necessidade de exortá-lo a ficar acordado e vigilante: os insetinhos cuidarão disso.

10

Depois do jantar naquela noite — a segunda noite que passamos a bordo do *Medusa* e, como se revelou, a última — fiquei sozinha com Andreas.

Agamêmnon e Cassandra foram dormir cedo. Macaão decidiu subir ao convés para terminar o vinho, embora, como levou consigo uma jarra inteira, eu não acreditava que o término fosse iminente. Ele parecia esperar que Andreas o acompanhasse, mas Andreas balançou a cabeça. Conversamos com bastante facilidade, sobre o Medusa, sobre o avô dele que começou a esculpir madeira como um passatempo quando estava ferido demais para ir para o mar, mas depois, percebendo que era bom nisso, transformou em um negócio. Suas figuras de proa podiam ser vistas ao longo da costa.

— Às vezes, sabe, estou andando por um porto e de repente olho para cima e penso: *essa é uma das dele*. E é como encontrar um velho amigo.

— Você o ajudou nisso?

— Com a escultura? Bem, um pouco, suponho, quando eu era criança, mas nunca fui bom. Na primeira oportunidade que tive, fui para o mar.

— E conheceu meu marido.

— E você.

Uma pausa um pouco estranha. Olhei ao redor da sala.

— Você se saiu bem, sabe. — Ele parecia modesto, quase tímido. — Bem, não, mas você… Você deve ter levado uma vida muito aventureira.

— Não tem sido ruim. Não posso dizer que alguma vez me arrependi. Houve alguns momentos difíceis. O último navio que tive afundou, nenhuma vida perdida, graças aos deuses, mas a carga foi arruinada. Tudo o que me restou foi um monte de clientes irritados; você não se livra disso

depressa. O fato é que estou apenas me reerguendo agora. Mas, sabe...
— Ele deu um tapinha afetuoso na mesa. — Ela pode ranger um pouco, porém ainda lhe restam alguns bons anos.

— Parece um pouco comigo.

— Sim, e comigo.

A conversa prosseguiu. Conversamos sobre Galen. Após os primeiros dois anos de casamento, permaneci em casa. Eu estava começando a ser requisitada como parteira e também como herbalista, então me concentrei em desenvolver esse lado do negócio, mas também em cultivar um jardim de ervas adequado. Pequeno, é claro, comparado aos grandes jardins medicinais do palácio, embora algumas das plantas em meus canteiros não fossem encontradas em nenhum outro lugar. Está acabado, agora, destruído, como todo o resto. Por um momento, eu estava de volta àquele jardim, em uma noite de verão, esperando que Galen voltasse para casa.

— Eu costumava invejá-lo.

Por um momento, fiquei confusa.

— Galen? Por quê?

— Você sabe por que.

Nossa! Ele estava indo rápido demais para mim, rápido demais para a situação em que estávamos. Mas o que ele havia dito, de verdade? Nada, apenas um elogio leve e sem importância.

No cômodo ao lado, Agamêmnon e Cassandra estavam se deitando. Conversas sussurradas, risadas, logo dando lugar a outros sons. *Não consigo mentir*, dissera Cassandra. Bem, talvez não com a língua, mas o resto dela parecia não ter problema. Enquanto isso, bebíamos nosso vinho e mordiscávamos nosso queijo e ouvíamos, involuntariamente, o clímax prolongado e ruidoso de Agamêmnon.

Silêncio. Mais uma vez tomamos consciência de outros sons, pratos se chocando na cozinha, trechos de canções no convés, o estalido das mandíbulas um do outro enquanto mastigávamos. Eu estava desesperada para distrair Andreas, porque sentia certa tensão, tensão sexual, aumentando; e eu não queria isso, queria que fosse um belo flerte de meia-idade, bastante agradável, mas não importante, totalmente desconectado da realidade de nossas vidas.

— Sabe, esta manhã no convés, quando você gritou comigo? Acho que tive um vislumbre de quem você é de verdade.

A JORNADA PARA CASA

Ele balançou sua cabeça.

— Pura *raiva*.

— Eu não estava com raiva.

— Você poderia ter me enganado.

— Mas eu fiz... eu fiz... eu...

Ele parecia tão arrasado que tive que me impedir de tocá-lo.

— Sinto muito — falei.

— Não há nada pelo que se desculpar. — Ele forçou uma risada. — É só que eu não queria ver você cair no mar um dia depois que eu a reencontrei.

Ele ainda estava rindo, mas não havia como fingir agora. Empurrando a caneca para o lado, ele falou:

— Vamos deixar isso?

Minha mente foi inundada com todas as muitas e incontestáveis razões pelas quais a única resposta possível era não, e:

— Sim — respondi. — *Sim*.

11

Retornando da fogueira, Clitemnestra vê o quanto a névoa está se dissipando depressa. Há um círculo enevoado ao redor da lua, que parece cheia, mas não está, não por completo — está ligeiramente achatada de um lado, como uma moeda que foi adulterada. Mas esta noite, ou talvez amanhã à noite, a cantoria começará.

Meninos e meninas, saiam para brincar, a lua brilha radiante como o dia...

Entrando no palácio pelo pátio da cozinha, ela vai direto para a escada dos fundos, onde é menos provável que encontre alguém importante. As paredes estão murmurando de novo, agora mais alto. Uma longa subida na escuridão quase total, tateando o caminho, a conduz a um corredor estreito, com quartos de cada lado. Alguns são quartos, outros são usados para armazenamento, alguns apenas ficam vazios. Alertada por um formigamento na nuca, ela analisa a escuridão ao seu redor.

Venham com um grito, venham com um chamado, venham de bom grado ou não venham não!

Sempre, nas canções que cantam, há esta repentina explosão de malícia no final. Absorvida pelas vozes em sua cabeça, ela ouve uma porta se abrir atrás de si, mas é tarde demais. Não há tempo para se virar, há um braço em volta do pescoço dela, dedos quentes pressionando seu nariz e boca, impedindo que respirasse. Lutando, ela é arrastada de costas para um quarto e ouve a porta ser fechada atrás de si. O braço afrouxa o aperto. Ofegante, ela se vira para encarar seu agressor. Egisto, é claro. A onda de alívio não ajuda em nada a acalmar sua raiva.

— Que diabos está fazendo aqui?

— Eu precisava ver você.

— *Assim?* — Ela tenta controlar a raiva, porque ele não entende, não consegue entender o que fez de errado e nunca entenderá. — A respeito de quê?

— Eu estive pensando...

— Si-im?

— Tem que ser eu. Sou eu que tenho de fazer.

— Por quê? Por que você?

— Porque lutar é mais natural para um homem.

— Ora, bolas.

— Exatamente.

Pelos padrões dele, isso foi quase inteligente.

— Mas não vai haver luta.

— Não vai haver uma luta? É mesmo? Acho que você o está subestimando um pouco.

— Não, Egisto, você está me subestimando.

— Pelo menos deixe-me estar lá. Ele é um guerreiro experiente, pelo amor de Deus, ele acabou de travar uma guerra sangrenta. Não há como você enfrentá-lo. E, de qualquer forma, tenho tantos motivos quanto você para querê-lo morto.

— Olha, sinto muito que seus irmãos tenham tido uma morte tão horrível, mas você nem tinha nascido quando eles morreram. Você não os conhecia. E não foi Agamêmnon quem os matou, foi o pai dele. No entanto Agamêmnon matou minha filha e, sinto muito, não quero menosprezar seu sofrimento, mas ele é *meu*.

Por fim, o andar é interrompido e ele se vira para encará-la.

— E suponha que eu diga que isso não é bom o suficiente?

Ela ri.

— Ora, sim, Egisto, suponhamos que você diga? — Aproximando-se dele, bem perto, de modo que estão quase se tocando, ela diz: — Nunca ouse me ameaçar. E não venha até o palácio. Lembra? Conversamos sobre isso. Eu não posso ser vista com você. Não posso permitir qualquer indício de escândalo.

— *Escândalo.* Você sabe o que falam sobre você nas tavernas?

— Eu posso adivinhar. Pobre mulher solitária, ela com certeza quer um homem em sua cama...

— Pior que isso. Dizem que você está passando em revista a guarda do palácio.

— E você os contradiz?

— Claro.

Mentiroso.

— Veja bem, a hora para você aparecer é quando ele estiver no palácio. Não é como se você estivesse a quilômetros de distância. Você pode estar aqui em algumas horas.

— Eu não gosto de deixar você sozinha assim.

— Eu não estou sozinha.

É verdade, ela não está, assim como Razmus não está sozinho com os insetinhos botando ovos em seus pés. Há um momento em que ela sente falta de Razmus, sente falta até do cheiro dele.

— Aonde você vai à noite?

Ela gostaria de dizer *"Não é da sua conta"*, mas isso não seria aceitável..

— A nenhum lugar em particular. Eu apenas caminho.

— Você não apenas caminha.

Ele coloca a mão no braço dela, uma de suas frequentes e desajeitadas tentativas de sedução. Ela faz tudo o que pode para não se afastar.

— Olha, não falta muito agora. Talvez ele esteja aqui amanhã ou depois de amanhã. Na verdade, se ele não estiver aqui no dia seguinte, há algo errado.

— Como o quê?

— A tempestade?

— Nenhum destroço chegou à praia.

Ela permite que ele a abrace e o empurra quando seu aperto começa a ficar mais forte.

— É melhor você ir voltando.

— Certo.— Ele se vira em direção à porta. — Vou dar uma olhada.

— Não, *eu* vou dar uma olhada. Ninguém ficará surpreso em me ver.

Olhando pela porta, ela encontra o corredor vazio e acena para ele ir.

Minutos depois, ela está de volta ao próprio quarto. Nenhuma criada esperando para despi-la; ela falou que não precisaria delas de novo esta noite. Mas sem dúvida elas estão rondando em algum lugar; e se o maldito Egisto for visto saindo, todas pensarão saber por que ela queria ficar sozinha. Aquele homem lhe causa uma forte dor de cabeça toda vez que se encontram. Por um breve momento, ela se pergunta o que ele faz para ter sexo; ela tem quase certeza de que o desejo dele por ela é apenas um meio de se aproximar do poder. Homens? Rapazes? Prostitutas? Há uma vela bruxuleando ao lado de sua cama e ela a apaga de seu sofrimento, parando por um momento para cheirar a espiral de fumaça acre. Nada a fazer agora a não ser rastejar entre os lençóis e tentar a difícil tarefa de dormir.

O dia seguinte. Era nisso que ela devia estar pensando, no dia seguinte à morte de Agamêmnon, porque Egisto sem dúvidas está pensando nisso, e seus planos para o futuro não vão beneficiá-la, nem a Orestes. Com a morte do pai, Orestes estará em perigo de verdade, porque Egisto não se contentará com nada menos que o trono. Em algum momento ela terá que se livrar dele, mas ainda não. Ele é útil agora.

À deriva em águas rasas, seus sonhos são cheios de marinheiros gritando, navios naufragados, a tempestade em sua mente se alastrando, embora do lado de fora da janela de seu quarto mal haja uma lufada de ar. Um barulho a acorda. Ela não consegue imaginar o que foi, nem tem certeza de que não foi parte de um sonho, portanto tenta se acalmar novamente. Não adianta. Ela se senta, afasta o lençol e aceita ficar uma ou duas horas sem dormir.

O problema é que sua mente está agitada por causa do encontro com Egisto. Ela conheceu cavalos como ele, com a mesma falta de respeito pelo espaço das pessoas, todos órfãos ainda potros. Eles crescem sem saber como ser cavalos e, embora Egisto provavelmente matasse qualquer um que dissesse isso, ele não sabe como ser um homem. Ele é implacável, sim, mas é mais do que isso. É como se ele nunca tivesse ouvido falar de um mundo onde cumprir promessas, falar a verdade e ser gentil eram realidade. Ela acha que sabe qual é o plano dele: matar Agamêmnon, casar-se com ela, reivindicar o trono; e onde isso deixa seu filho, Orestes, de dezoito anos e sem experiência em combate? Diante de um homem que, se não tivesse nascido na família real, poderia muito bem ter se tornado um daqueles homens que se instalam nos pátios de tavernas e enfrentam qualquer homem tolo ou bêbado o suficiente para desafiá-los, pisoteando dedos, arrancando olhos, tudo pelo preço de uma tigela de ensopado e uma jarra de vinho. A ameaça a Orestes é muito real. De alguma forma, ela terá que usar Egisto, porém livrar-se dele o mais rápido possível. E isso não será fácil.

A JORNADA PARA CASA

Jogando o manto sobre os ombros, ela caminha até o terraço, na hora da escuridão que antecede o amanhecer. Bocejando, percebe uma luz crescendo no horizonte. O nascer do sol, ela pensa, mas não, não é esse tipo de luz. É laranja brilhante, saltitante, bruxuleante, feroz. É óbvio o que é, e ainda assim há um momento em que seu cérebro não reconhece o que seus olhos estão vendo, seguido por uma onda lenta e fria de choque quando ela percebe que ao longe uma fogueira foi acesa. Claro, pode não significar nada. Gangues de rapazes estão sempre ateando fogo nelas, só por diversão; houve dois alarmes falsos nas últimas semanas. Sua mente decide esperar para determinar, mesmo quando seu coração salta com as chamas. É tudo o que ela é capaz de fazer para se impedir de gritar, mas, mesmo quando o grito morre em sua garganta, o gongo no corredor é tocado, e tocado novamente.

Ela veste o roupão satisfatoriamente, as unhas repuxando a seda, quando se atrapalha com o cinto. Suas mãos estão suadas; enxugando-as nas laterais do corpo, ela tenta se firmar. Ainda é apenas uma fogueira, mas no momento em que pensa nisso, vê outra explosão de chamas, mais próxima. *É isso.* Agora é real. Ela vai até o corredor, pega uma tocha da arandela ao lado da porta e, segurando-a bem acima da cabeça, desce a escadaria principal até o átrio. Quando entra na sala do trono, o guarda está puxando o martelo para outro golpe, portanto ela tem que esperar que aquele barulho também aumente e diminua. Há um grupo de pessoas no outro extremo do corredor, escravos, ao que parece, obviamente escravos, quem mais, senão os escravos, estaria acordado a esta hora? Os escravos e a rainha.

— Mais tochas — grita ela, e eles se espalham em todas as direções, deixando-a sozinha com o guarda. Um dos homens de Egisto: jovem, pele viçosa, sorriso franco e rápido; ele seria atrevido demais, se ousasse. Ele não ousa.

— A fogueira está acesa — informa ele.

— Eu sei. — A voz dela é afiada porque é importante deixar claro que ela não está surpresa. Ela ficou surpresa uma vez, na manhã da morte de Ifigênia, acreditando que a filha estava prestes a se casar com Aquiles, vendo-a ser sacrificada como uma novilha. Não permitiu que nada a surpreendesse desde então.

As pessoas estão entrando no salão agora, vibrando de animação, embora seus rostos permaneçam curiosamente inexpressivos. Não é só ela, todo mundo está chocado; ninguém consegue acreditar. O mundo mudou, como sempre faz, entre uma respiração e outra. O líder do conselho, Alexandros, uma década mais jovem e um pouco mais vigoroso que o restante, dá um passo à frente e faz uma reverência.

— É verdade? — pergunta. — Ou apenas mais um alarme falso?

Os velhos estão murmurando entre si. Houve tantos rumores, tantos alarmes falsos, nas últimas semanas, que eles estão tão nervosos quanto galinhas que sentiram o cheiro de uma raposa.

— Você se lembra, ainda nesta semana, de algumas fogueiras acesas? E isso era apenas um bando de rapazes brincando com tochas.

— Precisam de uma surra.

— Não há esperança para isso hoje em dia. Agora, quando éramos rapazes...

Ai, deuses, lá vão eles...

— É verdade — declara ela, e sua voz percorre o salão, cada osso de sua cabeça vibrando, como se sua boca tivesse se tornado o gongo anunciando seu retorno. — Quero fogueiras acesas em todos os altares, orações, sacrifícios. Hoje é feriado e amanhã também. Finalmente, ele está voltando para casa.

Ela chora agora, levantando as mãos para cobrir o rosto, embora entre os dedos perceba como acenam com aprovação. Está se comportando exatamente como uma esposa fiel deveria se comportar, e grande parte dela está desassociada o bastante para aplaudir o próprio desempenho. Mas então, sem aviso, seu joelho esquerdo falha e ela cai no chão.

Há um momento de *quase* paz, quando ela simplesmente fica ali, olhando para o teto. Somente depois, eles começam a se aglomerar em volta dela, um círculo de rostos enrugados olhando para baixo. *Pulgões cinzentos*. Ela tem uma rápida lembrança de Ifigênia deitada na trilha empoeirada, com o sangue respingado sobre as plantas atrás de sua cabeça. Uma das gotas, meio escondida na curva de uma folha, revela-se não ser sangue.

— Joaninha.

Os velhos se entreolham.

— Com certeza deve ser o choque — alguém diz. — Já faz muito tempo.

Muito tempo? Até este último momento, ela teria concordado com ele. *Anos* de tristeza, *anos* de raiva, seguidos pela urgência e pelo sigilo das últimas semanas. E agora, de repente, parece que não há tempo algum.

A JORNADA PARA CASA

O futuro está se avançando contra ela e, apesar de todo o planejamento cuidadoso, das duplas verificações, dos ensaios públicos e privados, ela ainda não se sente pronta.

Como ela pode ter chegado a esse ponto tão cedo?

12

— Não precisa correr — disse Andreas. Ele estava inclinado para a frente para prender as sandálias enquanto falava, os ossos da coluna projetando-se da pele como uma cobra particularmente complicada. Quando passei meus braços em volta dele e pressionei meu rosto entre suas omoplatas, ele se virou, me empurrou de volta contra o travesseiro e ficamos ali deitados, nos beijando e abraçando como um casal de adolescentes. Tudo parecia tão fácil depois do início espetacularmente pouco promissor da noite anterior, quando ele tropeçou em uma túnica descartada e caiu no chão, emitindo uma série de gemidos de partir o coração.

— As costas já eram de novo, desculpe, amor, é isso. Depois que dá mal jeito, já era.

Eu tentei ajudá-lo a se levantar, mas ele era um peso morto; portanto, estando também um pouco bêbada, deitei-me no chão ao lado dele e fechei os olhos. Talvez eu pudesse ter até adormecido, caso uma ereção insistente não o tivesse convencido de que suas costas poderiam aguentar um pouco mais. Talvez a queda dele tenha ajudado; pelo menos me deu algo em que pensar além de seios caídos, barriga com estrias e a marcha do tempo. Nenhuma dessas coisas parecia importar agora.

Um último beijo e ele se esforçou para se sentar.

— Era para eu estar no convés há uma hora!

Apesar de suas palavras, ele não estava se esforçando muito. Dei um empurrão nele. Ele não ia ser repreendido por ninguém por estar atrasado.

— O que acha que Cassandra vai dizer se eu estiver desaparecida quando ela voltar? Vamos, mexa essa bunda, tenho que me vestir, mesmo que você não o faça.

— Ela ainda vai estar na cama. De qualquer forma, o que importa o que ela diz?

Importava muito, mas não insisti. Em vez disso, fiquei deitada no círculo de seus braços, tirando de maneira nada romântica um fio de barba dos dentes. Eu tinha esquecido como o corpo de um homem é bom. Eu tinha esquecido como meu próprio corpo era bom.

— Sabe — falei, depois de uma pausa sonolenta —, uma coisa me incomoda.

— Hum?

— Por que eles não estão animados para voltar para casa?

— Eles estão.

— Não, *eles* não. Não me refiro aos marinheiros, eles estão. Quero dizer, Agamêmnon, suponho. Macaão. Às vezes eles parecem animados, mas...

— Não, eles não estão comemorando muito, não é? — Depois de uma pausa, ele continuou: — Claro, eles vão voltar para o palácio. Não deve ser muito divertido.

— Qual é o problema de lá? — Esperei. — Vamos, me conte, vou morar lá também, você sabe.

— Sim, eu sei... e gostaria que você não fosse.

Eu não ia pressioná-lo; na verdade, senti uma ligeira relutância, uma hesitação. Talvez fosse melhor não saber.

— É um lugar estranho. Meu pai trabalhou lá por algum tempo, ele era carpinteiro de navios, na verdade, mas houve um ano em que ele machucou as costas, por isso não podia ir para o mar, mas também não tinha como ficar sem trabalhar, então costumava fazer alguns bicos no palácio. Principalmente consertar persianas de madeira, instalar arandelas, esse tipo de coisa. O lugar todo estava em ruínas. De qualquer forma, lembro-me de ficar ansioso para que ele voltasse para casa. Minha mãe sempre tinha um banho de água quente pronto no quintal, e ele costumava se lavar antes de se sentar. Bem, eu digo *lavar*, mas estava mais para se esfregar. Da cabeça aos pés, costumava até enfiar a cabeça debaixo d'água, e sempre soube que ele estava lavando alguma coisa, e não me refiro à sujeira.

— Ele falou com você sobre isso?

— Não, eu era jovem demais. Eu costumava ouvi-lo conversando com minha mãe, às vezes. Eles ficavam sentados no terraço tomando uma caneca de vinho e eu ficava na janela do meu quarto, ouvindo. Ele falava muito sobre a velha rainha, mãe de Agamêmnon. Ele estava consertando as persianas do quarto dela, e ela costumava deitar-se na cama e observá-lo. Eles trouxeram todos os curandeiros da Grécia para cuidar dela; ela tinha que beber misturas horríveis e malditas. Ele contou que ela derramou um pouco uma vez e atravessou o tapete direto. Até as baratas torceram o nariz. E ela foi ficando cada vez mais magra, como se estivesse desaparecendo da vida. Como se alguém estivesse com uma grande bola de massa e a estivesse apagando.

— O que seu pai achou que estava errado?

— Atreu. Ele disse que ser casada com ele teria matado qualquer mulher. — Por um longo tempo, Andreas ficou calado. Até que ele disse:

— Ela nunca mais foi a mesma depois que os filhos morreram.

— Os filhos *dela*?

— Não, dela não.

E, então, ele me contou a história que descobriu conforme cresceu. O pai de Agamêmnon, Atreu, brigou com o irmão e, depois, como o bastardo cruel que era, organizou um jantar de "reconciliação", sorrindo com benevolência quando o irmão comentou sobre a maciez da carne. Somente no final da refeição, ele apresentou as mãos e os pés de duas crianças pequenas, como forma de convencer o irmão de que ele estava comendo os próprios filhos, que Atreu havia sequestrado, matado e cozinhado.

A história me silenciou. Quando pude confiar na minha voz, falei:

— Ele devia ser louco.

— *Louco*? Ele não era louco, era apenas um bastardo maligno. Deviam ter-lhe cortado o pau, e haveria uma fila de voluntários para fazer isso, acredite.

Não consegui fazer com que a história se assentasse em minha mente e não tenho certeza se algum dia consegui. Não era apenas a brutalidade, era... a bizarrice, que de alguma forma diminuía o horror. Era parecida demais com as histórias que as velhas contam numa noite de inverno, antes de fazerem os ouvintes irem para a cama tremendo.

— Tem uma atmosfera desagradável — declarou Andreas.

— O palácio? Quer dizer que é mal-assombrado?

— Não! Ora, vamos, é sério...?

Andreas obviamente não gostou da insinuação de que ele acreditava em fantasmas. Lembrei dele, quando garoto, desprezando algumas das histórias mais absurdas que os homens mais velhos contavam, sobre navios que continuavam navegando embora suas tripulações estivessem mortas, ou mulheres com cabelos longos e rabos de peixe que cantavam para levar os homens à ruína. Ele provavelmente descartaria histórias de assombração exatamente com o mesmo espírito: bobagens supersticiosas, adequadas apenas para mulheres idosas massageando suas juntas com artrite perto do fogo.

— Está bem — respondi, provocando um pouco. — Se o palácio estivesse vazio, você passaria a noite sozinho nele?

Uma longa hesitação.

— Eu teria que pensar sobre isso. Não tenho medo de nada o que se possa golpear com uma espada, mas não, não acho que seria fácil fazer isso. — Ele me beijou mais uma vez; então, levantou-se da cama. — De qualquer forma, não está vazio, está lotado. Se você ficar com as outras mulheres, vai ficar bem.

E com isso ele pressionou as duas mãos com força nas costas e começou a se vestir.

No minuto em que a porta se fechou atrás dele, eu saí da cama e puxei minha túnica sobre a cabeça, ansiosa para retornar à cabine antes que Cassandra voltasse e descobrisse que eu estava desaparecida. Quando eu estava saindo, Macaão saiu de sua cabine. Ele assentiu, mas não falou, e quando se virou para ir embora, vi que estava sorrindo. Não gostei disso. Eu não conseguia pensar em nenhuma razão para estar na cabine de Andreas além da óbvia, então eu teria que conviver com o divertimento dele.

Abrindo a porta da nossa cabine, encontrei o quarto vazio e a cama de Cassandra não dormida. Rapidamente, puxei o cobertor da minha cama e amassei o travesseiro. Eu, na minha idade, escondendo de uma garota os sinais de atividade sexual ilícita. Mas ela era minha dona, e esse corpo que tinha recebido e dado tanto prazer pertencia a ela, não a mim.

Ela voltou alguns minutos depois, deitou-se na cama e escondeu o rosto com as mãos. Eu esperei.

— Bem — disse ela, esfregando as mãos para baixo de modo que o interior das pálpebras inferiores aparecesse, vermelhos. — Eu contei a ele.

— Ele ficou satisfeito?

— Acho que sim.

— Então foi a coisa certa a fazer.

A JORNADA PARA CASA

— Não que eu tivesse muita escolha. Aparentemente, Macaão esteve soltando indiretas. Graças a você.

— *Eu* não falei nada.

— Não? — Olhando diretamente para mim. — De verdade?

— Nem uma palavra.

Ela examinou meu rosto e assentiu.

— Não torne Macaão seu inimigo — aconselhei. — Sei que você não gosta dele, mas ele é poderoso. E não há muita coisa que ele não perceba. A cura começa com observação, sabe? E ele é muito, *muito* bom nisso. Agamêmnon confia nele, mais do que confia em qualquer outra pessoa, certamente mais do que confia em você. Ele perdeu Odisseu, Nestor, Calcas, todas as pessoas em quem confiava. Só restou Macaão.

Nenhuma resposta para isso. Talvez ela simplesmente não suportasse ouvir elogios a Macaão, embora cada palavra não fosse mais do que o que lhe era devido. *Desgraçado.* Eu comecei a escovar seu cabelo embaraçado, segurando cada mecha perto da raiz, para que o puxão não doesse. Então, notei que ela estava chorando, e isso era incomum o bastante para me fazer largar a escova.

Ela limpou o nariz com a mão.

— Sinto muito.

— Qual é o problema?

— Nada, é só que fico muito dolorida. Dá para fingir todo o resto, mas não dá pra fingir isso. Não que ele perceba. Um pouco de cuspe, ele entra.

Seu cabelo estava quase terminado, então o prendi em um coque simples na nuca. Não queria puxá-la mais do que o necessário.

— Sabe o que seria útil? — Ela se virou para olhar para mim. — Seu pote de banha de ganso.

Eu ri da lembrança. Aquele pote tornou a vida de muitas pobres mulheres um pouco mais fácil.

— Não há muito que eu possa fazer a respeito.

— Está sem pote?

— Pior, sem ganso.

Ela riu. Não nos dávamos bem assim desde, bem...

Bem, desde sempre.

Eu estava sacudindo sua túnica azul quando ouvi uma batida na porta. Andreas, subitamente parecendo avermelhado e estranho.

— Algo que vocês vão gostar de ver.

Cassandra já estava pegando o xale. Nós o seguimos pelo corredor e pelas escadas, e permaneci ao lado dela na proa, respirando ar fresco e úmido. Uma leve névoa transformava as velas em formas espectrais acima de nossas cabeças. Podíamos distinguir luzes a bordo dos dois navios mais próximos, porém mais longe a frota havia desaparecido atrás de uma parede cinzenta. O rangido dos mastros e do cordame, o barulho da água — uma cena totalmente pacífica, embora os marinheiros que se aglomeravam ao nosso redor estivessem tensos. A princípio, não era óbvio o que havíamos sido levadas ao convés para ver, no entanto, nesse momento, Cassandra agarrou meu braço e apontou. Nas profundezas da névoa, um lampejo de fogo.

— Estão vendo? — disse Andreas, tocando minhas costas e depois afastando a mão. — Eles nos avistaram.

Logo outra fogueira se juntou a essa, e mais outra, línguas de fogo transmitindo a notícia mais depressa que rumores, mais depressa que o medo. Uma chuva fina fazia com que as fogueiras fumegassem escuras; a fumaça não se dispersou, mas fundiu-se ao ar leitoso. Para mim, havia algo de agourento naquelas colunas escuras que pareciam surgir da terra como uma fileira de árvores sem folhas e sem galhos. Mas os gregos estavam felizes, loucos de felicidade, porque estavam a apenas horas de casa.

Depois de alguns minutos, houve uma agitação atrás de nós, e Agamêmnon, acompanhado por Macaão, subiu ao convés. Imediatamente a atmosfera, não, mais que isso, o clima emocional mudou. Seu olhar passou de um rosto a outro, e todos nós, com a possível exceção de Andreas, tentamos parecer menores. Era extraordinário o efeito que ele causava: a maneira como pessoas eloquentes de repente gaguejavam e procuravam as palavras, pessoas confiantes hesitavam e davam um passo para trás. Depois de agradecer os aplausos, ele se juntou a Andreas na proa.

— Quanto tempo agora?

— Difícil dizer, senhor. O vento está diminuindo.

— Mas hoje?

— Ah, sim, desde que o vento não pare por completo. Provavelmente no final da tarde.

De repente, Cassandra apertou ainda mais meu braço. Não consegui entender para onde ela queria que eu olhasse, até que notei um edifício no promontório, com suas colunas reluzindo como ossos brancos contra o céu cinzento. A princípio pensei que devia ser um templo de Poseidon, senhor do mar; cada porto tem um, para que os marinheiros possam orar antes de iniciar uma viagem ou agradecer por um retorno seguro. Mas este, embora parecesse um templo, ficava longe demais do porto para ser visitado com facilidade. E seria uma subida muito íngreme. Olhando de lado, vi que Agamêmnon também havia notado.

— Isso é novo — disse ele. — O que é?

Andreas tossiu.

— O túmulo de Ifigênia.

Toda cor desapareceu do rosto de Agamêmnon. A princípio, ele continuou ali, parado, com os nós dos dedos brancos enquanto agarrava a amurada, mas depois emitiu um som curioso de sufocamento e, seguido por Macaão, desceu rapidamente. Fez-se silêncio depois que ele partiu; as pessoas se entreolharam, mas furtivamente, como se ninguém quisesse ser o primeiro a falar.

Ela podia ter enterrado Ifigênia em qualquer lugar, obviamente no mausoléu da família, o palácio teria um, todos os palácios gregos tinham um lugar onde os reis e sua família próxima poderiam ser enterrados com cerimônia e honra. Mas enterrá-la ali, onde seu túmulo seria sempre a primeira coisa que os viajantes que retornavam veriam... onde seria a primeira coisa que Agamêmnon veria...

Acha que pode virar as costas para ela? Fingir que nunca aconteceu? Repense. Ela está bem aqui, na sua frente. Este é o futuro, não o passado.

A voz era tão forte que achei difícil acreditar que vinha apenas de dentro da minha cabeça.

Cassandra olhou para mim.

— Ela é inteligente. — Ela se virou e olhou de novo através da névoa para a tumba. — Ah, deuses, sim, ela é inteligente.

13

Um grande banquete foi preparado, fogueiras de chão cavadas, espetos extras instalados, animais amarrados no pátio da cozinha, esperando para serem abatidos. Todos os capacetes, espadas e escudos nas paredes foram baixados e polidos. Ela passou o dia inteiro andando de salão em salão, supervisionando os preparativos, tomando decisões, dando ordens, imersa em cada mínimo detalhe. Em meio ao alvoroço e à animação, ela percebe os rostos tristes, pessoas cuja alegria é forçada porque o marido, o filho ou o irmão não retornarão para casa. Amanhã, quando Agamêmnon cavalgar em triunfo pelo Portão do Leão, haverá algumas pessoas que vão se esconder ou vagar pelas colinas como lunáticas, gritando sua tristeza e dor.

Ela seria uma delas, se pudesse.

Não pode, é claro. Não pode gritar, não pode xingar, não pode uivar como uma loba que viu seu filhote ser morto, embora sua dor seja tão crua quanto a deles. Ela mantém a camisola de Ifigênia guardada em um baú de roupas ao lado da cama e, às vezes, não todas as noites, ela tem o cuidado de se conter, tira-a e enterra o rosto nas dobras grisalhas. Ela sabe que não sobrou nada de Ifigênia — não há como, depois de todo esse tempo — mas às vezes, numa noite boa, ela pensa que sente um vestígio do perfume dela ou, melhor, do cheiro de sua pele.

Agamêmnon não chegará ao palácio esta noite. Ela conversou com marinheiros experientes e a previsão deles, com base na posição atual dos navios, é que ele vai chegar ao porto no final da tarde. Como ninguém quer realizar uma procissão de triunfo no escuro, o mais cedo que ele vai estar aqui será por volta do meio-dia de amanhã, e isso é demais; eles vão ter que polir armaduras, cuidar de cavalos e descarregar bigas a noite toda. O problema deles, felizmente, não dela. Assim: animais abatidos, espetos no lugar, legumes, frutas, queijos, pães, azeitonas, vinho, vários galões, todos os alimentos estocados ou a serem entregues. Ela está pensando como uma dona de casa, porque não ousa pensar de outra forma. Se este elaborado fingimento, esta recepção calorosa e alegre, vai funcionar, então, em algum nível, ela tem que estar sendo sincera. Ser a flor desabrochando, *e* a cobra embaixo dela.

É um alívio, na hora mais quente do dia, ir para o quarto e se deitar na cama. Este é o primeiro minuto que ela tem para si mesma desde que o gongo soou para anunciar que uma das fogueiras foi acesa. Desde então, ela usa uma máscara, e por trás dela seu rosto está desmoronando. A exaustão, se é que era isso, foi avassaladora no breve ensaio desta manhã. Foi combinado que a cerimônia deveria começar com o Portão do Leão fechado, apenas porque não havia outra maneira de evitar que a multidão saísse correndo pela estrada para encontrá-lo. Mas, ao ver o portão se abrir devagar, ela começou a imaginar o momento em que ele entraria no pátio e ela o veria, cara a cara, pela primeira vez desde que ele matou Ifigênia. Haverá centenas de pessoas ali, observando aquele momento, alertas para qualquer mudança de expressão no rosto dele ou dela. Parada no topo da escada, olhando para o deserto branco do pátio, ela pensou: *não consigo*. Ela precisa vê-lo primeiro em particular, encontrá-lo pela primeira vez sem ser observada.

É fácil de organizar: ele pode passar a noite na Casa do Mar, onde passaram tantos momentos felizes quando os filhos eram pequenos. Se isso não fizer o cérebro dele ferver, nada o fará. Poucos minutos depois de tomar a decisão, ela despachou arautos para aguardar a chegada dele e outro mensageiro, mais discreto, para a Casa do Mar, pedindo a Dacia que preparasse uma refeição.

Ela tem dificuldade para descansar mesmo nesses poucos momentos que tem para si mesma. Depois de ficar deitada com os olhos fechados pelo que pareceu ser um tempo interminável, ela desiste e vai ficar em frente ao espelho de bronze, questionando se pode se dar ao trabalho de experimentar suas vestes para amanhã, mas qual é realmente o sentido? Como todo o resto, o vestido dela foi decidido semanas atrás; é tarde demais para pensar duas vezes. Encontrando o próprio olhar no metal reluzente, ela vira a cabeça de um lado para o outro, tenta sorrir... Agora isso é de fato uma loucura; é neste ponto que ela perde toda a paciência consigo mesma. A bordo do navio, neste exato momento, Agamêmnon estará gritando para seus ajudantes polirem sua armadura, verificarem se sua túnica está bem arejada e desamarrotada, lavarem qualquer sangue restante das rodas de sua carruagem — ah, sim, boa sorte com isso! Mas uma coisa que ele com certeza não vai fazer é observar ansioso o próprio reflexo, tentando se convencer de que seus pés de galinha são na verdade marcas de riso, ou que a falta de definição de sua mandíbula será menos perceptível se ele mantiver a cabeça em certa posição.

Quem é ela? Esta mulher encarando-a, com aquele sorriso nervoso e apaziguador? A mãe de Ifigênia, a esposa de Agamêmnon, a rainha de Micenas?

Não. Ela é...

Ah, você sabe... Helena não. A outra.

Clitemnestra?

O quê?

Cli-tem-nes-tra?

Ah, sim, isso mesmo, é ela. Elas estavam sempre vestidas iguais, você lembra? O mesmo vestido, as mesmas fitas, as mesmas sandálias...

Bem, sabe, elas eram gêmeas.

E Helena sempre estava na frente. Eu costumava sentir um pouco de pena dela.

De quem, de Helena?

Não, da outra.

Essa é quem ela é: *a outra*. A irmã sem graça de Helena de Troia. Que fardo para carregar pela vida. Mas houve um tempo em que ela foi mãe de Ifigênia — *e ainda é*. Nem mesmo a morte pode mudar isso.

Inquieta, inchada, ela sai para o terraço onde as rosas tardias e desabrochadas parecem armazenar o calor do dia. Tudo parece ofegante, o ar tão quente que queima o fundo de sua garganta. O que ela realmente gostaria de fazer agora é visitar o túmulo de Ifigênia e depois fazer uma refeição simples, sentada no jardim, sob as árvores, em algum lugar onde ninguém a incomodasse. Mas não adianta, ela ainda não pode sair do palácio, terá que esperar uma ou duas horas. Sentando-se, ela tira as sandálias, levanta os dois pés do chão e olha para eles enojada. Falando em pudins de sebo; as tiras da sandália deixaram sulcos na pele inchada. Como eles estarão amanhã a esta hora, quando ela terá ficado de pé por horas no calor do meio-dia, cantando louvores àquele bastardo assassino e sanguessuga? *Bem-vindo ao lar, grande rei*. O terraço de mármore está maravilhosamente fresco contra sua pele nua, e em cima do jarro de água há um quadrado de linho branco mantido no lugar por contas azuis. É uma coisa tão pequena, aquele pano, mas olhar para ele lhe dá um prazer enorme. Simples, bonito, e útil também, mantendo as moscas longe da água para beber, as moscas que voam à sua volta como se estivessem embriagadas com o cheiro do seu suor.

O zumbido delas a leva de volta à viagem de Áulis para casa, Ifigênia uma múmia bem embrulhada a seus pés. Fechando os olhos, ela experimenta outro dos clarões que a atormentaram dia e noite durante os últimos dez anos. Com a cabeça de Ifigênia nos braços, ela olha fixamente para um arbusto de plantas verdes ao lado do caminho quando percebe uma mancha vermelha em uma das folhas. A princípio, ela pensa que é sangue — há sangue por todo lado, encharcando sua túnica, deixando seu cabelo eriçado — mas depois ela vê que é uma joaninha, que não está fazendo nada em particular, apenas estando ali. *Joaninha, joaninha, voe para casa, sua casa está pegando fogo, seus filhos se foram.* Palavras rompendo a superfície de uma mente que, sem elas, estaria tão vazia quanto o céu.

Ela ouve a porta do quarto se abrir e alguém entrar, mas não consegue ver o interior escuro. Ninguém a perturba aqui, nem suas criadas, nem os sacerdotes, nem os velhos conselheiros tagarelas — nem mesmo Egisto, nas raras ocasiões em que ela permite que ele entre no palácio. Inclinando-se para a frente, ela vê a forma esbelta de uma garota atravessar o aposento e, só por um segundo, sente uma onda estúpida de esperança. Então, chama, categoricamente:

— Electra? — Pois de fato quem mais poderia ser?

— Eu não consegui encontrar você.

A voz é queixosa, mas de uma forma bem praticada. Electra sai para o terraço e tenta se aninhar ao lado dela, mas a cadeira não é grande o suficiente para as duas.

— Vamos — diz ela, mantendo a paciência em sua voz com firmeza. — Vamos entrar.

A JORNADA PARA CASA

Como que para destacar o quanto essa sugestão era razoável, surge um enxame de besouros, insetos esvoaçantes chocando-se contra tudo. Por um instante, ela se lembra de uma noite antes da guerra, quando uma verdadeira praga deles se abateu sobre eles. *Caos* — mulheres gritando, homens saltando, se acotovelando, enquanto esmagavam insetos entre as mãos, Agamêmnon e Menelau competindo entre si, como sempre faziam. Agamêmnon venceu, ou afirmou que havia vencido — afinal, provavelmente ninguém ia contestá-lo — e aceitou uma bebida comemorativa, apenas para cuspir o vinho ao ver suas mãos. Menelau estendeu as próprias mãos, que, tal como as do irmão, estavam enluvadas em insetos mortos e moribundos. "Olhe só para eles", falou Helena, com a voz glacial. "Quantos anos têm? Dez?"

Clitemnestra fecha as persianas, bloqueando o céu azul e o cheiro das rosas. Quando volta para o quarto, Electra está colocando uma lamparina em uma mesa baixa ao lado do sofá. Ao se inclinar para a frente, as manchas rachadas e cheias de pus em seu rosto são impiedosamente iluminadas. Como sempre, ela sente que o estado da pele de Electra é uma reprovação, embora não tenha certeza do que fez para que isso acontecesse — *se é que fez alguma coisa* — e muito menos como consertar. Ela se senta no sofá e Electra se aconchega ao lado dela; em poucos minutos, o trecho de pele onde seus corpos se tocam fica escorregadio de suor, mas Electra está fazendo pequenos miados de satisfação, então é difícil se afastar. Depois de um tempo, ela joga a perna sobre as coxas da mãe, prendendo-a.

Em um tom cuidadosamente casual, Clitemnestra pergunta:

— Onde está Iras?

— Não sei, eu fugi dela. — Electra ri, plenamente consciente de que está colocando Iras em apuros. — Ela queria que eu tomasse uma porcaria de um banho.

— Bem, talvez faça você se sentir melhor.

— Não, não vai. E, de qualquer forma, ela é uma escrava e não tem permissão para me dizer o que fazer.

Electra está quase sentada nos joelhos dela agora, de tão entrelaçadas que elas estão. E ela está beliscando os braços de Clitemnestra, como sempre faz; a pele dela vive coberta de pequenos hematomas circulares, em todos os tons, do preto ao roxo, do amarelo ao verde. Às vezes, na Câmara do Conselho, ela vê os velhos observando-os, curiosos, e isso a incomoda tanto que ela passou a usar xales ou mangas compridas em público, mesmo nos dias mais quentes.

— Quando o papai volta?

Papai. Foi o que Ifigênia falou quando Agamêmnon ergueu a espada. Ela tinha passado a chamá-lo de "pai" dois ou três anos antes de sua morte. Somente no último instante, com mijo escorrendo pelas pernas, ela voltou a usar a palavra infantil: *papai.*

Um último pedido de misericórdia.

Ignorado.

Ela tira a perna de Electra dos joelhos.

— Amanhã.

— Mas as fogueiras estão todas acesas.

— Você o verá amanhã. Ele ficará na Casa do Mar esta noite.

— Por quê?

— Porque ele tem muitos soldados com ele e todos eles têm que se levantar muito cedo de manhã e marchar para a cidade. E…

— Por quê?

Os constantes "por quês" de Electra não são pedidos de informação, são demandas por atenção. Mas têm o infeliz efeito de fazê-la parecer tola (o que ela não é) e infantil também.

— Porque as pessoas querem comemorar, querem aplaudir e atirar flores e… e não podem fazer nada disso no escuro. — *Por favor, por favor, não pergunte por quê.* — Olha, amanhã à noite vai ter uma grande festa no salão e…

— Eu posso ir?

— Sim, é claro que você pode.

Não, ela não pode. *Enfrente isso quando a hora chegar.*

— E posso usar meu vestido?

— Sim.

Elas já passaram por tudo isso tantas vezes. Como qualquer outra conversa com Electra, é repetitiva, enlouquecedora — e, essencialmente, falsa. É assim que se falaria com uma criança pequena e animada demais, e Electra não é uma criança, ela tem quase quinze anos. A mesma idade que Ifigênia tinha quando morreu. Garotas são presenças poderosas. É por isso que tudo, a cantoria, a correria, as marcas de mãos na parede, parecia estar piorando?

— Posso usar meu vestido quando ele chegar?

— Não sei, vou ter que pensar.

Parte dela gosta da ideia da garota de cabelos escuros parada na frente das fileiras de conselheiros grisalhos, seu vestido com um toque impossível de ignorar de vermelho-sangue contra o branco de suas túnicas. Mas pode ser um pouco cedo demais.

Electra boceja. É um alívio aquele vislumbre de uma pele normal e saudável no interior da boca dela.

— Você está cansada, não está? Por que não vai para a cama um pouco mais cedo? Não vai aproveitar o dia de amanhã se estiver cansada.

— Não consigo dormir.

— Bem, então, talvez Iras esteja certa? Um banho pode ajudá-la a dormir.

— Não, não vai.

Irritada agora, acusadora. Ela está ciente da constante pontada de acusação em sua voz? *Tem mesmo ou é minha imaginação?* Ela não tem sido uma boa mãe para Electra. Durante os dois primeiros anos após a morte de Ifigênia, Electra foi abandonada aos cuidados de escravas. Orestes também, aliás, mas ele era mais velho e já passava grande parte do tempo nos campos de treinamento, absorvido pelo mundo dos homens. Talvez por isso ele tenha sofrido menos, ou aprendido a esconder melhor a dor?

Agora, quando ela tenta se aproximar dessa filha viva, sente lampejos de raiva, porque aqui está ela: Electra, sem seios e sem quadris, coberta de feridas que ela não para de coçar, a não ser quando está beliscando os braços da mãe. A pele *dói,* essa parece ser a única constante no mundo de Electra. Mesmo agora ela está arranhando as manchas escamosas nos pés.

— Tente não fazer isso — diz Clitemnestra, desesperada.

— Eu não consigo. São *eles.*

Isso é outra coisa: ela colocou na cabeça que ela tem bicho-de-pé. Não está claro como ela sabe sobre bicho-de-pé, a menos que tenha ouvido alguns dos escravos falando sobre Razmus. Não há outra maneira de ela saber. Outra poça de suor está se formando entre o corpo dela e o de Electra, que colocou os dois pés no colo de Clitemnestra. O suor não arde? Deve arder, olhe só as rachaduras em sua pele. Ela começa a se afastar, mas no mesmo instante o aperto de Electra aumenta. Ela tenta relaxar, aceitar e até acolher a proximidade indesejada, mas então, de repente...

Basta! Ela empurra Electra.

— Vamos, você precisa de um banho. Vai ajudar, e mesmo que não ajude, você ainda precisa estar limpa.

— A água dói.

— Você vai ficar terrivelmente cansada amanhã se continuar assim. E você quer conseguir aproveitar, não é? Ver o pa... — Não, não tem jeito, sua língua apodreceria se ela dissesse isso. — Ver seu pai de novo.

— Hum.

— O que foi agora?

— E se eu não o reconhecer?

— Você vai. Ele é o rei. Todo mundo vai olhar para ele.

— E se ele não gostar de mim?

Cansada, ela acaricia o longo cabelo preto.

— Claro que ele vai gostar de você.

Ele sentirá completa repulsa por ela. Agamêmnon, durante todo o tempo em que o conheceu, nunca demonstrou um pingo de compaixão por pessoas doentes ou deficientes; na verdade, ele fazia tudo o que podia para evitá-las. Até a própria mãe, quando ela estava morrendo. O estranho é que ele não parecia sentir nojo, era mais como medo, como se de alguma forma a fraqueza delas pudesse ser contagiosa, colocando-o em risco de contraí-la. Ela o viu chutar mendigos na rua. Ele tinha dificuldade particularmente com doença na própria família; ela aprendeu cedo no casamento a nunca ficar doente. O mesmo se aplicava às crianças; elas não podiam ter fraquezas, porque tinham que refletir bem em sua reputação. E ninguém fazia isso melhor do que Ifigênia: linda, charmosa, inteligente, resplandecente de saúde e vitalidade, não era de admirar que ele a adorasse, embora fosse cego à integridade feroz e desconfortável que tinha sido a qualidade mais expressiva dela.

Isto é o mais difícil para ela reconhecer: que Agamêmnon amava Ifigênia.

Outro beliscão doloroso em sua pele.

— Mamãe?

— O que há de errado, amor?

— Não sei. Eu quero o papai.

— Ele estará aqui em breve.

Pouco a pouco, Electra adormece em seus braços. Clitemnestra fica sentada observando um besouro dançando ao redor da lamparina, sua sombra grande e desajeitada tremeluzindo nas paredes. Esta noite, assim que Electra estiver acomodada, ela irá até Casa do Mar e encontrará Agamêmnon lá — *se* ele estiver disposto; ele pode não estar. Embora ela não consiga imaginar que ele queira, tanto quanto ela, que o primeiro encontro dos dois aconteça em público. Ela tira Electra do joelho e a deita no sofá. Ela sacode os braços e as pernas, da forma que um bebê sonolento faz quando se tenta colocá-lo no berço, e depois volta a adormecer. Após esperar alguns momentos para ter certeza, Clitemnestra vai até a porta, com a intenção de chamar Iras e reforçar, mais uma vez, a necessidade de Electra ser cuidadosamente supervisionada — principalmente no dia seguinte.

Com a porta aberta, ela para por um segundo para olhar para trás, para dentro do quarto. Respiração constante e tranquila: ótimo. A princípio, o palácio parece igualmente pacífico, mas depois ela ouve o som de passos nas escadas. É mais de uma pessoa: muitas risadas conspiratórias soam. Antes, ela pensou ter ouvido as crianças cantando, embora fosse raro elas cantarem durante o dia. Agora, saindo para o corredor, ela se depara com sussurros, risadas e passos correndo em sua direção, cada vez mais e mais perto, avançando em sua direção, embora não seja possível ver nada. As risadas atingem o auge quando passam correndo por ela, correndo, sempre correndo, por corredores longos, tortuosos e sem luz.

14

No meio da tarde, a neblina voltou a descer. Eu ainda estava na amurada, embora, a cada minuto que passasse, houvesse menos para ver, a terra reduzida a um borrão marrom e a linha da costa visível apenas como uma pitada de espuma branca onde o mar quebrava sobre rochas submersas. Estávamos progredindo, porém mais devagar do que antes, até que finalmente, em um frenesi de ordens gritadas e de correntes barulhentas, as velas foram recolhidas e os homens voltaram a ocupar os seus lugares nos assentos de remar. Fileiras de costas musculosas e suadas curvadas sobre os remos — uma novidade, a princípio, embora não tenha demorado muito para que o *tum*, *tum*, *tum* do bastão marcando o ritmo se tornasse indistinguível da pulsação do sangue em minha cabeça.

Cassandra estava inclinada para a frente, como uma segunda figura de proa, instando o navio a prosseguir. Pensei nas mulheres que passaram a viagem toda amontoadas nos porões de outros navios; o que elas estavam sentindo? Talvez a perspectiva de libertação daquela escuridão fedorenta pudesse ser suficiente para fazê-las apreciar o fato de chegar a uma costa estrangeira. Eu podia imaginar com mais facilidade os sentimentos *delas* do que os de Cassandra. Depois de algum tempo, senti uma garoa em meus braços nus; Cassandra também deve ter sentido, mas mesmo assim relutou em descer. Foi necessária uma chuvarada repentina para fazê-la se mover.

Eu já tinha embalado a maior parte da bagagem. Enquanto estávamos sentadas na beira dos nossas camas, ouvimos as caixas sendo levadas, mas eu ainda estava encarregada da sacola de roupas "especiais" e do porta-joias.

Sentada ali, ouvindo as batidas rítmicas do bastão, percebi que não tinha ideia do que ia acontecer a seguir.

— Vamos ao palácio esta noite?

— Não, vai estar tarde demais para isso.

— Então, vamos continuar a bordo?

— Não sei, não sei mais do que você. Agamêmnon acha que poderia ficar na Casa do Mar; aparentemente, eles costumavam passar os verões lá quando as crianças eram pequenas. — Enquanto falava, seus dedos trabalhavam arduamente para alisar os vincos de sua túnica. Talvez ela tivesse começado a compreender que o casamento de Agamêmnon, como todos os casamentos longos, tinha uma história complexa: cantos e recantos, buracos e fendas, pomares floridos e barricadas abandonadas, as diversas paisagens de uma vida compartilhada; e agora, de repente, ela estava se sentindo uma intrusa, pisando em um terreno que pensava ser sólido, mas que estava desmoronando rapidamente sob seus pés. — Sei que ele quer começar cedo. Todos querem. Ninguém gosta de marchar no calor.

Ficamos sentadas em silêncio por algum tempo. Passos pesados percorriam o corredor do lado de fora da nossa porta.

Cassandra se levantou.

— Sabe, acho que seria melhor irmos para o convés.

— Você vai ficar encharcada.

— Melhor do que ficar sentada aqui. Você está com a bolsa?

Acenei com a cabeça para trás da porta.

— Não importa o que aconteça, fique com ela.

Subimos para o convés e ficamos paradas, tremendo. Uma hora se passou. À medida que o navio se aproximou da terra, Agamêmnon apareceu, envolto em um manto longo e escuro, com apenas uma tiara dourada em volta da cabeça para indicar sua posição. Os marinheiros estavam ocupados com cordas e correntes, seus olhos aguçados estimando distâncias; um deslizar entre o navio e a parede do cais podia ser fatal. Eu estava olhando por cima da amurada para placas de água verde-catarro se chocando contra as laterais. Gaivotas deslizavam sobre a água, brigando por restos. Havia um cheiro forte de peixe. Disseram-nos para ficarmos bem afastados, enquanto cordas eram passadas do convés para a terra, enroladas em postes de amarração e presas com nós complicados. Por fim, o navio foi

A JORNADA PARA CASA

subjugado, embora nunca ficasse totalmente parado; apenas um constante ranger e estiramento das cordas o prendia à parede do porto.

Uma breve espera, antes de Agamêmnon pisar em terra firme. Um momento histórico, suponho. Um grupo de homens em trajes cerimoniais, esperando para cumprimentá-lo, aplaudiu. Erguendo a mão em reconhecimento, ele começou a subir os degraus e, ainda acompanhado apenas por Macaão, ocupou seu lugar sob um dossel ricamente bordado. Andreas veio até nós e indicou a Cassandra que ela devia seguir o rei. No mesmo instante, ela me agarrou; um daqueles momentos de dependência infantil que me enchia de exasperação e pena. Ao menos desta vez, ela administrou a passagem do convés para a terra com a mesma agilidade de um menino. Não posso afirmar que fui igualmente ágil, mas pelo menos consegui não tropeçar e cair de cara no chão. Embora o alívio tenha durado pouco: no minuto em que tentei andar, percebi que minhas pernas tinham ficado moles.

— Não se preocupe, querida — disse um dos marinheiros. — Logo vai recuperar o equilíbrio.

Na verdade, Cassandra estava pior do que eu, pálida, suada, mal conseguindo ficar de pé. Ficamos agarradas uma à outra, duas mulheres dando seus primeiros passos em terreno estrangeiro, na verdade, reaprendendo a andar.

Talvez Agamêmnon estivesse enfrentando o mesmo problema; ele parecia um pouco instável, embora disfarçasse bem. Mesmo sob o dossel, ele estava cercado por pessoas ansiosas por tocá-lo. Qualquer pedaço dele que conseguiam alcançar era apertado, afagado, apalpado, acariciado... Era extraordinário, como um dos falos que ficam do lado de fora dos templos, sua madeira esculpida desgastada por incontáveis milhares de mãos que os esfregam. Por fim, um pelotão de guardas apareceu e começou a afastar a multidão, abrindo espaço ao redor dele. Lá estava ele, um grande rei — possivelmente, naquele momento, o homem mais poderoso do mundo — pisando em sua terra natal pela primeira vez em dez anos, tendo conquistado a maior vitória militar da história.

Eu não dei a mínima para nada disso. Olhando para trás, para o navio, vi Andreas inclinado sobre a amurada e pensei, talvez tolamente, que ele estava me procurando. Não houve tempo para dizer um adeus adequado; de alguma forma, nas últimas horas atarefadas, essa separação nos surpreendeu. Agora já era tarde demais, mas, mantendo a mão meio escondida nas dobras do xale, fiz um discreto aceno.

Se ele viu ou não, não sei.

Cassandra me soltou e, juntas, demos alguns passos independentes, embora tenhamos desistido quase imediatamente e nos agarrado ao paredão. Nos degraus abaixo de nós, uma multidão de mulheres consertava redes: rindo, conversando, obviamente fascinadas pelo que acontecia acima de suas cabeças. Elas nunca paravam em seu trabalho, e isso também era difícil, pela aparência de suas mãos. Notei que eram calejadas, principalmente, no triângulo entre o polegar e o indicador. Algumas das mulheres mais jovens tinham a pele em carne viva nessa parte. Concentrar-me nos pequenos detalhes ajudava, porque o chão estava oscilando sob meus pés e as fileiras de casas ao longo da estrada subiam e desciam como ondas.

Agamêmnon estava falando com um arauto, um homem de cabelos grisalhos, de meia-idade, que seria alto mesmo sem as magníficas plumas de crina de cavalo balançando acima de seu elmo. Depois de se despedir do rei, ele se aproximou de Cassandra e fez uma reverência — aos meus olhos, aquela reverência parecia superficial, até um pouco sarcástica — e disse-lhe que ela devia subir na carroça que acabara de parar no final do cais. De onde estávamos, parecia muito distante, mas meu equilíbrio melhorava a cada momento e até Cassandra estava se movendo melhor. Mesmo assim, foi um alívio subir na carroça e saber que agora só nos restava ficar ali sentadas e deixar que o condutor nos levasse até à Casa do Mar, se fosse para lá que estivessem indo.

Com apenas um olhar casual para trás, o condutor estalou a língua e os bois avançaram. Cassandra se inclinou para perguntar para onde ele estava nos levando. "A Casa do Mar", ele respondeu. Seus modos eram educados o bastante, embora eu tenha percebido a mesma sutil falta de respeito que notei no arauto. Sempre haverá pessoas que rotulam as mulheres cativas de "prostitutas", porque lhes falta o mínimo de empatia para imaginar como é não ter nenhuma escolha sobre o que é feito ao seu corpo.

Depois que saímos do porto, não havia muito o que ver, exceto a parte de trás da cabeça do condutor, que era careca por completo, com uma profunda dobra de gordura no pescoço que parecia perturbadoramente com uma boca. Como eu disse, perceber os detalhes ajuda. Depois de um tempo, como Cassandra não fez mais perguntas, o condutor começou a falar, ao que parecia, ansioso para mostrar seu conhecimento, ainda que isso fosse um mistério. Ele nos contou que Agamêmnon e a rainha praticamente viviam na Casa do Mar durante os meses de verão, quando o palácio ficava sufocantemente quente.

— As pessoas acham que é fresco lá em cima nas colinas, mas não é. No final do verão, é como uma frigideira. Já na costa, sempre tem um pouco de brisa. E eles podiam levar uma vida normal, longe do palácio. Toda aquela pompa e cerimônia, eles não gostam disso, sabe. O rei sempre dizia: "Por que continuam me servindo bife? Eu preferia comer um bom pedaço de peixe". Recém-pescado, claro, direto dos barcos. Ah, e mingau de cevada, ele gosta *muito* disso. No fundo no fundo, sabe, eles são iguaizinhos a mim e a você.

— Agamêmnon é igual a você? — falei.

— Ora, sim, dá para você tomar uma bebida com ele, dar uma risada...

Melhores amigos de Agamêmnon. Ai deuses. Ao longo dos anos, devo ter aprendido os usos medicinais de... bem, não sei, *centenas* de plantas, e nunca encontrei nenhuma que curasse estupidez.

Tínhamos deixado a cidade para trás agora. À nossa direita, dava para ver até a praia, onde uma poça de água, abandonada pela maré baixa, havia aprisionado a lua. O ar cheirava a sal e a algo mais forte: lavanda marinha, talvez. Estávamos sacudindo de um lado para o outro, e eu estava segurando firme a borda do carrinho. Estava começando a me sentir dolorida, mas, nesse momento, viramos uma curva e vimos a casa de veraneio bem à nossa frente. E *era* uma casa de veraneio, quero dizer, uma casa de família, não um palácio.

— O que é aquele prédio ali? — perguntei. — Sabe, aquele que dá para ver do porto?

Claro, eu já sabia a resposta, mas estava curiosa para saber o que ele ia dizer.

— Ah. — Apesar dos sulcos na estrada, ele se virou para olhar para nós. — É onde Ifigênia está enterrada. Abençoado seja seu santo nome.

Cassandra, clara e fria:

— Agamêmnon a sacrificou, não foi? Para conseguir vento até Troia.

— Ele não teve escolha. Os deuses exigiram.

Cassandra riu.

— Os deuses devem ter costas largas, não acha? Qualquer coisa que alguém faça é atribuída a eles.

Um silêncio ofendido. Até a parte de trás da cabeça dele exalava ofensa. Enquanto isso, a carroça avançava; estávamos subindo a parte mais íngreme da colina, os bois fazendo um som estranho como um latido enquanto aguentavam o esforço. Coloquei os dois braços atrás de mim, apoiando-me na lateral. Minhas costas reclamavam amargamente, não apenas por causa do balanço da carroça, mas também por causa do colchão de crina em que eu tinha dormido nas últimas duas noites.

Aos poucos o chão começou a nivelar e começamos a sentir uma brisa fresca.

— Por que ela está enterrada aqui? — perguntou Cassandra.

— Foi onde ela foi mais feliz, suponho. A rainha gosta de vir até aqui. Ela passa bastante tempo perto do túmulo.

Esticando o pescoço, vi centenas de milhares de estrelas, tão cintilantes que pareciam enxames de vaga-lumes. Cutuquei Cassandra para que ela olhasse para cima. "Incrível", disse ela, mas percebi que os pensamentos dela estavam em outras coisas. Ficamos caladas depois disso, em parte porque a pista se aproximou da beirada de um precipício e nenhuma de nós queria distrair o condutor. Ele começou a cantar baixinho, desafinado, uma canção sobre um homem que tinha um coelho. Era isso, sem rima ou razão de ser, apenas isso e assim por diante. Suponho que o ajudava a se concentrar ou, pelo menos, eu esperava que ajudasse.

Por fim, paramos em frente à casa de veraneio. Um curto lance de escadas levava a uma entrada imponente com leões de pedra habilmente esculpidos de cada lado. Os leões de Micenas. Cassandra esticou as pernas e esperou que o condutor a ajudasse a descer. Não ia servir de nada *eu* esperar, por isso deslizei pela traseira e dei alguns passos tentativos. As pernas bambas haviam sumido. Percebendo que nenhuma ajuda viria, Cassandra desceu atrás de mim, respirou fundo e caminhou em direção aos degraus. Naquele momento, a porta se abriu para revelar uma figura magra e angulosa, com o peito reto como o de um garoto, embora, a julgar pelo comprimento da túnica, tinha que ser uma mulher. Como sua silhueta estava recortada contra a luz, seu rosto não ficou visível até que ela saiu um pouco da casa e olhou para o condutor.

— Nenhum rei?

— Foi desviado. Não posso garantir, mas acho que uma ou duas jarras podem estar envolvidas.

— Hum, então ele vai passar a noite. Não sei, primeiro ele vem, depois não vem. O que eu deveria fazer? Servir-lhe uma fritada se ele passar pela porta? — Ela estava espiando a escuridão além dele. — Quem é essa, então?

— Ela é a mais recente... você sabe.

— Bem, com certeza não vou cozinhar para *ela*.

— O rei nos enviou — declarou Cassandra.

Olhos castanhos penetrantes a examinaram da cabeça aos pés.

— Ele mandou, é? Suponho que é melhor você entrar então. E você... — Ela acenou para o condutor. — Há uma refeição para você na cozinha. — Ela o viu começar a subir os degraus. — Ah, você não vai não... por *ali*.

Desanimado, ele caminhou vagarosamente pelo caminho de cascalho e desapareceu pela lateral da casa, o barulho de seus passos sumindo aos poucos no silêncio. A essa altura, Cassandra estava dentro do saguão. Apesar de sua aparente confiança, eu podia perceber que ela estava insegura. Uma pernoite em uma casa que ela nem sabia que existia, até Agamêmnon mencioná-la, não se enquadrava nos rígidos parâmetros de sua profecia. Ela e Agamêmnon deveriam morrer no palácio poucas horas após sua chegada. Agora, inesperadamente, ali estava mais uma noite de vida, e pude ver que ela não sabia o que fazer com ela. Que terrível ser tão jovem e tão casada com a morte. Eu estava ansiosa para comer alguma coisa, talvez dar uma volta pelos jardins e depois uma boa noite de sono em uma cama decente. Mas eu estava ansiosa por isso; esse é o ponto.

Enquanto isso, segui-a até o corredor, onde a mulher que parecia ser a governanta, quase com certeza uma escrava, mas uma escrava com alguma posição, ainda a olhava de cima a baixo. O cabelo de Cassandra estava desgrenhado, sua pele corada pelas horas que passou no convés. Achei que a mulher parecia desdenhosa, mas talvez um pouco aliviada. Nada com que a amante devesse se preocupar ali. Essa era a impressão que eu estava tendo, de qualquer maneira.

— Acho que você quer sua cama.

Nós a seguimos escada acima até um quarto no primeiro andar, pouco mobiliado, mas com uma colcha azul na cama e uma boa tapeçaria na parede. Pela atitude da mulher, eu esperava um armário de vassouras. Ela colocou a lamparina em cima de uma mesa ao lado da cama e saiu, mal tendo dito uma palavra a qualquer uma de nós. Assim que a porta se fechou atrás dela, Cassandra caiu na cama, toda a energia se drenando dela, embora apenas uma hora antes eu estivesse pensando que ela estava com uma cor boa. Mas assim é o começo da gravidez.

— Vou ver se consigo uma refeição adequada para nós — falei.

Isso era eu assumindo o comando, tomando decisões, um retorno aos primeiros dias dela no acampamento, quando a loucura a deixou incapaz de decidir qualquer coisa por si mesma. Na porta, hesitei.

— Você está bem?

Ela pensou por um momento.

— Sim, acho que sim.

— Não vou demorar.

A cozinha, eu sabia, ficaria escondida nos fundos da casa, mas mesmo sem esse conhecimento meu nariz teria me guiado até lá. Carne assando, ervas, temperos... Abri a porta e uma rajada de ar quente me encontrou. A mulher que nos levou para o nosso quarto veio em minha direção, enxugando as mãos no avental. Eu falei algo conciliatório sobre o cheiro delicioso.

— Belo pernil que você tem aí.

— Ele gosta muito de cordeiro — respondeu ela.

— Eu e todos — disse o condutor. Ele estava sentado a uma mesa perto da parede oposta, limpando a gordura da boca na manga da túnica.

— Ah, você... você comeria qualquer coisa.

Mas ela estava sorrindo ao falar isso. Fora isso: bem, pobre mulher. Ela estava bem no final da fila quando a beleza foi distribuída. Os dentes, eram a primeira coisa que se notava, muito brancos, com aparência saudável, mas inclinados para todos os lados, como lápides em um cemitério antigo. Ela era uma daquelas escravas que passavam a vida inteira na cozinha, lavando panelas, virando espetos, com o rosto vermelho, suando, os cabelos engordurados, e a única coisa que se pode garantir sobre essas mulheres é que elas odeiam concubinas: mulheres que ficam deitadas de costas, com as pernas bem abertas, levando uma vida confortável e fazendo nada para a merecer, ou assim deve parecer para uma escrava da cozinha. Eu conhecia todas as mulheres com quem Agamêmnon dormira no ano passado, e isso não era divertido, acredite.

— E então? — disse ela, em um tom um pouco menos hostil. — O que você quer? O quarto está bom, não está?

A JORNADA PARA CASA

Ela tinha uma grande verruga marrom no queixo, com um único pelo preto espetado saindo dela. Talvez eu estivesse prestando um pouco mais de atenção porque ela começou a mexer no pelo.

— O quarto é lindo, adorei a tapeçaria — respondi. — Eu só queria saber se minha senhora poderia comer alguma coisa?

— *Senhora?* Ela é uma mulher livre, então?

Balancei a cabeça, cautelosamente. Cassandra era uma mulher livre, *se* seu "casamento" com Agamêmnon fosse válido, *se* ele alguma vez se preocupasse em lembrar que havia ocorrido.

— Parece delicioso — comentei, apontando para a panela fervendo. — Acha que poderia nos dar um pouco?

— Não vejo por que não. Nenhum outro desgraçado está aqui para comê-lo.

— Com licença — disse o condutor.

— Você fique quieto. Você foi alimentado. — Ela se virou para mim. — Vou preparar uma bandeja para você. Vá, sente-se.

Sentei-me em um banquinho alto.

— A propósito, meu nome é Ritsa.

— Dacia.

— Nome bonito.

— A patroa gosta. — Ela pegou a jarra de vinho e me serviu uma caneca generosa. — Foi ela quem escolheu.

— Ah. Então, qual era o seu nome verdadeiro?

— Não lembro. Eu tinha apenas dois anos quando viemos para cá, minha mãe morreu pouco depois, por isso não sei como ela me chamava. Ela devia me chamar de alguma coisa, não é?

Levantei minha caneca.

— Você não vai tomar uma?

Ela olhou em volta e foi obrigada a reconhecer que nada exigia sua atenção imediata.

— Sim, está bem.

Observei-a servir uma caneca para si mesma.

— Deve ficar parado quando a família não está aqui.

— É, mas estou acostumada. Não há uma reunião familiar de verdade aqui há... ah, não sei há quanto tempo.

— Dez anos?

— Não faz tanto assim. Na verdade, a rainha costumava trazer as crianças para cá muitas vezes durante a guerra. A tumba estava sendo construída, e ela precisava ficar de olho. — Mencionar a tumba produziu uma rouquidão momentânea, logo dissipada por um gole de vinho. Voltando à superfície, ela enxugou o lábio superior. — Este é o lar dela, sabe, muito mais do que o palácio.

— Parece um lar.

Isso lhe agradou. Outro gole mais longo; o vinho era bom, mas ela não o bebia por prazer, bebia para anestesiar a dor. Eu conheço os sinais.

— O túmulo é aquele edifício mais acima?

— Isso mesmo. Na verdade, é um templo para Ártemis. A sepultura está dentro do templo.

— A mãe a trouxe de volta? Porque ela não morreu aqui, não é?

— Não, ela morreu em Áulis. — O silêncio depois que ela terminou de falar durou tanto que pensei que ela não fosse dizer mais nada, mas então falou: — A rainha a trouxe de volta para casa em uma carroça. Ela não ia deixá-la ali sozinha.

— Não, bem, você não deixaria, não é? Perdi uma filha da mesma idade de Ifigênia. Ela morreu em casa, mas, se tivesse morrido em qualquer outro lugar, nada teria me impedido de trazê-la de volta.

— Ah, sinto muito — disse ela. — É horrível perder filhos nessa idade. Bem, em qualquer idade...

— Como ela era?

— Adorável. Ela era adorável. Sempre rondando a cozinha, principalmente se fosse dia de assar bolos. *Posso lamber a tigela?* Eu sempre deixava um pouquinho a mais porque sabia o quanto ela gostava. — Um suspiro profundo. — E agora as pessoas rezam em seu túmulo.

— Culpam o rei?

Ela olhou por cima do ombro para o condutor, mas ele parecia ter cochilado.

— Alguns sim.

Os olhos dele se abriram.

— Não, culpam não. Ninguém culpa o rei.

— Suponho que a maioria das pessoas pense que ele estava apenas fazendo o melhor que podia. — Ela terminou o vinho. — De qualquer forma, é melhor eu me mexer. Vou apenas cortar algumas fatias disso para você. — Ela cortou duas porções generosas de cordeiro e acrescentou pão, queijo, azeitonas, duas canecas e o que restara do vinho. Quando ela terminou, tínhamos uma bela refeição.

— Consegue levar isso? Posso facilmente mandar uma empregada.

— Não, está tudo bem, eu consigo. Obrigada.

Cassandra estava sentada na cama quando voltei. Colocando a bandeja em cima de uma mesa, falei:

— Aqui, pegue um pouco disso para você. Vai lhe fazer bem.

Comemos em silêncio por um tempo. Depois eu disse:

— Conversei com a cozinheira. — Ela não demonstrou interesse; no mundo de Cassandra, as fofocas dos escravos da cozinha não tinham nenhuma possível importância. — Acho que a rainha vem muito aqui.

— No momento, estou mais interessada no paradeiro do rei. Onde ele está?

— Ah, ele vai ter uma cama para passar a noite. E uma garota para acompanhar, creio eu.

— O que mais descobriu?

— As pessoas rezam no túmulo de Ifigênia.

— Elas culpam o rei?

— Duvido. As pessoas não se voltam contra um rei em tempos de guerra, por mais desgraçado que ele seja.

— Sim, mas a guerra acabou. Não acha que vão começar a fazer perguntas?

Balancei a cabeça.

— Não, vão seguir em frente. Anos passarão antes que alguém olhe para trás e diga: "que merda foi aquilo?". Estaremos mortas há muito tempo.

— Eu estarei.

Suspirei, um suspiro longo, profundo, audível, com intenção de irritar. Terminamos a refeição em silêncio depois disso.

Então ela me entregou a bandeja.

— Acho que posso tentar dormir.

Ela deslizou na cama e, em poucos minutos, sua respiração se estabilizou, deixando-me a contemplar a noite que se aproximava. O sono não viria com facilidade, eu sabia, por isso resolvi sair, dar uma olhada no templo, prestar homenagem no túmulo de Ifigênia; lembrar-me de como era entrar na fila para comprar pão quente e bolinhos de canela em uma manhã clara e ventosa em Lirnesso; lembrar-me de como era ter uma filha esperando que eu voltasse para casa.

15

Esgueirei-me pela casa carregando uma vela que lançava uma luz trêmula sobre as tapeçarias nas paredes. Eram boas tapeçarias também, a maioria retratando cenas das histórias sobre Ártemis, a senhora dos animais.

Eu, com doze anos, a caminho do templo dela em Lirnesso. Como qualquer outra garota quando começa a sangrar, disseram-me que eu tinha que levar minhas bonecas ao templo e deixá-las lá. Eu nunca fui uma daquelas meninas apegadas às suas bonecas, embora houvesse uma de que eu gostasse bastante, talvez porque meu pai a tinha feito para mim; eu estava relutante em deixá-la. Ao mesmo tempo, não queria parecer infantil, por isso a sacudi despreocupadamente pelos cabelos de lã, enquanto caminhava até o templo com minha mãe e a deixei ali diante do altar. Não olhei para trás sequer uma vez, embora achasse que podia ouvi-la chorando por mim.

Minha mãe afastou meu cabelo da minha testa.

— Boa garota. — Eu apenas olhei para a frente.

As bonecas deviam preparar você para a maternidade, mas aquela boneca não era um bebê de mentira, ela era *eu*, ou uma versão de mim, e eu não estava nem perto de estar pronta para renunciá-la.

Saindo da casa pela entrada principal, parei no degrau do topo. Havia luz suficiente para enxergar, então segui pela lateral da casa, meus pés esmagando o cascalho conforme eu andava. Assim que virei a esquina, vi o templo bem à minha frente e caminhei em direção a ele por uma extensão de grama prateada. Uma coruja piou nas árvores; segundos depois, outra coruja respondeu.

Um muro alto com um portão de ferro dividia o terreno do templo do jardim da casa. Eu quase esperava encontrar o portão trancado, mas ele se abriu quando o toquei. Bem lubrificado, bem usado. Fechando-o com cuidado atrás de mim, vi-me em um pátio pavimentado com lajes de pedra branca. Havia canteiros de flores e arbustos nas bordas, mas minha primeira impressão foi a de luz branca abrasiva. A lua brilhava impiedosa, tão radiante que cada folha, cada nervura em cada folha, estava distintamente presente. Isso me lembrou de uma rima que costumávamos cantar quando eu era criança. *Meninos e meninas, saiam para brincar, a lua radiante como o dia a brilhar*. Uma rima feliz — ou assim me parecia na época. Só quando se fica um pouco mais velho é que se começa a ver a estranheza dela.

Tudo estava tão quieto aqui. Nada se mexia. Nem uma lufada de ar, embora um perfume pesado pairasse sobre os canteiros de flores que ladeavam a parede circundante. Flores aroma-da-noite, uma flor que adoro e com a qual não tenho sorte alguma, embora outras pessoas achem que são fáceis de cultivar. Instintivamente, sentindo-me tão exposta quanto um besouro preto naquele brilho severo, dirigi-me para a sombra da tumba. No meio da parede oposta havia uma fenda escura fechada por um portão de ferro, larga o suficiente para uma pessoa entrar, embora apertado. Isso me surpreendeu, até me decepcionou um pouco, pois sem dúvida um edifício tão imponente como este exigia uma entrada igualmente impressionante? Não uma abertura secreta que parecia planejada para desencorajar os visitantes, em vez de convidá-los a entrar. Ao lado da fenda, havia uma escultura de Ártemis de corpo inteiro, com uma das mãos apoiada no pescoço de uma jovem corça. Normalmente, as estátuas dos deuses são apenas imagens suaves da beleza divina, olhos vazios, cabelos trançados, um sorriso que mal curva os lábios, mas esse rosto era surpreendentemente singular: sobrancelhas grossas, olhos profundos, queixo quadrado — inconfundivelmente o retrato de uma pessoa real.

Empilhada no chão, ao redor de seus pés, estava a coleção habitual de bonecas: algumas com olhos pintados de cores vivas e túnicas brancas e limpas; outras, remendadas, sujas, manchadas, puídas; algumas pouco mais do que bastões com pedaços de lã presos para parecerem cabelos. Como sempre, achei a visão comovente, mas também perturbadora. As bonecas são poderosas; não deveriam ser, mas são. Fiquei contente em me afastar.

A JORNADA PARA CASA

Espiando por entre as grades, vi uma pequena passagem que levava a um pátio interno onde um oval de luzes bruxuleantes marcava um túmulo. Não havia tumba elaborada; todo esse edifício havia sido construído para conter um memorial muito mais simples à menina morta. Eu me senti desconfortável, como se tivesse tropeçado em um lugar de sofrimento privado. As memórias da minha própria filha perdida começaram a deslizar umas sobre as outras, formando-se, reformando-se, interceptando-se sem parar, como aqueles planos de água límpida que são vistos na maré baixa. Em algum lugar próximo, um cavalo relinchou, um som surpreendente o bastante para me fazer correr pelas ofuscantes lajes brancas até as sombras do outro lado, onde uma franja de folhas pretas e oleosas fornecia abrigo do clarão do luar. Encontrei um banco e me sentei, fechando bem as pálpebras, enquanto as lágrimas começavam a arder e a queimar.

Quando os abri de novo, ela estava lá. Vestida de maneira simples, sem sinais óbvios de posição social, embora eu tenha adivinhado quem era imediatamente: algo em sua familiaridade confortável com o lugar. Ela estava olhando para o túmulo através do portão, então não pude ver seu rosto. Seus ombros eram largos, os braços pálidos e musculosos, e me perguntei, por um momento, como ela havia desenvolvido aquela força física, já que se tratava de uma mulher que nunca em sua vida teria precisado passar um pente no próprio cabelo. Ela estava esfregando os braços, como se sentisse frio, embora eu não entendesse como alguém poderia sentir frio naquele calor. Enquanto eu observava, ela começou a andar de um lado para o outro, parando de vez em quando para olhar na direção da estrada, obviamente esperando por alguém. Com medo de que ela pudesse se virar e me ver, caminhei ao longo dos canteiros de flores até que tropecei ao passar por um arco que levava a um jardim murado mais adiante. Mantendo-me na beirada da grama, consegui chegar a um banco do outro lado sem fazer barulho algum. Sentando-me, percebi que podia ver através do arco diretamente até a tumba. Eu conseguia ver o brilho de pequenas luzes. *Ela se senta aqui,* pensei. *Este é o banco dela.*

O pensamento bastou para me fazer seguir adiante. Cautelosamente, comecei a caminhar pelas trilhas entre os canteiros. Havia rosas – muitas delas – e lírios, com seu perfume puro e embriagante. Outras plantas, principalmente nas extremidades do jardim, eram mais surpreendentes: milefólio, erva-doce, endro, angélica, alisso. Cravos-de-defunto por todos os lados. Todas as plantas que as joaninhas adoram; não era de admirar que suas rosas não tivessem pulgões. Um jardim excêntrico, pensei, em muitos aspectos — muito mais do que parecia à primeira vista. Eu adorei, e ainda bem, já que parecia estar presa nele. Não havia saída a não ser pela arcada, eu teria que esperar que ela fosse embora; mas, quando voltei para o banco, vi que ela ainda andava de um lado para o outro. Esfregando mais os braços, devia ser algum tipo de tique nervoso. Talvez ela estivesse ficando cansada de esperar? Com sorte, ela desistiria e iria embora, e eu estaria livre para ir também. Enquanto isso, sentei-me e desfrutei de um raro momento de paz.

16

Ele não vem. Está perfeitamente claro agora que ele não virá, mas ela ainda permanece. É humilhante ficar por aí esperando por ele — ou, pelo menos, ela está começando a sentir que é. Mais uma volta de um lado para o outro pelo pátio e, então, ela vai partir, *está decidido*. Ela até começa a se perguntar se foi uma boa ideia combinar de encontrá-lo aqui: a última coisa que ela quer é que este lugar, de todos os lugares, seja contaminado pela presença dele.

De onde está, não consegue distinguir os cavalos, embora possa ouvi-los mordendo a grama. Bem no final do pátio e, depois, um pouco mais adiante, ela consegue apenas ver Apolodoro sentado na grama, acariciando distraidamente o pescoço de seu cavalo. Ora, se ela estivesse — passando em revista a guarda do palácio — seria por ele que ela começaria, Apolodoro, sem dúvida; e tendo começado com ele, ela sequer se daria ao trabalho prosseguir? De qualquer forma, não há possibilidade disso. Grande parte de sua vida nos últimos dez anos foi passada a serviço da morte. Um desperdício? Alguns diriam que sim. A maioria, talvez.

Mais uma volta e pronto, ela vai embora. No exato momento em que ela se vira para ir embora, ele sai das sombras. Ela se ouve dar um suspiro involuntário, o som que uma garota muito jovem faria ao encontrar inesperadamente um amante. Décadas fora de lugar. Ela algum dia teria feito aquele som para ele? Pouco provável. Ele fica ali, sem se mover. Ele espera que ela vá até ele? Inspira fundo para se acalmar e, em seguida, com voz clara e fria, declara:

— Eu estava prestes a ir. Pensei que você não viria.

— Clitemnestra.

Do modo como ele fala, parece mais um rótulo do que um nome. Ela o vê avaliando-a, inspecionando-a em busca de mudanças, e seu escrutínio a deixa constrangida, consciente demais do próprio rosto e corpo para ser capaz de identificar mudanças nele. Ela tem uma sensação confusa de que ele é maior do que ela se lembra, mais alto, com ombros mais largos, mais forte talvez, porém é apenas uma impressão vaga e caótica. E, enquanto isso, ela está sendo avaliada, escaneada... quase, ao que parece, catalogada.

— Foi uma boa desculpa para escapar. A última coisa de que preciso é de uma noite pesada. Precisamos partir antes do amanhecer.

— Parecia a coisa mais óbvia a fazer, encontrar-nos primeiro em privado. Não haverá tempo para conversar amanhã.

Um breve silêncio, depois ele pigarreia.

— O que vai acontecer amanhã à noite?

— Haverá um banquete. Bem pequeno. — Ela parece sem fôlego agora. — Decidi para a primeira noite mantermos tudo bastante íntimo, apenas alguns de seus... bem, seus apoiadores mais leais. E eles foram leais, nunca vacilaram, mesmo quando...

— Mesmo quando?

— O número de baixas foi alto.

— Uma geração perdida. É isso que estão dizendo, não é?

— Estão? Eu...

— Uma geração de jovens se sacrificou para devolver a prostituta ao meu irmão. Sabe, não é agradável ouvir isso. — Ele passa a mão sobre a boca. — Mas acho que não é agradável ouvir chamarem sua irmã de prostituta.

— Ah, estou bem acostumada com isso. É só disso que os velhos falam: Helena, a prostituta. Nem tenho certeza se é sobre Helena, acho que é uma forma de me atingir.

— Mas não houve resistência?

— Não, claro que não, eles não iriam...

Ousar, ela ia dizer, mas não quer parecer implacável demais — ou, a propósito, competente demais, embora tenha sido ambas as coisas. Ela se afasta dele, para mais perto da fenda na lateral da tumba. — Temo que haja uma pessoa que não estará lá amanhã...

A JORNADA PARA CASA

Ela faz uma pausa e lá está, a primeira rachadura na fachada dele, sua mandíbula, pescoço e ombros ficando tensos, enquanto ele espera que ela diga o nome.

— Orestes, receio que ele não esteja presente.

— Ora, o que há com ele? Está doente?

— Ah, não, não se preocupe, ele está bem, só que está na casa de um amigo. O mensageiro já partiu. Ele estará de volta em casa em alguns dias.

— Ele deveria estar aqui.

— Sim, eu sei, sinto muito. — Ela hesita. — Nem sempre foi fácil, sabe. Ele me culpou quando não lhe foi permitido ir para Troia.

— Ele é meu único filho. Eu não poderia arriscar perdê-lo.

— O filho de Aquiles lutou em Troia; ele era filho único. Assim que Orestes soube que Pirro estava lá, pensou que todos estavam zombando dele, rindo às suas costas. *O filhinho da mamãe obediente, Orestes, não pode lutar, não ousa lutar,* esse tipo de coisa. Não consegui fazê-lo compreender depois disso, portanto, quando ele perguntou se poderia ir ficar com o amigo, pareceu-me melhor deixá-lo ir. — Ela espera que ele fale, mas ele está olhando ao redor do pátio. Depois de deixar o silêncio continuar por um tempo, ela diz: — Percebi que você não pergunta sobre Electra.

— Electra?

— Sua filha?

— Como ela está?

— Infeliz.

— Por quê?

Ela ri.

— Consigo pensar em uma ou duas coisas, você não?

Ele sacode a cabeça, não em negação, mais como alguém tentando se livrar de uma vespa.

— Às vezes você simplesmente tem que seguir em frente.

— *Seguir em frente?*

— Bem, não é isso que as pessoas comuns fazem?

Pessoas comuns. Ela tinha esquecido o quanto ele usa essa frase, sempre com a mesma... Bem, o que é exatamente? Curiosidade? Fascinação? Como se "pessoas comuns" fossem algum tipo de espécie exótica que se tem a sorte de ver duas vezes na vida. Era isso que ser filho de Atreu causava a uma pessoa. Ele se aproxima dela agora, até mesmo estendendo a mão como se fosse tocar seu braço, embora as pontas dos dedos não completam o gesto. Aquele toque abortado, ou apelo, ou mesmo — que os deuses nos ajudem — carícia, fez tudo parar. Até as flores parecem prender a respiração. Ela quer mover o braço, mas se força a ficar parada. A tensão crepita no espaço entre a pele dela e a dele.

Finalmente, ela fala:

— Você nem olha para ela.

— Quem?

— Sua filha.

Ele olha de um lado para o outro, infeliz, como se esperasse ver Electra, a garotinha atarracada de quem se lembra apenas em parte, correndo pelo pátio para cumprimentá-lo.

Clitemnestra, porém, está apontando para a escultura.

— Olhe para ela. Vá em frente, *olhe*.

Ele olha para a estátua e depois para longe.

— O que eu deveria fazer? Febre, sem água potável, comida acabando, latrinas transbordando... Nestor, ele é um homem velho, pelo amor de Deus, não pode esperar que ele viva assim.

— Ah, então, está me dizendo que sacrificou nossa filha para que Nestor pudesse cagar com conforto? É isso?

— Todos os sacerdotes do acampamento falavam a mesma coisa. Ofendemos os deuses, *eu* ofendi os deuses, tinha que haver um sacrifício, e não apenas uma vaca ou uma ovelha. Tinha que ser algo que importasse, algo que doesse. Os deuses exigiam.

— Como se você se importasse com os deuses!

— Eu me importava. Fui levado a me importar. — Ele para e olha ao redor, observando o enorme edifício e os jardins que não existiam quando ele partiu. — Não vou me desculpar pelo que fiz.

— *Desculpar-se?*

— Ou era isso ou a merda da coalizão inteira teria desmoronado.

— Ah, sim... e você queria a sua guerra.

Ele jogou as mãos para o alto.

— O que está feito não pode ser desfeito. A única coisa que vale a pena falar agora é como passaremos pelos próximos dias. Depois disso... não sei. Podemos morar em casas separadas, se quiser. Você poderia morar aqui.

— Você ia gostar disso, não é?

— Por que diz isso?
— Sei o que acontecia, você e suas mulheres...
— Como sabe?
— Eu tinha espiões.
— Acha que eu não tinha? Pode falar o quanto quiser sobre minhas mulheres, e quanto a Egisto?
— O que tem ele?
— Ele está farejando você há anos.
— Foi *isso* que lhe contaram?
— Sim.
— Isso é simplesmente patético. Eu era uma mulher governando sozinha, precisava de alguém para bater cabeças de vez em quando.
— E você o escolheu?
— Por que não ele? Ele é capaz de lutar.
— Ah, sim, ele pode lutar muito bem, bastardinho feroz. Mas ele não é meu amigo e você o escolheu sabendo disso.
— Não havia muita escolha. Praticamente todos os homens com idade para lutar estavam em Troia.
— Não, bem, eu também não tive escolha. As mulheres me foram concedidas pelo exército, eu não podia recusar.
— Ah, coitado. De qualquer forma, o que você quer dizer com não podia recusar? Você tinha o poder!
— *Você* teve o poder pelos últimos dez anos. Sentiu que é fácil? — Ele a vê desviar o olhar. — Não? Está vendo? Poder não resolve tudo, não é mesmo? Na verdade, é incrível quantas coisas você não pode fazer *com* poder.
— Certo, eu admito isso.
— Sabe, em grande medida, você decide o que acontece a seguir. Pode querer se afastar do palácio. Você nunca foi feliz lá!
— Alguém foi?
— E você sempre gostou daqui.
— Ainda gosto.
Ele se vira para ela com esperança renovada.
— Então, estamos de acordo?
— Farei o que você achar melhor. Não pretendo causar problemas.
Ele solta um suspiro audível.
— Ajudou? Encontrar-se em particular assim?

— Ajudou *você*?

— Você sabe, eu acho que...

Uma pausa estranha, ou talvez apenas o reconhecimento de que chegaram ao fim da estrada.

— É melhor você ir dormir um pouco — diz ela. — Tem um longo dia, amanhã.

— Sim.

Embora não tanto quanto pensa.

17

O barulho dos cascos dos cavalos desapareceu ao longe, deixando uma onda de silêncio em seu rastro.

Eu estava me abrigando à sombra do arco, rezando para que Agamêmnon fosse embora, mas ele não parecia ter pressa em partir. Ele olhou ao redor, sua figura alta apequenada pela imensidão da tumba. Depois de um tempo, ele caminhou até a fenda e espiou pelo portão, vendo, como eu tinha visto antes, um oval de pequenas velas acesas ao redor de uma sepultura — luzes noturnas, talvez, para uma criança que poderia um dia ter tido medo do escuro. O que ele estava pensando? Eu não conseguia imaginar e tinha medo de tentar. Depois de algum tempo, ele se ergueu, endireitou os ombros e dirigiu-se para casa. Ouvi o roçar e o estalo de seus passos saindo da pedra para o cascalho; e, em seguida, mais nada. Até as corujas ficaram em silêncio. Somente quando ele dobrou a esquina foi que voltei a respirar com facilidade, embora muitos minutos tenham se passado antes que eu me sentisse confiante o suficiente para segui-lo.

Dentro da casa, peguei a vela que havia deixado acesa no suporte do corredor e comecei a refazer meus passos pela casa silenciosa. Lembrei-me do caminho pelas tapeçarias, principalmente aquela em que Actéon era despedaçado pelos próprios cães, porque sem querer viu Ártemis nua, tomando banho em um riacho. Uma bela tapeçaria, poderosa. Como os deuses são vingativos e com que ferocidade essa vingança estava sendo celebrada aqui. Um pouco mais adiante cheguei à porta de nosso quarto e estava prestes a entrar quando ouvi um murmúrio de vozes: a de

Agamêmnon, profunda, persuasiva; a de Cassandra, embargada, acordada apenas em parte.

    Dando de ombros, saí em busca de um lugar para dormir, andando pelos corredores e abrindo portas aleatoriamente até encontrar um quarto que parecia desocupado. Durante vários minutos depois de me arrastar para debaixo da colcha, não pensei nem senti nada, mas então, em clarões, comecei a revisitar a cena que acabara de testemunhar: a boca de Clitemnestra, da qual me lembrei como um talho escarlate, embora soubesse que não fosse assim; a mão de Agamêmnon congelada a alguns centímetros do braço dela. A pele dela se contraiu como a de um cavalo quando está sendo atormentado por moscas. Eu não tinha visto isso — não poderia, estava longe demais — porém, lá estava em minha mente. Tanta raiva, a maior parte dela para ele. Às vezes, ele parecia indiferente, até mesmo entediado. Ah, ele dissimulou, ele falou tudo o que precisava para conseguir o que desejava, e o que ele desejava era tirar essa mulher de sua vida. Que ela se instalasse na Casa do Mar, cuidando do túmulo da filha, longe o suficiente para que ele nunca mais tivesse que pensar nela de novo. Em qualquer uma delas. Apenas alguns minutos depois de se separar da esposa, ele estava na cama com Cassandra. Nenhuma hesitação, nenhuma pausa para pensar, mas ele era o rei; quando se tratava das mulheres de sua vida, ele podia fazer o que quisesse.

    Quase. Havia algumas coisas que ele não podia mudar nem ignorar: durante dez anos, Clitemnestra governou Micenas, em sua ausência; e ela era a mãe do futuro rei.

❦

Na manhã seguinte, levantando a cabeça do travesseiro, percebi que estava dormindo em um quarto de criança, com poucos móveis, na verdade, apenas um lugar onde acordar e correr até a praia. Partículas de poeira fervilhavam em um raio de sol. Fiquei deitada, sonolenta, olhando ao redor. Nada havia sido arrumado, guardado ou jogado fora. Em cima de uma mesa junto à janela, havia uma coleção de conchas, dispostas em círculos concêntricos, tendo no centro uma bolsa de sereia, obviamente, um verdadeiro tesouro. Peguei-a e percebi um vestígio do sabor salgado que devia ter no dia em que uma criança a encontrou e a trouxe para casa.

Ifigênia? Ou seria este o quarto de Orestes? De Ifigênia, decidi. O quarto dele teria mudado, evoluído à medida que ele crescia desde a infância até a idade adulta, enquanto este estava congelado no tempo.

Já passava do amanhecer. Quanto tempo, eu não poderia dizer. Olhei pela janela, mas as sombras não significam nada se você não conhece o lugar, portanto fui até o quarto de Cassandra. Eu quase esperava ser recebida pelo som do ronco de Agamêmnon, mas não havia som nenhum. Nada de som e nada de Cassandra. Senti uma pontada de ansiedade, embora soubesse onde ela estaria: no túmulo de Ifigênia; ela não iria embora daqui sem vê-lo. Então, desci correndo e fui até o templo. A entrada de grades estava aberta; olhando ao longo da passagem. Vi Cassandra de joelhos, mas não fui me juntar a ela.

Quando saiu, fez uma reverência diante da estátua de Ártemis, abaixou-se para olhar as bonecas e só ao se levantar me avistou. Levantando o véu, ela veio em minha direção.

— O rei foi embora? — perguntei.

— Ah, sim, ele acordou e partiu antes do amanhecer. Mas *nós* não precisamos nos apressar. — Ela olhou em volta. — É um lugar lindo. Não me surpreende que eles gostassem daqui.

— A rainha ainda gosta. Ela esteve aqui ontem à noite.

— Esteve?

— Sim, eles tiveram uma longa conversa. Ele não mencionou isso?

— Não. — Ela continuou andando, talvez mais pensativa agora. — Eu estava olhando as oferendas. Sabe, não são apenas bonecas, há muitos brinquedos, até mesmo as primeiras sandálias de um bebê. — Ela ergueu os dedos indicadores. — Deste tamanho. — Mais alguns passos e ela se virou para olhar a tumba. — Eles a adoram, não é?

— Acho que é um culto, e a rainha o incentiva. Quero dizer, olhe para a escultura. Era para ser Ártemis, mas é um rosto muito singular. Quem quer que a tenha esculpido conhecia a garota.

— Sabia que ela *queria* morrer? Ela foi para a morte de boa vontade porque os deuses assim exigiram.

— Não é o que ouvi.

— Ora, o que você ouviu?

— Que ela lutou contra eles até o último suspiro.

— Ouviu de Macaão?

— Bem. Ele estava lá.

— Sim, ele estava lá... ele foi parte disso. Todos eles foram.

— Olha, você quer acreditar que ela foi uma mártir. Ela não foi. Ela era apenas uma jovem que teve a vida arrancada. É coisa de Agamêmnon, não é? Falando que ela era uma mártir. Fico surpresa que você prefira a versão dele dos acontecimentos. Quando se der conta, as crianças troianas vão ter se atirado das ameias.

Ela abriu a boca para falar, mas se conteve.

Não fiquei surpresa com nada disso. Achei que ela estava apaixonada pela ideia de Ifigênia, uma princesa que sacrificou sua vida por seu povo e ainda era homenageada por isso, anos após sua morte. Talvez ela encontrasse conforto nisso, mas, nesse caso, era um falso conforto, porque uma coisa era certa: não haveria ninguém rezando no túmulo de Cassandra. Ela teria sorte se não a jogassem fora junto com o lixo.

Caminhamos em silêncio e, ao nos aproximarmos da casa, recuei um pouco, ainda mantendo aquele passo atrás crucial de cheira-peido.

Subindo os degraus até a porta da frente, ela disse:

— Sabe, você dá muita atenção a Macaão. Pode chegar um momento em que terá que escolher. — Ela voltou a ficar em silêncio depois disso, e eu com certeza não ia interrompê-lo. Escolher? *Eu?* O acaso teria sido algo bom.

De volta ao quarto, ela olhou ao redor.

— Onde está a bolsa?

Peguei-a do canto e coloquei-a ao lado dela, esperando que tirasse um vestido, mas o que ela produziu foram as vestes de sacerdotisa e o cajado de ofício. Não era de admirar que a bolsa estivesse tão pesada; só o cajado devia pesar uma tonelada. Perguntei-me como ela havia conseguido aquelas roupas, porque suas próprias vestes, as que ela usava quando chegou ao acampamento, estavam irremediavelmente rasgadas.

— Calcas — explicou ela, respondendo à pergunta não dita. — De um sacerdote para outro. Eu teria feito o mesmo por ele.

Calcas, embora troiano de nascimento, havia sido o principal sacerdote de Apolo no acampamento grego. Depois de testemunhar a destruição e a carnificina que se seguiram à vitória de Agamêmnon, ele tirou as vestes sacerdotais e caminhou, sozinho, através do campo de batalha e entrando na cidade em ruínas e ainda fumegante. Ninguém nem nada restava vivo, exceto corvos e cães selvagens competindo pelos restos apodrecidos. Ele tinha sido, e talvez ainda fosse — quero dizer, ele ainda poderia estar vivo —, um homem imensamente alto, mas se ele tinha dado a ela as próprias vestes, qualquer uma das centenas de mulheres nos galpões de tecelagem poderia tê-las alterado para que servissem.

E elas de fato serviam. Depois de sacudir os vincos da saia, recuei e fiquei mais uma vez surpresa com ela, como havia ficado na primeira vez que nos encontramos. Ela era uma pessoa diferente, sua juventude e beleza subordinadas à dignidade de seu cargo.

— Bem? — disse ela.

— Vai servir.

Descemos, onde encontramos o condutor esperando. Na noite anterior, os modos dele tinham sido casuais, beirando a insolência, mas esta manhã, depois de superar o choque de vê-la, ele se ajoelhou para ajudá-la a subir na carroça. Assim que ela se acomodou, voltei para dentro da casa para me despedir de Dacia, que pareceu apreciar o gesto. Ela era uma mulher com quem eu poderia ter feito amizade se as coisas fossem diferentes. É um dos piores aspectos de ser uma escrava, a maneira como não se consegue formar nenhum vínculo duradouro, porque estamos sempre à mercê de outra pessoa decidir que é hora de seguirmos em frente.

Descendo o morro, a viagem foi mais rápida, embora não menos alarmante, onde o caminho se aproximava da beirada. Encontramos a cidadezinha tumultuada, com suas ruas estreitas apinhadas de carruagens e cavalos. Ficamos sentadas em um muro de pedra baixo perto do porto, esperando que nos dissessem para onde ir. Olhei por cima do ombro, tentando localizar o *Medusa*, e finalmente encontrei, mas não havia ninguém no convés. Multidões de pessoas aglomeravam-se ao nosso redor: jovens da guarda de elite reluzindo como deuses, escravas piscando sob a luz radiante após o seu confinamento na escuridão dos porões. Aquelas mulheres atraíram minha atenção naquele momento, tanto quanto ocupam minha memória agora. Elas sabiam em que país estavam?

Perto de onde estávamos sentadas, duas bigas se encontraram de frente, ambos os condutores gritando e agitando os chicotes, recusando-se a recuar, até que uma figura obviamente superior apareceu e a ordem foi restaurada. Fora isso, nada parecia estar acontecendo e, embora estivéssemos ao ar livre, a cem metros do mar, um cheiro rançoso pairava sobre tudo, como se o calor do dia anterior, preso entre paredes e grama seca, estivesse lentamente sendo dissipado.

Quando, finalmente, a procissão começou, encontrei-me inesperadamente perto da dianteira, andando atrás da carruagem em que Agamêmnon viajava com Cassandra ao seu lado. Fiquei surpresa, na verdade, chocada, por ele ter escolhido exibi-la de forma tão visível; entretanto, ela era filha do rei Príamo, outrora uma princesa, agora concubina de Agamêmnon, obrigada a deitar-se na sua cama e a ter seus filhos. Que melhor símbolo poderia haver da derrota de Troia? Na guerra, os homens gravam mensagens nos corpos das mulheres, mensagens destinadas a serem lidas por outros homens. Cassandra, porém, recusava-se a desempenhar o papel. Ela manteve a cabeça erguida, com seu cajado sacerdotal em destaque. Você pode ser uma princesa em Troia um dia e uma garota de cama em Micenas no outro, mas uma vez sacerdotisa nunca deixa de ser sacerdotisa. Ela era a voz de Apolo, e as faixas escarlates do deus estavam na cabeça dela. Fiquei orgulhosa dela; simplesmente como uma mulher troiana, uma escrava, caminhando atrás da carruagem de Agamêmnon, eu a saudava. Ela atrapalhava a história que contavam sobre nós, e isso importava e importa.

Pelo que pude ver, havia apenas uma estrada que saía da cidade. No meio de uma colina íngreme, avistei uma loja de velas e lembrei-me de Andreas dizendo que seu cunhado vendia velas. Esta poderia ser a loja dele, na verdade, devia ser, porque a cidade não era grande o bastante para ter duas. Tentei ver pela janela, mas em um instante já tínhamos passado, lojas e casas se tornando dispersas e depois desaparecendo por completo atrás de nuvens de poeira turbulenta. Uma estrada longa e reta estava à nossa frente, passando por campos de restolho pálido. A colheita estava quase no fim. Mesmo na única fazenda onde o trabalho ainda estava em andamento, eles estavam na última plantação de milho, um círculo de homens esqueléticos e cães ainda mais esqueléticos esperando que as lebres e coelhos presos lá dentro saíssem da cobertura e fugissem. Alguns dos homens viraram-se para olhar, antes de retornarem para o trigo tremulante. Agamêmnon e sua vitória significavam menos do que ter algo para colocar na panela naquela noite.

Com o olhar baixo, observando a poeira vermelha subindo dos meus pés até meus joelhos, perdi toda a noção do tempo. Vagamente, tive consciência da longa procissão atrás de nós, das bigas em posição de destaque

A JORNADA PARA CASA

atrás de Agamêmnon, das colunas de homens marchando ainda mais atrás e, na retaguarda, as mulheres troianas, algumas quase fracas demais para continuar andando, mas conseguindo de alguma forma mancar, as mais sortudas entre elas agarradas à porta traseira de uma carroça. A essa altura, eu já tinha desistido de orar pelo fim da marcha, então foi um choque quando, de repente, o rufar dos tambores parou. Atordoada, olhei ao redor, lembrando da existência de um mundo além dos pés doloridos e da língua coberta de poeira. Os cocheiros saltaram para esticar as pernas; peles de cabra cheias de água eram passadas de mão em mão. Quando chegou minha vez, bebi avidamente, embora a água cheirasse e até tivesse gosto de cabra.

Quando começamos a marchar de novo, descobri que estava bastante enrijecida. Todos os músculos das minhas pernas doíam e eu estava começando a tremer, embora o sol estivesse quase no ápice e não houvesse sombra. Com a boca aberta, sem pensar em nada, observei meus pés aparecerem e desaparecerem debaixo da bainha da minha túnica, que como todo o restante estava coberta de poeira vermelha. Por fim, um zumbido de excitação vindo das colunas de trás me fez erguer o olhar e vi um edifício que só podia ser o palácio, reluzindo no calor. O ritmo acelerou depois disso. Em meia hora, estávamos esperando do lado de fora de um portão ladeado por dois leões esculpidos elevando-se acima de nossas cabeças. Estava mais fresco aqui, sob os muros altos. Descansei uma mão suada contra a pedra e me concentrei em recuperar o fôlego.

Agamêmnon tinha colocado uma máscara de ouro batido, com formato parecido com os protetores faciais de um capacete de guerreiro, embora o metal fino não teria oferecido muita proteção no campo de batalha. Contudo, não precisa oferecer. Era um objeto puramente cerimonial, projetado para inspirar medo e admiração. E funcionou. De vez em quando dava para ver os olhos por trás da máscara, mas fora isso o rosto era tão inescrutável quanto o de um deus. Cassandra se inclinou na beirada da carruagem e me passou uma pele de cabra. Nossos olhos se encontraram e ela ergueu as sobrancelhas, uma expressão que poderia significar qualquer coisa ou nada, embora fosse obviamente algum tipo de comentário sobre a máscara. Mas eu não fazia ideia do que ela estava pensando.

Por fim, depois de alguns minutos repletos de batidas inquietas de cascos de cavalos, ouviu-se um grande toque de trombetas de batalha e as enormes portas se abriram devagar. Um rugido surgiu da multidão quando avistaram pela primeira vez a carruagem de Agamêmnon. Fui empurrada para o lado, esmagada contra a parede pela pressão dos guerreiros que passavam. Assim que pude, cambaleei ao longo das colunas em marcha até chegar de volta à dianteira, o mais próximo possível das rodas da carruagem de Agamêmnon. A multidão rompeu o corredor; uma floresta de mãos estendidas se esticava para tocar nas vestes, na pele, nos cabelos dele. Observei os movimentos daquela máscara divina conforme ele virava a cabeça de um lado para o outro, conversando com a multidão, tentando acalmá-la. Mesmo quando entendi o perigo que corríamos — cavalos gritando, carruagens balançando — ainda não senti medo. Nada daquilo pareceu real até que o cotovelo de alguém me atingiu dolorosamente no peito — isso era real! . Os soldados da guarda de elite rapidamente formaram um círculo ao redor da carruagem e começaram a empurrar as pessoas para trás. Por fim, a ordem foi restaurada, com os guardas voltados para a multidão, espadas desembainhadas e escudos erguidos.

Agora, pela primeira vez, consegui observar o que me rodeava. A carruagem estava parada ao pé de uma vasta escadaria de pedra que conduzia ao palácio. No topo dos degraus, vestindo uma túnica azul-escura, estava Clitemnestra, com duas fileiras de conselheiros de barbas grisalhas alinhados à sua esquerda, e sacerdotes em vestes cerimoniais carregando seus cajados à sua direita. Houve um momento de silêncio, interrompido apenas pelo tilintar dos arreios, enquanto os cavalos sacudiam a cabeça. O calor do sol parecia ter se reduzido a uma única ponta afiada que perfurava meu crânio. Eu precisava desesperadamente de um copo de água, e isso me fez perceber que havia perdido a pele de cabra de vista. Quando isso aconteceu? Tentei imaginar limões sendo cortados e espremidos, imaginei o suco azedo pingando em uma tigela azul, mas nada disso ajudou. Eu não conseguia nem engolir, de tão seca que minha boca estava.

Finalmente, Clitemnestra começou a falar.

— Grande rei — disse ela. — Grande rei, bem-vindo ao lar!

E pronto: a multidão explodiu. Quero dizer, para ser sincera, ela não precisava dizer mais nada depois disso, embora tenha dito, é claro. Eu nem escutei a maior parte; eu estava ocupada demais sonhando com água fria e massageando meu seio dolorido. Contudo, uma coisa se destacou: ela não olhou para ele sequer uma vez. Ela manteve os olhos fixos na multidão, quase como se estivesse se dirigindo a um tribunal, apresentando um caso. E quando, finalmente, virou-se para encará-lo, começou a falar sobre uma pessoa que deveria estar lá para recebê-lo em casa, uma lacuna gritante nas fileiras de pessoas alinhadas à sua frente, e no quanto essa ausência era desconcertante e dolorosa...

Todos esperaram pelo nome.

— Orestes — declarou ela. Orestes não estava aqui para cumprimentar o pai, mas havia sido chamado e estaria em casa em alguns dias.

Ela havia usado exatamente o mesmo truque ontem, mas hoje foi diferente: pública, impessoal, uma acusação.

Ela lamentou ter mandado Orestes embora, mas na verdade a vida no palácio havia se tornado intolerável. Mensageiro após mensageiro trazendo notícias de Troia, e nunca boas notícias. Agamêmnon ferido, levemente ferido, gravemente ferido, pairando entre a vida e a morte. Se ele tivesse sido ferido metade das vezes que os mensageiros alegaram que tinha sido, estaria ali na frente deles com tantos buracos quanto uma rede de pesca.

Uma onda de divertimento veio da multidão, mas apenas uma onda. Ela estava demorando um pouco, pensei, embora a essa altura minha bexiga estivesse prestes a estourar e qualquer discurso teria sido longo demais. Felizmente, Agamêmnon manteve o dele curto. Ele agradeceu aos deuses por lhe concederem a vitória; se houve glória e honra naquela vitória, ela pertencia inteiramente aos deuses. Embora isso tenha se revelado um pouco discutível, já que ele passou a se gabar do papel que desempenhou nela. Ele não apenas derrotou Troia, declarou, mas de fato a *pulverizou*. Uma das últimas coisas que fez antes de voltar para casa foi passear pela cidade em ruínas e viu com alegria — sim, com alegria! — quantas áreas foram completamente arrasadas, nenhum edifício deixado acima da altura dos joelhos. Estas, é claro, eram as partes mais pobres da cidade, onde as casas e oficinas eram feitas de pau-a-pique e facilmente incendiadas. Não foi um discurso generoso; um galo cantando em um monte de esterco poderia ter tido mais generosidade de espírito. Ele até conseguiu desferir um último golpe em Clitemnestra, cujo discurso havia sido, segundo ele, "igual a minha ausência, demorado demais".

Depois que ele terminou de falar, houve uma pausa em que ninguém parecia saber o que estava acontecendo. Pelo canto do olho, vi

Clitemnestra descendo os degraus em nossa direção, com seu manto azul-escuro ondulando ao seu redor. Ela parou na frente da carruagem de Agamêmnon, com o rosto a centímetros de distância das cabeças dos cavalos que se sacudiam. Protegendo os olhos, ela olhou para a máscara dourada e falou, embora o que ela disse tenha sido abafado quando um dos cavalos berrou uma saudação ao seu companheiro de estábulo, várias fileiras atrás. Agamêmnon ergueu a máscara dourada a alguns centímetros do rosto — devia ser uma tortura usar aquela coisa no calor — e ele e a rainha conversaram brevemente. A julgar pelo seu tom, ele parecia estar protestando contra alguma coisa, mas Clitemnestra lhe deu as costas e acenou para uma mulher no topo da escadaria.

Uma fileira de pilares brancos formava a parte inferior da fachada do palácio: muito impressionante, embora, na minha opinião, perturbadoramente parecessem dentes. Bem, imagine várias línguas vermelhas brilhantes emergindo entre os dentes, línguas que ficavam mais longas a cada segundo. Foi o que vi, apesar de meu cérebro lutar para entender. Mais mulheres apareceram, com os braços cheios de tecidos vermelhos, o que pareciam ser vestimentas das estátuas dos deuses, e tapeçarias, toalhas para altares, algumas lisas, outras ricamente bordadas em prata e ouro, iguais aos estandartes que são carregados em procissão nos dias de festa dos deuses. Coisas sagradas. Elas os espalharam, movendo-se de degrau a degrau, até que toda a brancura do mármore ficou vermelha.

— O que é isso?

Agamêmnon parecia quase assustado.

— Panos vermelhos; um tapete para você andar.

— Mas pertencem aos deuses.

Clitemnestra apontou para a multidão, que estava saltando e aplaudindo porque haviam entendido o que estava prestes a acontecer.

— Olhe para eles — disse ela. — Para eles, você é um deus. — Ela ergueu os braços, incentivando a multidão, e eles responderam com aplausos ainda mais altos. — Você é a coisa mais próxima de um deus que *eles* vão ver na vida.

— *Não posso.*

Ela estava apoiada na lateral da carruagem, olhando para ele, sorrindo, persuasiva.

A JORNADA PARA CASA

— Se não vai fazer por si mesmo, faça por eles. Eles tiveram dez anos de guerra. E sim, eu sei que foi difícil em Troia, mas aqui também foi muito difícil. Por duas vezes a colheita falhou, *duas* vezes, e ainda tínhamos de arranjar dinheiro para a guerra. A guerra os exauriu, e *eles* perderam filhos, netos, irmãos, maridos... Deixe-os pelo menos participar do seu triunfo. Vá em frente, faça isso por eles.

Por trás da máscara inexpressiva, dava para perceber o embate acontecendo. Apesar das palavras dele — e creio que ficou genuinamente chocado — ele queria andar sobre aqueles panos. Ele conquistou a cidade de Troia, pulverizou-a, derrubou as suas muralhas, muralhas tão fortes que se dizia que haviam sido construídas por um deus. Ele tinha feito isso. *Ele* fez o impossível, *ele* fez o que ninguém mais pensava que podia ser feito. Então? Ele merecia isso, não é?

— Pelo menos deixe-me lavar os pés.

No mesmo instante, como se já esperasse por isso, Clitemnestra ergueu o braço para chamar uma das criadas, que se ajoelhou diante de Agamêmnon, oferecendo-lhe uma tigela dourada cheia de água limpa com pétalas de rosas flutuando na superfície. Descendo da carruagem, ele esperou, impaciente, enquanto seus pés eram lavados e secos. Somente então, preparando-se como se fosse enfrentar uma provação, ele se virou para encarar os degraus.

Ele estava prestes a entrar no riacho vermelho quando um arquejo de Clitemnestra o deteve.

— Quem é essa?

Cassandra, que estivera sentada no poço da carruagem, levantou-se para ver o que estava acontecendo. Agamêmnon deu de ombros.

— Ela me foi concedida pelo exército, não pude recusar.

— Quem é ela?

— Filha de Príamo.

Clitemnestra olhou da máscara de Agamêmnon para o rosto de Cassandra e vice-versa. Como as pessoas são estranhas. Eu estava convencida de que ela odiava o marido com todas as fibras do seu ser, e ainda assim... Houve um lampejo de algo que não era ódio. Ciúme, talvez?

Exercendo sua autoridade sobre as mulheres de sua casa, Agamêmnon falou:

— Seja gentil com esta mulher estrangeira.

— *Gentil?*

— Sim, *gentil*. Ninguém escolhe a vida de escravo.

E, em seguida, ele virou as costas para ela e deu o primeiro passo, e o seguinte, e o seguinte. Como não conseguia ver as bordas dos degraus, seu progresso era lento, até um pouco instável; mas ainda assim ele subiu, pano após pano, sacrilégio após sacrilégio, até chegar ao topo. Lá estava ele, a máscara dourada brilhando à luz do sol enquanto ele virava a cabeça de um lado para o outro. Depois, erguendo os dois braços acima da cabeça, ele começou a rir; conseguíamos ouvir sua risada mesmo acima dos rugidos da multidão. Naquele momento, ele não se sentia apenas um deus, ele *era* um deus. Dava para ver isso na maneira como seu punho cerrado fodia o ar.

As pessoas enlouqueceram, agitando os braços, pulando, gritando alto o suficiente para acordar os mortos — algo arriscado de se fazer no Pátio do Leão, embora eu não soubesse disso na época. Houve quem duvidasse; uma ou duas pessoas fizeram o sinal contra o mau-olhado. Eu as notei, mas apenas porque estava o procurando. Nem todo mundo tinha gostado de ver os pés descalços, rechonchudos e curiosamente chocantes dele pisando em material que foi tecido para homenagear os deuses. E toda aquela vermelhidão era cumulativamente perturbadora; havia demais. Depois de algum tempo, começou a doer os olhos.

Não creio que eu seja a única pessoa que se lembra de ter visto Agamêmnon entrar em seu palácio através de um rio de sangue.

18

Fez-se silêncio depois que Agamêmnon desapareceu entre os pilares brancos, seguido por um murmúrio abafado de vozes. Ninguém parecia saber o que tinham acabado de testemunhar, embora o silêncio semelhante ao de um templo dava testemunho de sua importância. As pessoas olhavam para a rainha, mas Clitemnestra já estava subindo os degraus — embora eu tenha notado que ela tomava cuidado para não pisar nos panos vermelhos. Antes de entrar no prédio, ela gesticulou para que suas criadas começassem a recolhê-los. Imediatamente, uma dúzia ou mais de mulheres desceram os degraus e começaram a dobrar o tecido, alinhando as bordas, alisando os vincos, um fluxo constante de movimento em direção umas às outras e para longe, tão gracioso quanto a dança de cortejo dos grous e feita por mulheres da época imemorial.

A essa altura eu estava morrendo de vontade de fazer xixi. Nem mesmo a ideia de deuses e deusas nus tremendo em seus templos conseguia afastar minha mente da bexiga por muito tempo. Fiquei tentada a simplesmente soltar ali. Quero dizer, sério, quem se importa se uma escrava gorda e de meia-idade se mijar?

— Vou encontrar um pouco de água.

Cassandra nem sequer olhou para mim.

— Vou conseguir água.

Por fim, ela assentiu e entendi isso como permissão para partir. Embora encontrar água fosse mais fácil de falar do que de fazer. Lembrava-me de ter visto uma pilha de odres de peles de cabra em uma das carroças; podia haver algumas gotas em algum deles. Abrindo caminho através da multidão dispersa, voltei até o portão e encontrei dezenas de carroças de bois enfileiradas do lado de fora. Depois de cinco carroças, encontrei a dos odres. Um condutor corpulento e de rosto vermelho estava inclinado para o lado, conversando com seu companheiro. Dirigindo-me à nuca dele, perguntei:

— Posso dar um desses para minha senhora?

Sem resposta. Ele estava chegando ao fim de uma piada e claramente achou que era boa demais para ser interrompida, sendo assim, testei vários odres e escolhi dois que tinham água chapinhando dentro. Só então, por sorte, um dos bois abriu as pernas e soltou um jato de mijo quente e fumegante que caiu em cascata sobre a terra vermelha, espirrando em meus pés e na barra da minha túnica. Bem, com isso cheguei ao limite. Contorci-me embaixo da carroça, levantei minha túnica e fiz, de longe, o xixi mais gostoso de toda a minha vida. Saí da sombra da carroça e, fingindo que a maré que varria as pedras da calçada não tinha nada a ver comigo, fui embora. Eu me sentia uma nova mulher, pronta para enfrentar o mundo.

Encontrei Cassandra agachada dentro da carruagem com a cabeça entre as mãos.

— Cassandra?

Dei a ela o odre de pele de cabra. Ela engoliu a água tão depressa que se engasgou, mas sua cor melhorou. Coloquei água na minha mão em concha e esfreguei um pouco na nuca dela e depois fiz o mesmo comigo. Quase imediatamente, comecei a me sentir melhor.

A multidão estava se dispersando mais rápido agora. As pessoas que passavam paravam para espiar dentro da carruagem: poderíamos ser animais exóticos numa jaula.

— Ela é uma sacerdotisa, não é? — perguntou uma mulher.

— Sim — respondi.

Ela parecia em dúvida.

— Tem certeza?

Obviamente "escrava" e "sacerdotisa" eram termos mutuamente exclusivos no mundo dela.

As mulheres eram as piores. Elas ficavam tentando fazê-la falar; acho que teriam cutucado ela nas costelas, se pudessem. Por fim, em desespero, eu falei:

— Ela não consegue falar.

Um balbucio de resposta:

— Bem, isso não é bom, não é? Qual é o sentido de uma sacerdotisa que não pode falar?

— Ela não é sacerdotisa, é concubina.

— Bom, sendo assim ela não vai precisar falar, não é?

— Não, apenas deitar-se de costas com as pernas abertas e esperar que tragam a próxima refeição.

— Um bom trabalho, se você conseguir, nunca tive a sorte.

Depois de algum tempo, elas ficaram entediadas e se afastaram. Não muito tempo depois, um casal parou perto da carruagem, ocupado demais discutindo para prestar muita atenção a nós. Eles estavam a caminho de escolher um escravo; aparentemente, algumas das mulheres troianas estavam sendo vendidas barato. Ou de graça, para fazendeiros arrendatários.

— Veja bem — dizia a mulher — não quero uma coisinha afetada de peitos grandes, quero uma garota boa e forte que não tenha medo de um pouco de trabalho duro. — O marido, que era bem mais velho do que ela, com um boca frouxa e queixo recuado, ficava dizendo: "Sim, sim, certo". O que queria dizer: *Cala a boca, mulher, pelo amor dos deuses, eu sei o que estou fazendo*. Observei-os partir em direção ao portão, o velho correndo na frente, a esposa furiosa bufando atrás.

Virando-me para Cassandra, falei:

— Não deveríamos entrar? Precisamos sair do sol.

Nenhuma reação. Desde que saímos de Troia, eu estive observando Cassandra em busca de sinais da agitação que tinha sido um grande problema quando ela chegou ao acampamento, esquecendo todas as outras vezes em que ela estava tão deprimida que mal conseguia falar. Eu estava prestes a repetir a pergunta quando vi um homem com vestes sacerdotais e as faixas escarlates de Apolo enroladas na cabeça vindo em nossa direção descendo os degraus.

Ele parou na frente da carruagem.

— Louvado seja o senhor e doador da luz! — Automaticamente, os lábios de Cassandra moldaram a resposta ritual:

— Agora e para sempre, que seu nome seja louvado. — E, então, para minha surpresa, tomou impulso, levantou-se, e ficou ali, oscilando um pouco, porém resoluta. O sacerdote era um jovem corpulento, cheio da própria importância. Mantendo uma distância segura das cabeças dos cavalos, ele começou o que era praticamente um sermão, assegurando-lhe o amor e cuidado contínuos de Apolo.

— O senhor da profecia vai ajudá-la.

Cassandra caiu na gargalhada.

— Quando Apolo me ajudou? Durante toda a minha vida vi pessoas que amo, meu próprio pai, cometerem erros fatais, porque não acreditaram em mim. Tem alguma ideia de como é passar por isso? Sabe o que Apolo me contou? Que nunca acreditariam em mim até que eu profetizasse minha própria morte. Bem, agora eu profetizo a minha morte, a minha e a de Agamêmnon. E alguém acredita em mim? Não. Então, essa é outra mentira. Apolo sempre fala a verdade... Bem, sim, talvez ele fale, mas ele nunca quer dizer o que você quer dizer. Você fala: "Louvado seja o senhor e doador da luz!". Mas há uma escuridão terrível em Apolo, e as pessoas simplesmente não conseguem vê-la. É preciso estar perto o suficiente para sentir o hálito dele em seu rosto, então você a vê. Vou morrer e muito em breve, horas, não dias. E o seu rei vai morrer comigo, porque o que ele fez em Troia foi tão terrível, tão totalmente desprovido de humanidade, que até os deuses ficaram enojados. Sendo assim, vá em frente, celebre, sacrifique o melhor touro do rebanho, cante seus hinozinhos de louvor, beba até perder os sentidos, mas isso não vai me salvar... E também não vai salvar o seu precioso rei.

Mesmo antes de ela terminar, ele já estava recuando, caindo no chão na ânsia de fugir. Apenas ouvir falar da morte de um rei é traição. Fiquei abalada, não pela mudança de humor dela, que foi dramática, mas por uma mudança em mim mesma. Até aquele momento eu mal tinha acreditado em qualquer uma de suas histórias, era tudo distante demais da minha experiência. Agora, no entanto, de repente, senti uma relação. Eu acreditava que, quando ela orava, falava com Apolo e ele respondia. Quando ela falou sobre a escuridão de Apolo, senti que estava contando a verdade, ou pelo menos uma versão da verdade. Este era Apolo *como ela o conhecia.*

Eu não podia me dar ao luxo de pensar assim; tinha que me concentrar nos aspectos práticos de nossa situação, porque, caso não o fizesse, ninguém o faria.

— Vamos — chamei. — Vamos entrar.

A JORNADA PARA CASA

Cassandra estava olhando por cima da minha cabeça. Virando-me, vi Clitemnestra, que tinha descido silenciosamente os degraus e parado diante da carruagem. Durante o que pareceu uma eternidade, nenhuma das duas falou, até que os olhos de Clitemnestra pareceram se concentrar no cajado sacerdotal de Cassandra.

Sem se preocupar em disfarçar o sarcasmo, ela disse:

— Louvado seja o senhor e doador da luz!

— Agora e para sempre, que seu nome seja louvado.

— Você está trepando com meu marido.

— Sou uma escrava, faço o que me mandam.

— Ele disse: "Seja gentil com esta mulher estrangeira".

— Eu ouvi o que ele disse. E você sempre faz o que ele manda?

— Claro.

— Ah, muito bem, posso lidar com isso. Eu sou uma escrava, você é uma esposa obediente. Acha que algum dia conseguiremos conversar uma com a outra... de verdade, quero dizer?

— Não tenho tempo para isso. — Clitemnestra ergueu a mão para enxugar o suor da testa e, ao fazê-lo, sua manga caiu para trás, revelando um braço coberto de pequenos hematomas circulares; havia todos os estágios de desenvolvimento de hematomas, do preto ao roxo, do vermelho ao verde amarelado. Rapidamente, ela puxou a manga para baixo. — Olha — falou. — Você pode entrar, vai receber comida e água e uma cama limpa onde dormir, mas se quiser ficar aqui e fritar seu cérebro, fique à vontade. Realmente não me importa de qualquer forma.

Quando ela se virou para partir, seu olhar caiu sobre os cavalos parados pacientemente entre os eixos, suando com o calor.

— Mas que merda! — Pela primeira vez, houve uma explosão de raiva, embora a raiva dela estivesse fervilhando logo abaixo da superfície desde o início. — Para que pago aos cavalariços? — Levando os dedos à boca, ela produziu um assovio digno de um supervisor de construção. Um ajudante veio correndo e ela o mandou ir ao pátio do estábulo. — Diga a eles para virem aqui, agora, depressa. E se quiserem saber como é estar amarrado sem água em um dia como este, isso pode ser arranjado.

Eu gostava dela. Gostava da praticidade dela; gostava da maneira como ela se preocupava com os cavalos; gostava do assovio dela. *Uma mulher que assovia e uma galinha que cacareja não têm utilidade para deuses ou homens.*

Lembro-me de minha mãe me dizendo isso quando eu tinha oito anos e estava desesperada para aprender a assoviar como meus irmãos faziam. Eu costumava praticar no quintal, fora do alcance dos ouvidos em casa, finalmente produzindo um som pelo menos respeitável. Minha pobre mãe, ela teria ficado mortificada.

Observei a rainha se afastar. Ela mal tinha começado a subir os degraus quando uma mancha vermelha surgiu e uma garota de cabelos pretos se atirou em seus braços.

— Electra! Onde está Iras?
— Dormindo. Onde está o papai?
— Lá dentro.
— Posso mostrar meu vestido a ele?
— Agora não, querida, talvez um pouco mais tarde. Lembra que conversamos sobre isso? Há pessoas com ele no momento.
— Eu poderia entrar só por um minuto...
— *Não*, ele está muito ocupado. Vamos, vamos encontrar Iras.
— Você terá que acordá-la.
— Ah, não se preocupe, vou acordá-la, muito bem.

Ela tinha se esquecido de nós, nem sequer olhou em nossa direção quando agarrou a mão da criança e arrastou-a escada acima. Só que ela não era uma criança. Cassandra voltou o olhar para mim, perguntando sem palavras: *O que foi aquilo?*

Aquilo era uma jovem, talvez com idade suficiente para se casar, mas lamentavelmente magra, sem seios, sem quadris, o rosto desfigurado por escamas prateadas. Talvez eu não esteja transmitindo o quão perturbadora ela era, porque não era apenas sua magreza ou o estado de sua pele; era o jeito como ela se comportava com a mãe, como uma criança pequena e exigente. Ou pior que isso, talvez, algum tipo de entidade malévola.

Observamos as duas chegarem ao topo dos degraus e desaparecerem entre os pilares parecidos com dentes.

Cassandra estava olhando para o telhado. Senti seus dedos frios se fecharem em volta do meu braço.

— Você as vê?
— Quem?
— As Fúrias.

A JORNADA PARA CASA

Eu sabia quem eram as Fúrias: deusas que punem crimes entre familiares; elas são as mais terríveis, as mais implacáveis entre os deuses. Mas quando olhei para cima, tudo que pude ver foram pássaros brigando e disputando posição na cumeeira do telhado.

O aperto de Cassandra aumentou.

— Você as vê?

Estupidamente, balancei a cabeça.

— Vamos, vamos entrar.

Tive vontade de gritar: *Pelo menos uma vez na sua vida estúpida, você não pode apenas fazer a coisa simples e natural?* Mas então, de repente, desisti. O que quer que fosse acontecer, que acontecesse. Virei as costas para ela, olhando em vez disso para a multidão aglomerada. O casal que eu tinha visto antes estava voltando do mercado de escravos, a esposa calada, o marido maliciosamente triunfante; atrás deles, uma jovem com um bebê chorando nos braços. Ela estava usando o véu para tentar proteger os olhos dele do sol; quando isso não fez o choro parar, ela puxou um seio enorme, com veias azuis, e enfiou o mamilo na voraz boca de anêmona do mar. Que futuro teriam eles, aquela jovem e seu bebê? Vê-los me deixou, talvez injustamente, ainda mais exasperada com Cassandra. Eu estava muito perto do limite da minha resistência. Tenho certeza de que não foi nenhum prazer andar na carruagem de Agamêmnon, mas eu caminhei, pelo amor dos deuses, eu *caminhei*. Sendo assim, apenas fui até os degraus e me sentei, sem abandoná-la, mas também sem ajudá-la.

Ao olhar ao redor, algo chamou minha atenção: um pedaço de pano vermelho preso na borda áspera de uma pedra. Estendendo o braço, soltei-o e deixei-o repousar na palma da minha mão. Era incrivelmente lindo: vermelho-sangue escuro, com uma única folha bordada com fio de ouro. Fiquei tentada a fechar a mão, a guardá-lo, mas, enquanto o pensamento se formava, uma brisa refrescante agarrou-o e levou-o embora. Uma bobagem, nunca contei sobre isso a ninguém até agora, pois é sério, o que havia para contar? Mas sempre me lembrei disso. Observei-o flutuar pelos degraus até que o vento o fez girar e o levou para fora de vista.

Quando olhei de novo para o Pátio do Leão, vi Cassandra caminhando em minha direção e me levantei para encontrá-la. Deixei que ela se apoiasse em mim e, precedidas pela nossa sombra de quatro patas e duas cabeças, apoiamo-nos mutuamente subindo a escadaria e entrando na escuridão fresca do átrio adiante.

19

— Você está machucando minha mão.

O habitual choramingar acusatório.

— Desculpe — diz ela, soltando-se. Disfarçadamente, limpa os dedos na saia da túnica. Elas dobram a esquina e lá está Iras, de pés chatos e sem fôlego, correndo em direção a elas.

— Pensei ter dito... — Clitemnestra para, pois sabe que não vai adiantar. — Olha, preciso que garanta que ela fique no quarto dela, só pelas próximas horas. Pelo amor de Deus, Iras, você tem apenas um trabalho: *faça-o*.

Ela sente Electra atrás de si, sorrindo maliciosa, sem dúvida. É muito divertido deixar escravos em apuros quando se é basicamente uma garotinha bastante desagradável. Virando-se, ela agarra o braço de Electra apenas para soltá-lo um segundo depois, quando Electra estremece. A culpa, e não o amor, lhe dá paciência.

— É apenas por algumas horas. Papai está conversando com seus conselheiros agora. Assim que eles forem embora, você poderá vê-lo. A melhor coisa que pode fazer é deitar-se e descansar. Não vai aproveitar o banquete se estiver cansada demais. — Ela olha para Iras. — E tire esse vestido dela, veja só, está amassado. E veja o que pode fazer com o cabelo dela.

Parada no canto da passagem, ela observa até que Iras e Electra estejam em segurança dentro do quarto. Embora não vá durar. Electra está explodindo de energia nervosa e, sim, às vezes, isso resulta em exaustão completa, porém não antes de ela correr pelo palácio como uma pessoa enlouquecida por horas a fio. Mas o que poderia ser feito quanto a isso?

Não era possível mantê-la permanentemente trancada. Agamêmnon nem sequer a mencionou, nem hoje, nem ontem à noite, até que ela o incitou; era como se Electra não existisse, embora naquele exato momento, na câmara do conselho, ele estivesse falando para quem quisesse ouvir como estava surpreso e decepcionado por Orestes não estar lá para recebê-lo. Ele não pode ter ficado surpreso; ela lhe contara que Orestes não estaria lá. No entanto, talvez, ele sentisse que a ausência de Orestes era um ponto sensível, uma fraqueza, algo que ele podia explorar?

Haverá muitas pessoas na câmara do conselho ansiosas para espalhar boatos e fofocas. Eles não podem contar a verdade a ele, porque não sabem qual é; nem ela tem certeza se sabe qual é. A versão oficial é que Orestes ficou traumatizado com os constantes e exagerados relatos dos ferimentos do pai. Era verdade, embora isso já ocorresse há anos. Mais recentemente, ele se sentiu humilhado por não ter permissão para ir para Troia lutar ao lado do pai. Ele a culpava por isso? Provavelmente. O lugar de uma mãe é permanentemente no erro. Mas ela não acha que nenhuma dessas coisas realmente explique a ausência dele. Cerca de nove meses atrás, houve uma série de incidentes nos pátios de treinamento, brigas eclodindo, Orestes voltando para o palácio mancando com um olho roxo ou um lábio cortado. Ele sempre pareceu se dar bem com os outros rapazes, portanto essa sucessão de ferimentos leves era um pouco estranha. Por fim, ela enviou um ajudante para descobrir o que estava acontecendo. "Treine, fique lá um pouco, escute." Alguns dias depois, o homem voltou, corado e gaguejando, para lhe contar que Orestes estava sendo provocado.

— Provocado? A respeito de?

— Egisto.

— Que tem ele?

— Parecem pensar que ele tem estado bastante no palácio.

— Bem, é claro, ele está no palácio… — E então ela percebeu o que ele estava achando tão difícil de revelar. Ela não podia negar isso para Orestes, porque até mesmo negar admitia a possibilidade de que pudesse ser verdade. Assim, quando ele pediu para deixar o palácio e ir ficar com seu amigo Pílades, ela permitiu que ele fosse sem discutir, embora não imaginasse que ele fosse ficar longe por tanto tempo.

A ausência dele de fato causa estranhamento nas pessoas. Ainda esta manhã, alguns dos conselheiros se perguntaram por que ele não estava esperando na escadaria para receber o pai. A mente dela, como uma rede de arrasto, recolheu os murmúrios:

— Quantos anos ele tem agora?
— Dezoito.
— Bem, então é um homem. Devia ter sido ele a fazer esse discurso, e não a mãe.
— Ah, mas se ele é homem, por que não esteve em Troia com o pai?
— A rainha não o deixou ir.
— Eu não acho que foi isso.
— Onde ele está, afinal?
— Visitando um amigo.
— Uma visita bem longa...

Sem dúvida haverá muitas perguntas quando ela e Agamêmnon estiverem sozinhos, e não apenas sobre Orestes. Ele vai querer conversar novamente sobre o futuro, o futuro deles, e desta vez ele não estará apenas testando o terreno. Ele virá com uma lista de exigências e desejará decisões firmes que possa começar a implementar. Para ela é uma obscenidade até mesmo pensar em um futuro assim, mas ela terá que comentar, dar sugestões, concordar; ah, sim, concordar! Discordâncias não serão toleradas agora. Provavelmente, ele vai querer que ela se afaste da corte e, do ponto de vista dele, isso faz todo o sentido. Ele vai querer que ela fique fora do caminho e indisponível para subordinados queixosos. Será necessário haver negociações, é claro. Ela terá que se comprometer em todos os pontos importantes, mas sem parecer muito molenga. Nada disso de fato importa — ele não tem futuro — mas, mesmo assim, ele precisa acreditar que ela pretende morar na Casa do Mar, cuidar dos jardins e do túmulo, passar o resto da vida rezando aos deuses como era esperado que mulheres rejeitadas fizessem. Ela pode facilmente fazê-lo acreditar nisso; ele quer acreditar, então já está com meio caminho andado.

Os pés dela a levam de volta ao átrio, atravessando um labirinto de corredores que ela percorre sem pensar, embora quando jovem, recém-casada, tenha passado a maior parte do tempo se perdendo, acostumando-se com ele: "Ah, tenho certeza de que logo você se acostuma", dissera a irmã de Agamêmnon, arrumando suas bolsas, ou melhor, atirando coisas nelas, ela estava com muita pressa para partir. E ela se acostumou, embora ninguém a tivesse a ajudado a se adaptar; ninguém explicou nada. A mãe de

Agamêmnon, longe de ser a sogra todo-poderosa que tantas jovens noivas temem, era uma mulher exangue, com a pele seca e transparente como uma crisálida descamada. Ela se recorda de esbarrar nela um dia quando, grávida de Ifigênia, parou em um dos corredores do segundo andar.

— Ah, não se preocupe, minha querida — falou a rainha, um tanto sem fôlego; ela estava sempre sem fôlego. — Todo mundo se perde aqui.

Não muito depois disso, ela morreu ou se esvaiu, era impossível imaginá-la fazendo algo tão decisivo quanto morrer, e um mês depois Ifigênia nasceu, uma menina tão vibrantemente viva que dava para aquecer as mãos nela. Em completo contraste com aquelas outras crianças cuja presença nunca podia ser mencionada.

Os corredores costumam ser tão escuros assim? As lamparinas parecem estar fracas, embora ela não precise de luz para se orientar; na verdade, fica melhor sem. Ela sabe navegar o labirinto sem se perder. Não pense muito, não tente lembrar a rota, olhe para os pés, mova-se depressa, deixe imagens, sons e sussurros para trás. E acima de tudo, finja que está andando por um edifício complicado, em vez de seguir as circunvoluções de um cérebro doente. Ignore a cantoria. Não que ela alguma vez tivesse conseguido fazer isso. Elas estão cantando agora, embora tão baixo que poderia ser o vento agitando as persianas em salas vazias. *Era uma vez uma velha que engoliu uma mosca. Não sei por que ela engoliu uma mosca, talvez ela morra.*

A última palavra foi gritada na cara dela. Ela sente gotas de saliva atingindo sua pele e levanta a mão para enxugá-las, mas não há nada ali. Apressando-se, ela chega ao topo da escadaria principal onde o palácio começa mais uma vez a fazer sentido. Uma descida longa e lenta, deslizando a mão pelo corrimão. Entrando na sala do trono, ela vê Agamêmnon parado debaixo de uma das altas janelas, cercado por seus conselheiros, que até esta manhã haviam sido conselheiros dela. Ele está discursando com aquele tom de voz um tanto simpático, de "estou falando em público", que a irrita profundamente, embora ela consiga fixar um sorriso de aprovação no rosto.

Um escravo nota que ela está parada na porta e se aproxima carregando uma bandeja com taças de vinho. *Uma*, diz ela a si mesma; não pode se dar ao luxo de ter seu raciocínio prejudicado, principalmente quando tem uma noite tão desafiadora pela frente. Não há esperança de um cochilo à tarde, não para ela, apesar de Agamêmnon com certeza precisar de um, com o tanto que ele está tomando. Vários conselheiros estão com o rosto vermelho, suados e enjoados, mas mesmo os sóbrios são um problema. Nenhum deles quer ser o primeiro a sair, porque não confiam que os outros não os apunhalarão pelas costas. Quantas reuniões ela presidiu nos últimos dez anos, paparicando estes homens cujas costas agora formam uma parede sólida contra ela? Um dia atrás, eles estavam atentos a cada palavra dela; isso acabou agora. Ela sentiu a inquietação deles durante seu discurso, notou a maneira como eles se viravam para Agamêmnon, tão naturalmente quanto girassóis seguindo o sol. Ela não é ninguém agora. *Bem,* ela pensa, olhando para a fileira de costas. *Aproveitem enquanto podem.*

É estranho. Ela não esperava se importar com a perda de poder, mas ela se importa. E se não conseguiu prever as próprias reações a esta situação, o que mais poderia ter deixado passar? Coisas inesperadas já começaram a acontecer, a garota de olhos amarelos, por exemplo; e, sim, ela também se importa com ela. Não muito, é preciso dizer, mas se importa um pouco. Na verdade, é o mesmo sentimento: a sensação de ser relegada à margem da vida, o declínio, nem tanto de poder, mas de importância. Agamêmnon também. Ela o odiou por tanto tempo que o transformou em uma caricatura dele mesmo. Ele nunca foi um homem inteligente; embora, às vezes, conseguisse parecer ser, principalmente quando estava ao lado do irmão imbecil, Menelau, mas não, ele não era um homem inteligente. Depois de apenas algumas semanas de casamento, ela soube disso, mas de alguma forma, durante a sua longa ausência em Troia, ela esqueceu a força dos seus instintos políticos, a sua presença física dominadora, sua capacidade de influenciar uma multidão. Ele é mais intimidador do que ela lembrava e mais persuasivo também. Mesmo agora, parado abaixo da grande janela, com os olhos indo de um rosto para outro, ele os leva consigo a cada passo do caminho. Ela teria gostado de gritar, de despertar a todos, de lembrar que esta guerra, esta vitória da qual tanto se orgulhavam, levou o país à falência. Em algum nível, eles devem saber disso, mas ainda assim comemoram.

Ela percebe que outra linha de marcas de mãos apareceu atrás do trono. Normalmente os móveis são movidos para escondê-las, mas dificilmente se pode mover o trono. Não importava o quanto esfregassem, elas não sumiam, embora desaparecessem com o tempo, sendo substituídas por outras marcas de mãos, em outros lugares. Isso tem acontecido por anos. Incomodava-a enormemente quando ela era uma jovem esposa, embora Agamêmnon sempre minimizasse suas preocupações. Se a casa estivesse perturbada, ele parecia pensar que era problema dela, não dele. *E o que ela queria dizer, afinal, que não importava o quanto esfregassem, elas não sumiam? Qualquer mancha pode ser removida se esfregar com força suficiente. Açoite um dos escravos e logo terá o resto deles esfregando com mais força.*

Ela olha para o marido do outro lado da sala do trono, observando as mudanças em sua aparência, os cabelos grisalhos, o volume de sua barriga que a folga de suas vestes não consegue esconder. Ele ainda acredita que qualquer mancha pode ser removida esfregando, açoitando ou guerreando? Provavelmente. Quase com certeza, na verdade. *Mas você está errado.* Suas palavras, rápidas e silenciosas como flechas, voam pela sala. *Nada as remove.*

O joelho que ela machucou quando um cavalo não totalmente domado a derrubou está começando a doer; às vezes, sem aviso, ele cede, resultando em quedas embaraçosas em locais públicos, embora normalmente ela tenha o cuidado de garantir que haja uma cadeira disponível. Nenhuma cadeira aqui, exceto o trono, e ela sem dúvida causaria um rebuliço caso se sentasse ali. Por isso, ela afunda em um dos degraus que leva até ele, apoiando as mãos suadas no chão de mármore, sentindo o frio atravessando suas vestes. A náusea que ela sentiu sob o sol forte no Pátio do Leão se intensifica brevemente e depois desaparece.

Agamêmnon está apresentando o que ele claramente espera ser o resumo final desta reunião sem agenda. Ele vai levar em conta e considera com cuidado tudo o que eles falaram; algumas coisas permanecerão as mesmas, outras talvez tenham que ser modificadas, algumas decisões, talvez, revertidas. Ele aborda o estado dos prédios públicos, mas não se pode resolver tudo em um dia, não é mesmo? Entretanto, espera recebê-los de novo esta noite no banquete; o banquete organizado por sua excelente esposa. Murmúrios dispersos de aprovação. *Volte para seu canil, mulher,* é assim que ela entende. Alguns dos velhos estão se afastando do círculo, embora devagar, com pausas frequentes para conversar.

Essa diminuição do grupo permite que ela veja alguém ou algo voando atrás de Agamêmnon. Um borrão vermelho. Sempre, sempre que ela vê essa cor, há uma onda de esperança. Ela não está morta; tudo foi um erro, um pesadelo, um sonho perdido, embora a esperança morra rapidamente.

A JORNADA PARA CASA

É Electra, claro, é sempre Electra; de alguma forma, ela conseguiu escapar de Iras de novo. Ela começa a chamar "Elec...", mas se contém, porque este talvez seja o momento certo, ou um momento tão bom quanto qualquer outro. Não quando ele estiver sozinho em seus aposentos privados, mas aqui, onde estão reunidos os homens mais poderosos do reino, quando podem testemunhar o confronto.

Ela não precisa esperar muito. Voltando-se para agradecer os bons votos de um conselheiro que estava partindo, Agamêmnon vislumbra, pelo canto do olho, uma garota de braços finos, cabelos pretos e vestido vermelho se aproximando dele, e ataca, sem intenção de bater nela, sem nenhuma intenção consciente. Mas ele é um guerreiro, está em guerra há dez anos: não erra. Ele não sabe errar. Seu punho cerrado acerta bem no centro do peito dela e a faz voar pelo chão.

Há um momento de silêncio chocado. Perto da porta, um grupo que está saindo continua conversando por um momento até registrar a quietude e suas palavras se esvaírem em nada.

Agamêmnon está no centro de tudo. Sozinho. Ele olha para as mãos e parece surpreso com o tamanho delas. Observando, Clitemnestra vê a enormidade do que ele fez começar a ser absorvida. Embora ele ainda não consiga entender o que ocorreu, apenas que, ao tentar afastar um fantasma, de alguma forma ele acertou carne e ossos vivos. Algo, algum sentimento, está lutando para se apoderar de seu rosto. Em seguida, ele está de joelhos ao lado da garota que grita; entretanto, ela não está gritando, não esta, não desta vez, ela não grita "papai" como a outra fez... Parece que ela nunca mais vai falar. Ele se agacha ao seu lado, levanta-a e a abraça, sussurrando:

— Electra, minha garotinha, minha menininha, sinto muito, sinto muito. — Enquanto todos ao redor dele, conselheiros perplexos, observam boquiabertos, e Electra, deitada imóvel no círculo dos braços dele, olha vagamente para o espaço.

20

— Esta noite — disse Cassandra. — Tem que ser esta noite.

Já faz algum tempo que estávamos sentadas em um banco do átrio, observando a vida do palácio desenrolando-se ao nosso redor. Ninguém nos dedicava um olhar. Alguns minutos antes, houve algum tipo de comoção na sala em frente. Um arauto apareceu, atravessando o átrio e descendo os degraus, retornando quase imediatamente com Macaão, que tinha meias-luas de suor nas axilas e uma veia latejando na testa. Eu conhecia bem aquele verme branco. Somente medo pela vida de Agamêmnon poderia tê-lo feito crescer daquele jeito.

— Bem, você diz "esta noite", tenho a sensação de que os deuses podem estar um pouco à sua frente nisso.

Esperamos para ver o que ia acontecer. Não houve nenhum som de choro ou lamentação vindo de trás da porta fechada, então estava claro que Agamêmnon ainda estava vivo. Por fim, apareceu um ajudante carregando uma garota de vestido vermelho: Electra. A rainha e Macaão os seguiram, e a pequena procissão subiu as escadas. Os grupos de velhos fofoqueiros que tinham emergido da sala do trono voltaram para dentro. Não muito tempo depois, a rainha e Macaão retornaram e pararam, conversando. Certo momento, eles se viraram e olharam em nossa direção, embora eu não conseguisse imaginar por que seríamos uma fonte de interesse, em especial porque pareciam estar olhando para mim, e não para ela. Foi um alívio quando voltaram para o salão.

Água. Eu estava com sede, Cassandra estava com sede. Tinha que haver água em algum lugar. Cautelosamente, abri uma das portas que dava para o átrio e me encontrei em uma sala com uma grande mesa em forma de ferradura. Em frente havia uma mesa menor, sobre a qual haviam sido colocadas várias canecas e jarras. Depressa, examinei as jarras. A maioria continha vinho, e vinho bom, a julgar pelo cheiro. Diluí duas canecas e voltei para Cassandra, que a princípio fez uma careta, mas depois engoliu o vinho tão depressa que parte dele voltou. Desviei meu olhar das manchas vermelhas em seu queixo.

A atmosfera ao nosso redor estava tensa, com aquela onda de excitação maliciosa que se sente quando as pessoas contemplam os infortúnios dos que estão em melhor situação. Fiquei feliz por não estarmos envolvidas. Assim que Cassandra terminou o vinho, levantei-me para levar as canecas de volta e vi uma mulher de aparência competente, uma escrava pelas roupas, mas com alguma responsabilidade na casa.

— Ah, sim — disse ela, com desdém. — Eu vou mostrar para onde ir. — Ela apontou para um lance de escadas, orientou-me a virar à direita no topo e seguir por um corredor até chegar a outro lance de escadas. — Deve chegar nos aposentos dos servos, segundo andar. — Ela olhou para mim e viu, pela primeira vez, creio eu, uma mulher da sua idade, fazendo o melhor que podia, como tenho certeza de que ela estava fazendo. A expressão dela se suavizou um pouco. — Não se preocupe caso você se perca. Todo mundo se perde aqui.

Ela estava certa quanto a isso. Um andar acima, outra mulher, menos simpática, encaminhou-nos para a escada dos fundos, que obviamente era destinada aos escravos que cuidavam dos negócios do palácio. Quase não tinha luz. Afastando as teias de aranha pegajosas de nossos rostos, tateamos nosso caminho de degrau em degrau, chegando finalmente ao último andar. Cassandra disse que precisava descansar, então paramos por um momento; evitei olhar para ela. Enquanto caminhávamos pelo corredor, empurrei portas e espiei para dentro. Os quartos eram limpos, pelo menos, embora alguns deles contivessem três ou quatro colchões de palha. Outros eram usados como armazenamento. Por fim, chegamos à porta do outro lado e, devagar, empurrei-a para abri-la. Senti um cheiro de mofo, como se o quarto não tivesse sido ocupado há muito tempo, mas a cama estava arrumada, então evidentemente o quarto era destinado ao uso. Eu não tinha certeza de que era para nós, mas estava tão exausta que o reivindiquei mesmo assim. Atravessando até a janela, abri as persianas e olhei em volta. Nada mal: um lavatório e uma arca de madeira, duas cadeiras, uma mesa perto da cama.

— Bem — falei, largando a sacola que carregava no chão. — Vai servir.

— *Vai servir?*

Ela estava ofegante e, por um momento, perguntei-me se ela estava doente. Para ser sincera, eu esperava que sim, porque dessa forma eu poderia colocá-la na cama, sugerir a possibilidade de algo infeccioso e, com alguma sorte, todos se manteriam bem afastados. Embora eu não soubesse quem "todos" eram; não estávamos sendo exatamente requisitadas.

— Você está bem?

Ela assentiu e se sentou abruptamente na cama.

— Você podia se deitar.

— Eu preciso tirar essas coisas primeiro. — Ela estava puxando suas vestes, tirando as faixas vermelhas do cabelo. Antes de deitar-se na cama, chutou-as violentamente e depois ficou olhando para o teto. — Deuses, este lugar. Não me diga que não consegue ouvir?

Eu conseguia ouvir: um murmúrio constante, como o sussurro do vento nas árvores, mas eram vozes humanas, embora baixas demais para que as palavras fossem audíveis. Mas eu não desejava satisfazer suas fantasias mórbidas, por isso apenas recolhi as vestes e as dobrei cuidadosamente.

— Você vai precisar decidir o que quer vestir esta noite.

— O que temos?

— Tem o vestido amarelo.

— Vai servir.

Olhando para ela, vi linhas de cansaço ao redor de seus olhos.

— Vou pendurá-lo na janela então. Para desamarrotar.

Quando peguei a roupa, senti o cheiro horrível da cabine e minha mente foi inundada de lembranças: enjoo, cobertores úmidos, mas também, e mais importante, a gentileza de Andreas; sua falta de jeito na única noite que passamos juntos e como, no final, não teve a menor importância. Era uma verdadeira dor em minha mente não ter tido a chance de dizer um adeus adequado. Sacudindo o vestido, fui até a janela para ver se havia algo em que o pendurar. Havia uma barra que devia ter uma cortina de tecido suspensa em algum ponto, embora agora só houvesse uma persiana de madeira. Passei o vestido pela barra, alisando os vincos à medida que o fazia. A brisa que notei pela primeira vez nos degraus estava refrescando, soprando o vestido em minha direção, envolvendo meu rosto no pano úmido e no cheiro do navio.

— Você ouviu o que ele falou? — Cassandra se apoiou em um cotovelo, pálida, mas soando mais como ela mesma. — Ele me chamou de "essa mulher estrangeira".

— Sim, bem, nós somos, não somos? Estrangeiras.

— Ele nem falou meu nome. — Ela respirou fundo, se acalmando. — Ele disse "ninguém escolhe a vida de escravo".

— Ele a mandou ser gentil com você.

— *Si-im*, seja gentil com sua nova escrava!

— Ele dificilmente poderia apresentá-la como sua nova concubina, não é? Ele só estava tentando...

Limpar a própria barra.

— Eu não sou concubina dele.

Eu a encarei.

— Ele se casou comigo. Você estava lá, você sabe que ele se casou.

— Sim, ele se casou com você.

Ela assentiu, puxando os joelhos até o queixo. Suas pálpebras estavam caídas; com alguma sorte, talvez ela dormisse.

Ocupei-me com o vestido, passando as mãos pelo tecido, alisando os vincos. Qualquer coisa para adiar o momento em que eu teria que falar sobre o casamento. Cada vez mais aquela manhã horrível passou a parecer importante, porque era verdade: ele se casara com ela ou, ao menos, celebrou-se um tipo de casamento. Não faltou nada na cerimônia que eu pudesse ver; havia sacerdote, votos, tudo; exceto que ele já era casado com a rainha. Uma rainha que lhe dera um filho, governara Micenas em sua ausência e vinha de uma família poderosa que vingaria qualquer insulto feito a ela... Ah, mas ele era o conquistador de Troia, igual aos deuses, ele podia fazer qualquer coisa que desejasse. E ele era um homem que já havia passado do seu auge, necessitando de carne jovem e firme para seguir em frente, sonhando sem dúvida com um recomeço, uma nova vida. Em outras palavras, uma mistura letal de arrogância e insegurança. E brochava de bêbado também, era provável, talvez não o tempo todo, mas de vez em quando. Não é algo de que os reis vitoriosos devam sofrer, mas, ora, o tempo espera por todos nós.

A JORNADA PARA CASA

E, então, esta manhã, alinhados em fileiras como ondas do mar, seus conselheiros, seus parentes idosos, os chefes tribais, os sacerdotes de todos os deuses no Monte Olimpo e, na frente de todos eles, Clitemnestra, sua esposa, cuja cintura alargada e queixo sem definição resumiam todo o peso morto do que o confrontava; e não havia meio de ele escapar. Ele estava envolvido como uma mosca em uma teia e falou: *Seja gentil com esta mulher estrangeira. Ninguém escolhe a vida de escravo.* E, afinal de contas, ele ainda poderia se deitar com Cassandra, enquanto ela mantivesse seu interesse, ainda reconhecer o filho dela como dele. Não havia nada que Clitemnestra pudesse fazer a respeito. Ele trouxe uma concubina da guerra, como os homens fazem. Como sempre fizeram.

Eu precisava de ar. O vestido amarelo balançava à brisa, quase como se estivesse vivo, uma terceira pessoa na sala. Empurrando-o para o lado, olhei para fora. Meu nariz estivera me dizendo o que esperar, portanto não foi nenhuma surpresa. Estávamos nos fundos do palácio, com vista para o pátio da cozinha, onde os animais haviam sido abatidos, prontos para o banquete desta noite. Pilhas de intestinos fedendo com o calor e, reunidos em círculo ao redor deles, bicando, saltitando e brigando, estavam os pássaros pretos que eu tinha visto antes no telhado. *Aí estão suas Fúrias*, pensei, obscuramente satisfeita com o quão covardes e esquálidas elas pareciam, quão completamente desprovidas do significado que Cassandra lhes atribuía. Um escravo de fazenda carregando caixas de legumes e frutas para o banquete atravessou o quintal, e uma garota saiu para recebê-las dele, uma das criadas da cozinha, de constituição sólida, com cabelos oleosos caindo sobre os olhos e um bebê pequeno amarrado ao seu peito. Ela tentou tirar as bandejas dele, mas não conseguiu, eram pesadas demais e o bebê atrapalhava; por isso, ela o conduziu até a cozinha. No minuto em que eles sumiram, os pássaros avançaram de novo, agarrando pedaços de carne.

Quando voltei para o quarto, vi que Cassandra estava dormindo. Não parecia certo deixá-la sozinha com o vestido que balançava; embora imediatamente eu dissesse a mim mesma: *Pelo amor de Deus, é só um vestido.* O sussurro das vozes estava me afetando. Se eu não conseguisse me controlar, acabaria me assustando com sombras. *Pense.* Precisaríamos de água para nos lavar e beber, então a melhor coisa que poderia fazer era cuidar disso. Passei um pente no cabelo e depois saí do quarto, silenciosamente, e fechei a porta atrás de mim.

A escada era pior descendo. Agarrei-me ao corrimão de corda, lembrando-me de uma história que ouvi contada ao redor do fogo em Lirnesso sobre uma escada que descia até o Hades, embora parecesse bastante normal quando se estava subindo. Mas saí em segurança no andar de baixo e imediatamente me perdi — e quero dizer me perdi de verdade, passando e repassando pelas mesmas mesas, pelas mesmas cadeiras, pelas mesmas tapeçarias desbotadas penduradas de modo desalentador nas mesmas paredes. Os corredores eram mal iluminados e, considerando os quartos espaçosos de ambos os lados, também eram surpreendentemente estreitos. Por fim, cheguei à escadaria principal, uma grande extensão de mármore claramente não destinada ao uso de escravos, mas desci correndo mesmo assim. Eu sempre poderia alegar ignorância por ser meu primeiro dia aqui caso alguém me questionasse. No átrio, parei antes de andar rápida e casualmente rumo ao ar livre.

Uma explosão de calor me atingiu, subindo das pedras brancas e quentes. Havia um cheiro de queimado, não me refiro ao cheiro de algo queimando, era mais como se o próprio ar estivesse chamuscado. Mesmo aqui, nos jardins, nada cheirava a fresco. Seguindo meu faro, localizei a cozinha e olhei pela porta aberta, na esperança de encontrar alguém que pudesse me dar instruções, mas como todas as cozinhas em dia de festa, estava repleta de gritos, suor, berros, mulheres desesperadas, e fiquei contente em recuar. Em uma passagem coberta perto do quintal, encontrei uma fileira de jarros de todos os formatos e tamanhos e, selecionando dois dos maiores, saí em busca do poço.

Depois de algum tempo, parei para pedir informações a uma mulher. Ela estava ajoelhada ao lado de um cesto de lã trançada e, quando olhou para mim, reconheci-a como alguém que conhecera em Lirnesso. Eu não a conhecia muito bem, embora pela maneira como nos cumprimentássemos se poderia pensar que éramos gêmeas há muito perdidas. Depois de nos abraçarmos e chorarmos, nos afastamos e nos entreolhamos.

— Lamento ver você aqui — disse ela.

— Você e eu. — Limpei o nariz com a lateral da mão. — Como está sendo?

— Ah, você sabe... Nada mal, eles nos alimentam bem. — Ela estava lutando para falar, como se algo estivesse tirando seu fôlego. — Só não deixe que afete você.

A JORNADA PARA CASA

Pude ver que ela realmente não queria conversar, então, depois de outro abraço e da promessa de ficarmos de olho uma na outra, deixei-a voltar ao trabalho e segui suas instruções até o poço. Agora que me apontaram a direção certa, foi fácil encontrá-lo: uma estrutura imponente bem no centro de um jardim formal. Acima dele havia uma estátua de Poseidon empunhando seu tridente, espetando algum tipo de monstro marinho, pensei, mas, ao me aproximar, pude ver que era apenas um peixe enorme. Havia poças de água levando ao poço onde escravos carregando baldes deixavam a água escorrer pelas laterais do caminho.

Enquanto caminhava em direção ao poço, o calor pareceu se intensificar, senti todo o corpo pegajoso, o ar quente queimando minha garganta. Quanto mais cedo eu saísse desta fornalha, melhor. Agarrei a alça e comecei a descer o balde, mas ele desceu devagar, chocando-se de cada lado, e eu me inclinei sobre a borda para verificar seu progresso. Um cheiro escuro e úmido; aglomerados de samambaias molhadas, de um verde tóxico e virulento, cresciam nas paredes. Esperei pelo barulho de água, que demorou muito para chegar, então concentrei meus esforços em levantar o balde. Depois do que pareceram séculos, o balde reapareceu, trazendo com ele um cheiro de coisas há muito enterradas. Uma batida na lateral fez com que a corrente estremecesse até meus braços, mas finalmente consegui equilibrá-lo na borda do poço. Eu estava sem fôlego, contente por ter um momento de descanso, mas nesse instante algo me fez virar e olhar para trás, para a direção de onde vim.

Uma linha de pegadas molhadas vinha em minha direção. Não havia nada de extraordinário nisso, exceto que ninguém as estava criando. Passo a passo, eles vieram, sem parar até chegarem à beira do poço, perto dos meus pés. Eu olhei para baixo; ao lado do meu pé esquerdo havia uma pegada perfeita, tão pequena que só poderia ser de uma criança. Ali, por um momento, molhada e reluzente, depois desapareceu. Ninguém à vista.

— Sinto muito — falei, deixando cair as palavras como pedras no vazio que me cercava.

Minha voz provocou um momento de silêncio perceptível. E, então, aos poucos, tomei consciência dos pescoços manchados das dedaleiras, das abelhas esvoaçando de uma flor para a outra, das risadas dos homens ao longe... e do calor intolerável. Havia canecas presas em correntes à borda do poço; mergulhei uma no balde e bebi um longo gole. Depois, recusando-me a pensar nas pegadas ou no que poderiam significar, enchi os jarros e parti para o palácio. Eu não tinha vontade de chegar lá. Eu não queria entrar e ouvir o murmúrio das paredes. Se as pessoas ficarem em silêncio, as paredes falarão...

No caminho, passei por uma porta em um alto muro de pedra e soube imediatamente que aquela era a entrada do jardim de ervas. Tentei abrir o trinco, pensando que estaria trancado, mas ele se abriu imediatamente e entrei, embora com cautela, esperando ser questionada a qualquer momento. Parei perto da porta e olhei ao redor. Damascos brilhando, vermelhos e dourados, na parede oposta, mais adiante, as grades altas e pretas de um jardim venenoso, mas fora isso todo o espaço era dedicado a canteiros de ervas. Foram feitos alguns esforços para conter as plantas que mais se espalhavam, mas a maioria podia crescer e se disseminar livremente. Toda a área quente e fechada estava ruidosa com o zumbido das abelhas. Comecei a andar, ajoelhando-me de vez em quando para sentir os cheiros ou examinar uma planta específica mais a fundo. De perto, dava para ver as bolsas nas pernas das abelhas cheias de pólen, mas ainda assim elas trabalhavam como se soubessem que o calor do fim do verão fosse uma ilusão e que o ano já estava mergulhando na escuridão.

Procurando um lugar para me sentar, vi um banco sob uma macieira e me acomodei nele; uma escolha infeliz, em alguns aspectos, porque havia folhas caídas por toda parte, marrons, apodrecendo, manchadas aqui e ali com fungos brancos e irresistíveis para as vespas. Se você ficar parado, elas vão ignorá-lo, e por isso me concentrei em ficar bem parada. Lentamente, um centímetro de cada vez, virei a cabeça de um lado para o outro. Como eu disse, não era o jardim de ervas mais bem cuidado que eu já tinha visto, nem o mais extenso, ainda assim, porém, uma coleção de plantas maior do que jamais se vê fora dos terrenos de um palácio. Normalmente, eu ficaria feliz em passar horas vagando de canteiro em canteiro, cumprimentando velhas amigas, alerta para a presença de estranhas, embora hoje em dia houvesse muito poucas plantas que eu não conhecesse. Mas a longa caminhada da manhã tinha me deixado esgotada e agora o cheiro de cidra das maçãs podres, o zumbido furioso das vespas e a rede de sombras que cobria os meus braços se uniram para me deixar tão sonolenta que eu parecia estar afundando no jardim, tornando-me parte dele.

A JORNADA PARA CASA

Fechei os olhos. Um longo momento de paz, até que um escurecimento em minhas pálpebras me fez olhar para cima e lá estava Macaão, sorrindo largamente, embora o sorriso não alcançasse seus olhos.

— Eu imaginei que poderia encontrá-la — declarou ele, sentando-se no banco ao meu lado. Sempre que Macaão e eu estávamos sozinhos, eu me lembrava daquela noite no depósito, de como eu estava quase dormindo quando abri os olhos e o vi parado lá. — Sabe o que aconteceu? — continuou ele. A pergunta surgiu tão naturalmente, e de modo tão desagradável, das minhas memórias que levei um segundo para perceber que ele estava falando sobre o presente.

— Não? — respondi, pensando que essa era a resposta mais segura.

— Agamêmnon estava com seus conselheiros, uma reunião bastante informal, mais uma espécie de retomada de contato. Enfim, no final, Electra entrou. Ela se aproximou dele, querendo fazer-lhe uma surpresa, suponho... e estava com um vestido vermelho, igual ao que Ifigênia usava no dia em que morreu. Não apenas semelhantes, idênticos. Ele a viu pelo canto do olho e pensou... Bem, não sei o que ele pensou. Mesma idade, mesmo vestido... Ele apenas atacou, deu um soco no peito dela e a atirou longe. Ela é apenas uma migalha. — Ele olhou de soslaio para mim.— Ele poderia facilmente tê-la matado.

— Ela está ferida gravemente?

— Quase nada. Algumas costelas quebradas... Muito abalada, no entanto. Ela não me deixou chegar perto dela, não me deixou examiná-la. Tudo o que consegui arrancar dela foi: — Papai não gostou do meu vestido.

Não era para ele gostar. Na minha imaginação, vi uma mulher trabalhando até tarde da noite, sozinha, porque não queria que ninguém visse o que estava fazendo. Nenhum som dentro do quarto, exceto o barulho constante do tear; nenhum som lá fora também, apenas o silêncio ofegante do palácio adormecido onde nada de vivo se agitava.

Eu não conseguia entender por que Macaão estava me contando isso, a menos que estivesse tão horrorizado com o que tinha visto que simplesmente tinha que contar para alguém, mas não, eu não acreditava nisso. Dez anos de Troia? A mente dele estava repleta de horrores e ele nunca precisou falar sobre eles.

— A rainha fez isso de propósito — declarou ele. — De jeito nenhum aquele vestido foi apenas coincidência. Ela transformou sua própria criança em uma arma.

— Mas ela não é uma criança, é?

— Não, ela não é. — Ele olhou para os galhos acima de nossas cabeças e disse, um pouco casualmente: — Eu mencionei você para a rainha.

— Eu? Por quê?

— Alguém precisa ficar de olho na garota.

— Mas você vai estar aqui?

— Bem, é exatamente isso, entende. Espero que não. Meu pai tem uma fazenda não muito distante... — Ele acenou com a cabeça para as colinas atrás do palácio. — E agora é um homem velho, não deve estar conseguindo dar conta sozinho, e acho que ele tem apenas um escravo. Eu gostaria de ter certeza de que ele está bem.

— Quando vai partir?

— Amanhã logo cedo. Eu esperava ir hoje à noite, mas o rei disse que precisa de mim aqui.

Não era sempre que eu detectava ressentimento em relação a Agamêmnon, mas sem dúvida estava presente agora.

— Você vai gostar do banquete — falei.

— Eu preferia não participar, para ser honesto. — De qualquer forma... — Ele deu um tapa nos joelhos, interrompendo uma linha de pensamento indesejável. — Posso lhe mostrar minha oficina?

Levantei e o segui por um caminho estreito entre os canteiros de ervas até alcançarmos uma edificação longa e baixa à direita. Os jardineiros ficam por aqui — indicou ele. — Não que eles pareçam estar fazendo muita coisa, não é? Eu, do outro lado. — Ele chegou a uma porta envolta em teias de aranha e as arrancou. — Sabe, quando parti, pensei que ficaria fora por dois meses? Dois meses. Só os deuses sabem em que estado está.

Depois do calor intenso do jardim, o interior estava fresco e escuro. Tive que ficar parada por um momento, piscando, antes de conseguir ver alguma coisa. Uma bancada de trabalho percorria toda a extensão da parede oposta e Macaão foi direto até ela, encantado por estar de volta, mas horrorizado com as camadas de poeira e sujeira. Uma jarra de vinho estava ao lado da tábua de cortar, um brinde de partida antes de ele subir na carruagem, talvez? O vinho teria se tornado vinagre, se não tivesse secado por completo.

— Dez anos — disse ele, parecendo perplexo. Havia marcas de mãos por toda parte; vi Macaão franzindo a testa para elas e não consegui entender o porquê, até ver como eram pequenas. Talvez um dos jardineiros tivesse filhos e tivessem deixado eles entrarem aqui para brincar? Esse pensamento me fez perceber que não tinha visto muitas crianças no palácio. Macaão estava se recuperando agora, pegando a jarra como se pretendesse lavá-la e guardá-la.

— Por que ninguém fala sobre isso?

Ele olhou para mim. Surpreso. Defensivo.

— Sobre o quê?

— As marcas de mãos, pegadas. Vozes. Estão assustados demais?

— Eles estão assustados, mas não é só isso. Todo mundo vê ou ouve algo diferente. Algumas pessoas não ouvem nada.

— Alguém já os viu?

— Algumas pessoas. — Uma pausa arrastada. — Eu, por exemplo.

— *Você?* — Ele era a última pessoa que eu esperaria ver algo assim, ou admitir, caso tivesse visto. Acho que nunca conheci um homem mais cético.

— Eu estava atravessando o Pátio do Leão e tinha tomado algumas. Estávamos todos nos preparando para partir e havia relâmpagos. Não era uma tempestade, apenas os clarões que acontecem em uma noite quente. Era lua cheia, elas estavam cantando, algo sobre cortar cabeças. É uma música que as crianças cantam por aqui... E, de repente, lá estavam elas, na minha frente, bem próximas. — Ele levou a mão ao rosto, encolhendo-se e jogando a cabeça para trás. — Em vida elas foram vítimas inocentes, mas não é o que são agora.

— Mas são inofensivas, certo?

— Não. — Ele sorriu. — Elas têm más intenções, com certeza. Tenha cuidado nas escadas. Observe onde está pisando.

Eu não sabia se ele estava brincando ou não. Com Macaão muitas vezes era difícil dizer.

— De qualquer forma — continuou ele, apontando para o banco à sua frente — você pode ver onde está tudo.

Eu podia. Sob a camada de sujeira tudo era bem pensado. Jarras, facas, tábuas de cortar, pilões e almofarizes; tudo bem alinhado nas prateleiras. Velas, várias lamparinas. Ele atravessou a sala até a janela, afastou uma cortina de teias de aranha e deixou a luz do sol brilhar pelo chão, enquanto as aranhas cujo mundo ele acabara de destruir corriam para as sombras.

— Assim está melhor, podemos ver o que estamos fazendo agora. E aqui. — Ele abriu a porta do depósito. — Bem, venha ver. — Com relutância, fiz o que ele pediu. Prateleiras grandes e fundas cheias de cestos; no chão, uma fileira de sacos de juta contendo raízes e tubérculos, agora apodrecidos ou virando pó. — Suponho que não há muito que ainda possamos usar.

Ele empurrou ainda mais a porta e indicou que eu deveria entrar. Obriguei-me a passar pela soleira, embora o cheiro de terra seca estivesse me deixando enjoada. Sacos vazios estavam empilhados contra uma das paredes. Recuando involuntariamente, vi uma cama improvisada, tocos de velas dispostos ao redor como uma fina defesa contra a escuridão. De repente, minha boca ficou cheia de bile e tive que me virar para cuspi-la. Macaão entregou-me um pano para limpar a boca e, com as mãos trêmulas, usei-o, embora também cheirasse a terra.

— Você está bem?

— Sim. — *Sim,* pensei, mas desta vez respondendo a mim mesma. — Acho que tomei sol demais.

— A marcha foi brutal.

Havia uma expressão de boa vontade ignorante em seu rosto, eu não sabia se ria ou desatava a chorar. Claro que não fiz nenhuma das duas coisas, apenas olhei para os sacos e para a vela e, então, peguei um pilão e um almofariz da prateleira. Sempre gelado, um pilão de mármore, por mais quente que estivesse o tempo ou suada a mão.

— Melhorou?

— Sim, melhorei.

— Acha que consegue andar?

— Ah, céus, sim, estou bem agora.

Ele estendeu a mão e depois de um momento de hesitação eu a segurei, não porque estivesse de alguma forma reconciliada, mas porque não a aceitar teria sido um problema. Ele me ajudou a sair do depósito e alguns minutos depois saímos.

A única coisa boa que permaneceu comigo, quando comecei a subir as escadas dos fundos — *tenha cuidado nas escadas, observe onde está pisando* —, foi a sensação do pilão na palma da minha mão. Aquele toque, embora passageiro, fez com que uma onda de animação percorresse minhas veias, algo que eu não sentia há muito tempo. Eu sabia que se pudesse voltar àquilo, ao trabalho que me definia, eu ficaria bem, seria eu mesma de novo; ah, sem dúvida, com alguns pedaços cortados aqui e ali, mas ainda assim, podendo ser identificada como *eu*. E, se isso significasse lidar com a rainha e sua filha desesperadamente infeliz, então era o que eu teria que fazer.

Vinte e oito passos e contando, mas seriam vinte e oito? Percebi que tinha perdido a conta. O corrimão de corda queimava minha mão, eu estava tropeçando e, por fim, finalmente cheguei ao topo da escada, encontrei um corredor que não reconheci. Lentamente, caminhei por ele, mas até o último momento, quando minha mão já estava empurrando a porta, não tinha certeza se aquele era o quarto onde havia deixado Cassandra.

21

Cassandra está deitada piscando para o teto, sabendo que foi acordada por um barulho alto, mas incapaz de lembrar qual foi o barulho. Talvez ela tivesse ouvido em um sonho, porque seus sonhos tinham sido sombrios, correndo por corredores intermináveis ouvindo uma criança gritar, sabendo que, por mais forte e depressa que corresse, não chegaria a tempo. Ela está totalmente acordada agora; sem qualquer esperança de dormir mais e também sem nenhum desejo de fazê-lo. Com tão pouco tempo restante, por que iria querer dormir?

Jogando a colcha para trás, ela vai até a janela e olha para o pátio da cozinha. Uma das criadas, com braços grandes e musculosos sob os seios, está conversando com um jovem que está prestes a subir na carroça e ir embora. No último minuto, quando ele está acomodado e segurando o chicote, ela estende a mão e toca a dele. Filho dela? Ele estala a língua para os bois andarem e ela fica ali olhando até ele sumir de vista.

É estranho como apenas espreitando pela janela se podem ter vislumbres de outra vida. Quando era uma menina no templo, ela observava os corvos espiando no pátio interno, com as asas cortadas para que não pudessem voar, vendo como eram mansos quando as pessoas lhes jogavam restos, embora por muito tempo ela temesse fazer isso ela própria. E, mais tarde, as prostitutas que levavam os seus clientes para o beco embaixo da janela do seu quarto, outro vislumbre de asas cortadas e vidas desesperadas, e, no entanto, mesmo essas vidas eram vividas de forma mais intensa do que a sua. Ao pensar no que aconteceu com ela, sente-se irritada e traída; e, a princípio, não percebe que a sensação de congestionamento em seu pescoço é acompanhada pelo retorno de vozes nas paredes. É interessante. Pode ser apenas coincidência, claro, mas a mudança no seu humor parece produzir uma reação, raiva alimentando-se de raiva. Deliberadamente, ela alimenta a própria raiva, lembrando-se dos tempos em que foi trancada no palácio e punida por coisas que nem conseguia se lembrar de ter feito. À medida que sua raiva aumenta, as vozes tornam-se altas, claras e estridentes até que finalmente ela consegue ouvir as palavras com clareza: *Ora, mas não era um prato delicioso para servir ao rei?* Uma extraordinária explosão de agressividade logo no final, seguida por passos apressados desaparecendo na escuridão.

Chega de janelas. Vestir-se, sair. Ela hesita, depois pega uma túnica simples da bolsa e amarra o cabelo em um coque simples na nuca. Desce a escada dos fundos, tropeçando com frequência e agarrando-se à corda, depois segue para a escada principal a qual desce automaticamente, sem pensar, apenas porque desceu escadas como esta a vida toda. Atravessando o átrio, ela chega aos degraus mais altos. Esta é uma casa de escadas. Escadas, escadas por toda parte. Ao nível do solo, ela para e olha em volta. Direita ou esquerda? A esquerda, ela suspeita, pode levá-la ao pátio da cozinha com a horta e o poço próximo. Para a direita, então. Virando a esquina, ela se vê passando por um salão longo e baixo que se estende por toda a extensão do edifício e é ocupado por teares barulhentos. Esse som marca o ritmo de tudo o mais que ocorre aqui, nascimentos, casamentos, mortes, guerra, paz — assassinato.

Ela faz uma pausa para observar as mulheres andando apressadas para cima e para baixo junto aos teares, cuidando deles, como formigas operárias alimentando larvas, todos os dias iguais, sem parar: a vida da maioria das mulheres, a vida que ela só viu de fora. Caminhando em sua direção pelo pátio vem uma jovem mulher carregando um cesto de roupa cheio de lã lavada e penteada, e ela conhece o rosto, porque a mulher é muito pálida e muito bonita, com longos cabelos ruivos levemente encaracolados. Uma das escravas que trabalhava no templo. A mulher hesita, claramente sem saber se fala ou não; ela não se curva e seu olhar, percorrendo Cassandra da cabeça aos pés e notando a túnica tão simples quanto a dela própria, é quase insolente. Ela não estará no Pátio do Leão para ver Cassandra chegar em uma carruagem ao lado de Agamêmnon. Ela está pensando: *Ah, sim, você vai descobrir como é agora, você com seu orgulho, o jeito que você olhava através de mim quando eu me ajoelhava aos seus pés segurando uma tigela dourada para você lavar as mãos.*

— Sarai — diz ela. — Como vai?

A mulher cora, um vermelho feio e opaco, satisfeita por ser lembrada e com raiva de si mesma por estar satisfeita.

— Estou bem.

Cassandra percebe que está ela grávida, não muito adiantada, mas visível, e se pergunta como conseguiu escapar da lança que acabou com a vida de tantas grávidas em Troia, na barriga ou entre as coxas. Esse é apenas uma das muitas cenas da cidade caída que Cassandra não consegue esquecer.

— Eu fugi — explica Sarai, em resposta à pergunta não feita. — Voltei para a casa dos meus pais. Eles me esconderam no sótão e eu fiquei lá embaixo do colchão quando os guerreiros chegaram. Eles mataram meu pai e meus irmãos. Não sei o que aconteceu com minha mãe. Procurei por ela em todos os lugares, mas tinha ido embora.

— Eles mataram meu pai e meus irmãos também. E meu sobrinho. Atiraram-no das ameias.

— Suponho que ele não tenha sido o único.

— Não, ele não foi. Havia centenas deles.

As lágrimas transbordam como ácido. A jovem, que também está chorando, enxuga as lágrimas com raiva.

— Bem, é melhor eu ir andando.

Elas se encararam.

— Boa sorte — deseja Cassandra.

Sarai murmura:

— Para você também.

Então, abaixando a cabeça, ela passa por Cassandra e desaparece na sala de tecelagem.

Cassandra continua caminhando e, depois de algum tempo, chega aos altares dos deuses com os sacerdotes que os servem, guirlandas murchas, sinos tilintando e o cheiro de incenso e de sangue que paira sobre tudo. Ela para e inspira o cheiro, lembrando-se dos dias ensolarados que passou aprendendo a interpretar as entranhas fedorentas dos animais sacrificados. Esses cheiros, esses sons, o frescor do mármore, as velas aumentando o calor, embora queimem fracamente à luz do sol.

Que mundo ao qual condenar uma criança. E ainda assim seus passos a trouxeram até aqui, quase como se estivessem confirmando a decisão de sua mãe. Não é boa o suficiente para os homens. Entregue-a aos deuses, ou melhor, a um deus. Ela caminha ao longo da fileira de altares através do ar que se curva com o calor. Todos os outros deuses tiveram suas vestes vermelhas recolocadas; apenas a estátua de Apolo está nua. Apolo não precisa de roupas; em vez disso, ele tem perfeição. Ela se senta no chão olhando para ele, e Apolo olha para ela, uma aljava cheia de flechas de peste elegantemente pendurada em um ombro, a mão direita carregando o arco de prata. O mesmo sorriso sobrenatural, os mesmos olhos vazios. Ela não sabe por que está aqui. O que ela está fazendo, trazendo sua dor para Apolo? Ele não quer saber de dor. Vingança, talvez? Ele é um bom deus para fazer petições se você quiser vingança. Ela fecha os olhos e lembra a visão que está no centro de sua profecia: seu corpo e o de Agamêmnon nus em um pátio, nus e mortos. Moscas por toda parte, zumbindo, ziguezagueando, frenéticas querendo romper a uniformidade da pele e transformar cheiro em carne. Em algum lugar próximo, embora fora de vista, um homem e uma mulher estão discutindo. Ela tem certeza de que a voz da mulher é de Clitemnestra, embora não reconheça a do homem.

Tudo isso está gravado em pedra — ou pode ser mudado? E se puder ser mudado, ela gostaria de mudar? Ela sabe o que diria Ritsa, o que Hécuba diria: *Você é jovem, está grávida, tem a vida toda pela frente; e mesmo que ele se canse de você, ou melhor, quando ele se cansar de você, você ainda terá o filho e uma casa e escravos para cuidar de tudo.* Tudo verdade, mas suponha que simplesmente não seja possível? Suponha que aqueles dois cadáveres no pátio *sejam* o futuro? Bem, então, ela tem que fazer as pazes com isso, não apenas uma vez, todos os dias, às vezes, várias vezes ao dia. Quando ela era jovem, um dos sacerdotes do templo em Troia disse-lhe: "Não se pode escolher partes de uma profecia. Ela se cumpre integralmente ou não se cumpre". Ela não tinha entendido a importância do que ele estava falando na época, mas com certeza entende agora. Suponha que ela *possa* escolher viver, mas ao escolher a vida para si mesma, ela também a escolhe para Agamêmnon? Os seus destinos estão tão inseparavelmente ligados tal qual a proximidade dos seus corpos na visão dela implica? Se for verdade, então, é claro que ela terá que escolher a morte, porque a única coisa em que ela nunca vacilou foi a morte de Agamêmnon. Ela viu o filho bebê de Heitor, seu sobrinho, atirado das ameias de Troia, é verdade que não foi pelo próprio Agamêmnon, mas pelo filho de Aquiles, agindo sob as ordens dele. E, em seguida, todos os outros meninos foram atirados para a morte, os bebês atirados ao ar e espetados com lanças, enquanto suas mães eram obrigadas a assistir. Ela soube, a partir daquele momento, que Agamêmnon não podia viver.

Morte, então? Ela está chorando sem parar, balançando para a frente e para trás, surda e cega para tudo ao seu redor, até sentir uma mão fria tocar seu braço. Olhando ao redor, ela vê um sacerdote com faixas escarlates — não o jovem presunçoso com quem ela falou no Pátio do Leão, este é velho, frágil, cadavérico, a mão em seu ombro está fria mesmo no calor escaldante.

— Louvado seja o senhor e doador da luz.

— Agora e para sempre que seu nome seja louvado.

— Sinto muito pela sua dor — diz ele. — Mas você a está trazendo para o lugar errado. Apolo não está interessado em dor.

— Não, eu sei — responde ela. — Sinto muito.

Ele a ajuda a se levantar e ela se vira para encará-lo, quase esperando que a reconheça desde a manhã, mas quando ela olha em seus olhos, percebe que são leitosos de catarata. Ele não tem mais motivos para elogiar o senhor da luz do que ela. Por isso, ela apenas aperta a mão dele suavemente e se vai.

22

Entrei no quarto, ofegando, e coloquei as jarras no chão.

— Sinto muito, eu...

Não precisava me desculpar. Na verdade, não havia ninguém a quem pedir desculpas: o quarto estava vazio. Estupidamente, dei uma volta, verificando: havia um amassado no travesseiro onde sua cabeça repousara e o vestido amarelo ainda estava pendurado na janela, balançando suavemente com a brisa, mas nenhum outro vestígio de Cassandra e nenhuma indicação de onde ela poderia ter ido.

Sentei-me na beira da cama e tentei me fazer pensar racionalmente. Eu estava reagindo de modo exagerado por causa de todas aquelas noites na cabana, quando vivi com medo de que ela saísse, encontrasse uma tocha e incendiasse o lugar. O que poderia ser exatamente o que ela estava fazendo agora. No final, sentei-me perto da janela e esperei, olhando para o pátio onde outro carrinho entregava mercadorias até a porta da cozinha. Eu gostava do fato de nosso quarto ter vista para o pátio, porque aquela parecia ser a única área do palácio onde a vida normal acontecia. Boa comida, água quente, vinho — pessoas trabalhando duro para fornecê-los. Era real. Sim, mas também o eram as impressões de mãos no banco de Macaão e as pegadas junto ao poço.

Depois de um tempo, ouvi passos rápidos e leves e Cassandra entrou.

— Onde você *esteve*? — perguntei. Foi uma inversão tão grande de nossos papéis normais que por um momento achei engraçado.

— No templo.

Isso foi dito com tom de *"onde mais eu estaria?"* que desencorajou novas investigações. Ela estava chorando, eu podia ver isso.

— Por que não se lava? — falei, indicando as jarras.

Enquanto ela lavava o rosto e o pescoço, tive o cuidado de estar preparada com a toalha. Ela acabara de ser forçada a explicar suas ações à criada; isso não ia combinar com seu senso da ordem natural das coisas e poderia sugerir uma mudança em nosso relacionamento que ela teria dificuldade em aceitar.

Ela estava sacudindo o vestido amarelo, claramente se preparando para colocá-lo.

— Eu quero sair.

— Você acabou de sair. Pode ser uma boa ideia descansar um pouco. Aconteça o que acontecer, será uma noite longa.

— Não, Ritsa — contestou ela, parecendo um pouco irritada, um pouco divertida. — Não vai ser uma noite longa.

Ajudei a apertar os laços na parte de trás do vestido, depois escovei o cabelo dela, tinha ficado eriçado com o calor e precisou de muito trabalho. Enquanto eu desembaraçava os nós e emaranhados, pensava no meu encontro com Macaão. Por que ele me recomendou à rainha? Eu era escrava de Cassandra; ninguém mais tinha nada a dizer sobre como meu tempo era gasto. A menos que, na mente de Macaão, eu não fosse serva dela, mas ainda, pelo menos potencialmente, uma enfermeira; ou mesmo uma governanta? Desde o início, ela me tratou como sua escrava, mas nada do que ela falou ou fez naquelas primeiras semanas tinha muita relação com a realidade. Suponho que o verdadeiro mistério era por que eu aceitei isso, por que *eu* acreditei? Nunca me considerei uma pessoa fraca, muito pelo contrário; na verdade, porém, talvez eu fosse, pelo menos em comparação com Cassandra? Ela era capaz de mudar a atmosfera de uma sala simplesmente entrando nela.

Eu estava me virando para colocar a escova de lado quando ouvi uma batida na porta. Trocamos olhares; quem poderia ser? Quem sabia que estávamos aqui? Fui atender. Clitemnestra, sua presença ao mesmo tempo chocante e a coisa mais natural do mundo. Olhando por cima do ombro, esperei ver pelo menos algumas criadas, mas não havia ninguém. Ela estava sozinha. Por quê? Por que aqui, por que agora — e por que sozinha? Só poderia ser curiosidade, um desejo de ver mais de perto a nova concubina do marido. Ela ergueu as sobrancelhas, o que me fez perceber que eu estava parada boquiaberta quando deveria ter passado para o lado para deixá-la entrar. Dei um passo para trás. Pelo canto do olho vi Cassandra se curvar, uma reverência muito mais graciosa do que o pequeno movimento que eu tinha acabado de fazer, mas também Cassandra não parecia surpresa. Ela parecia estar esperando por isso.

Elas se entreolharam, feito lutadores em um ringue, procurando sinais de fraqueza antes do início da luta.

Clitemnestra fez o primeiro movimento.

— Meu marido me disse para ser gentil com você. Ele disse: "Seja gentil com esta mulher estrangeira. Ninguém escolhe a vida de escravo".

— Eu ouvi o que ele disse.

— De alguma forma, ouso dizer que ele esqueceu, ele não chegou a mencionar seu nome.

— Cassandra, filha de Príamo.

— A filha do rei Príamo, uma escrava?

— Você sabe tão bem quanto eu o que acontece às mulheres em uma guerra.

Clitemnestra estava olhando ao redor do quarto.

— Você tem tudo que precisa?

— Por enquanto. Gostaria de tomar um banho antes do banquete.

— Tenho certeza que sim. — Havia um brilho de divertimento nos olhos da rainha. —Lembre-se, você não estará lá como convidada. Apenas vai servir comida e vinho como as outras escravas. — Nenhuma resposta da parte de Cassandra, mas no silêncio que se seguiu a atmosfera mudou sutilmente. — Eu tinha uma filha — comentou Clitemnestra. — Um pouco parecida com você, mocinha teimosa. Ela teria a sua idade agora, se estivesse viva.

Naquele momento eu me senti… Bom, como eu me senti? Humilhada, suponho. Tudo o que eu estivera atribuindo a ela — curiosidade, malícia, inveja da cintura fina e da pele radiante de uma mulher mais jovem — estava errado. Quando ela olhava para Cassandra, ela via Ifigênia. A dor pela filha perdida supera todo o resto.

— Então — continuou Clitemnestra. — Como você veio parar aqui?

Cassandra se encolheu, a impossibilidade de responder estava estampada em seu rosto. Torres em chamas, colunas de fumaça negra subindo pelo ar parado, o cheiro de decomposição vindo dos escombros das casas em ruínas, corpos de crianças empilhados ao pé das ameias…

— Meu marido contou que você foi dada a ele como prêmio pelo exército.

E de repente Cassandra começa a falar.

— *Dada como prêmio...?* É o que ele diz? Receio que não seja verdade. Os *outros* reis receberam prêmios de honra: mulheres, armas, armaduras... principalmente mulheres. Agamêmnon não. Toda vez que uma cidade era tomada, ele sempre tinha a primeira escolha.

— E escolheu *você?*

Cassandra deu de ombros.

— Não quero ser rude, mas as pessoas dizem que você perdeu a cabeça. Então, é uma pergunta perfeitamente razoável: por que você?

— Sou filha de Príamo.

— Príamo teve muitas filhas. Algumas mais jovens que você. E mais bonitas.

— Mas eu sou a filha solteira mais velha; ele quer unir as duas casas. Ele quer um filho.

— Ele tem um filho.

— E, como ambas sabemos, um filho não é suficiente. Duas horas de suor e ele se foi. Você deveria perguntar a Agamêmnon sobre isso porque verá nos olhos dele. O sonho. História de troiana, ouro micênico.

— Você não parece perceber o quanto os gregos desprezam os troianos. Príamo era um rei bárbaro.

— Bárbaro? Não me lembro de meus ancestrais matando e comendo crianças. — Ela olhou ao redor do quarto. — Honestamente, como consegue viver neste lugar? Fede a sangue.

— É mesmo? Nunca percebi.

— Ah, não minta. — Cassandra começou a andar de um lado para o outro. Tive medo de que ela embarcasse em um de seus longos discursos tagarelas, acenando com as mãos e cuspindo, mas quando voltou a falar, seu tom foi comedido. — Não faz sentido conversarmos uma com a outra se vamos mentir.

Elas ficaram caladas por um tempo depois disso. As paredes estavam murmurando de novo, mas eu não sabia se Clitemnestra as ouvia; sei que Cassandra ouvia.

— Existe algum sentido, afinal? — perguntou Clitemnestra.

— Não sei, mas estou pronta para continuar tentando, se você estiver.

— Está bem.

Embora isso tenha sido seguido por outro longo silêncio, enquanto Cassandra tateava seu caminho.

— Você planejou tudo, não foi? Deve estar planejando há meses.

— *Meses?* Anos. — Clitemnestra levou a mão à boca. — Se quer dizer as celebrações, bem, sim, claro que foram planejadas. Ensaiadas. Não fazemos mais nada há semanas.

— Até o último detalhe.

— Você parece pensar que sabe tudo.

— Não, há muita coisa que eu não saiba, quero dizer, um exemplo. Ele é um homem forte, está acostumado a matar, há anos que não faz mais nada. Ele poderia torcer seu pescoço com uma das mãos, então *como* você vai fazer? Embebedá-lo? Bem, boa sorte! Ele poderia virar um barril e ainda ficar de pé. Ou tem alguém preparado para fazê-lo? Um homem...?

— Realmente acha que eu deixaria qualquer outra pessoa fazer isso?

— Não, suponho que você não faria isso. — Cassandra parou de andar de um lado para o outro e olhou nos olhos de Clitemnestra, seus rostos a apenas alguns centímetros de distância. Era próximo demais, para duas pessoas que não se conheciam bem, mas o ódio cria a própria intimidade. — E *ainda assim...* bem no último minuto, quando está quase ao seu alcance, você está tendo dúvidas. Está, não está? Você vai conseguir ir até o fim? Você quer ir até o fim? Isso não a trará de volta. Nada vai trazer. Então, por que não viver o resto da sua vida em paz? Não precisa morar aqui. Você poderia ir para a Casa do Mar, ela era feliz lá, não era? Tem o túmulo, tem os jardins... E, por isso, você fica acordada, pensando: *Por que arriscar tudo? Que ele viva, que ele sofra...*

— Ele não sofre!

— Além disso, há muitas outras maneiras de se vingar. Faça as outras crianças se voltarem contra ele. Tenho certeza de que você está no caminho certo.

— Não. Não, você está errada. Electra adora o pai, embora não tenha ideia de quem ele realmente é. Até esta manhã, ela teria passado por ele na rua. Agora o conhece, é claro, foi o homem que deu um soco no peito dela, mas isso não fará a menor diferença, ela ainda o adorará. E Orestes. Ele é a mesma coisa: "Não me importa o que ele fez, ele ainda é meu pai". Se culparem alguém, vão culpar a mim.

Cassandra não respondeu. Ela parecia estar seguindo uma linha de pensamento que nada tinha a ver com a mulher parada à sua frente.

— Mas talvez você esteja apenas pensando que deveria esperar. Ele está popular entre as pessoas agora, mas isso logo vai passar. Eu estava observando tudo no caminho para cá. Algumas fazendas estão abandonadas, os edifícios do porto, as muralhas... Está tudo um pouco degradado, não é? Toda a riqueza desperdiçada, para que um babuíno suado e de cara vermelha possa subir em cima da sua irmã. Pobre mulher, ela deve estar tão entediada.

— Eu não desperdiçaria muita simpatia com Helena. Tudo acabou muito bem para ela. Ela é a Rainha de Argos novamente.

— Achei que ele fosse matá-la.

— Ah, isso tudo está esquecido agora. — Clitemnestra sorriu. — Não fique tão chocada. Você de fato espera que eu saia em defesa da minha irmã?

— Não. Não deve ter sido fácil todos esses anos, por mais que você tentasse... sempre *a outra*.

Uma pequena frase tão inofensiva, mas que teve um efeito extraordinário em Clitemnestra.

— Eu... — Ela piscou. — Nunca contei isso a ninguém.

— *A irmã sem graça* de Helena de Troia. Que destino. Por acaso você olha para Electra e pensa que ela é a outra agora? Porque ela é, não é? Ela também não pode competir. Não importa o quanto ela tente. Todos os dias de sua vida, correndo atrás de sua linda, brilhante, irmã *morta*.

Clitemnestra estava oscilando. Dei um passo à frente e a ajudei a sentar em uma cadeira.

— Estou bem — disse ela. — É só meu joelho.

— Não é o seu *joelho* — retrucou Cassandra.

— Gostaria que eu desse uma olhada? — perguntei.

— Pode olhar, se quiser, mas não há nada para ver.

Clitemnestra levantou a saia da túnica. Não havia vermelhidão, mas sim um certo inchaço em comparação com o outro joelho, e quando coloquei as mãos na pele senti que estava quente. Pedi a ela que dobrasse um pouco a junta e ouvi um rangido.

— Eu poderia preparar algo para você — ofereci.

Ela olhou para mim.

— Você deve ser a mulher que Macaão mencionou. Pobre Macaão, não acho que ele se importe com mulheres gemendo. Eu, com certeza, não ia querer perturbá-lo com meu joelho.

— Não, bem, não é o forte dele, não é? Agora, se você tivesse uma cabeça de machado presa dele...

Cassandra, que tinha voltado a andar de um lado para o outro, parou na nossa frente.

— Já terminou? — Sua raiva foi dirigida a mim, embora ela se voltasse imediatamente para a rainha. — Não estou surpresa que a Casa do Mar pareça atraente. Quero dizer, você não precisaria vê-lo mais de uma vez por ano. Ele poderia ter suas garotas, note o plural, não estou iludida, e você receberia o respeito que lhe é devido como rainha. Então, por que não? Por que não aproveitar o que resta de sua vida? — Cassandra olhou para ela. Não foi um olhar de compaixão, embora contivesse certa dose de respeito. — Mas é tudo bobagem. Tudo isso... jardinagem, cuidar do túmulo. Vagar por aí. Você sabe que precisa matá-lo.

— Eu? Por quê?

— Os deuses exigem.

— Acha que eu me importo com o que os deuses exigem? Os deuses exigiram a morte da minha filha... se você acredita nos sacerdotes.

— Então faça isso por *ela*. Ou melhor ainda, faça você mesma.

Os olhos de Clitemnestra se estreitaram.

— Eu sei muito sobre você. Para ser honesta, sempre pensei que você fosse uma fraude. *Eu* não creio que seja possível prever o futuro; não acredito que ninguém possa. Acho que você é realmente boa em se infiltrar na mente das outras pessoas. Agora há pouco você me falou algo que nunca contei a mais ninguém, e tenho que admitir que não sei como você fez isso. Mas você está completamente errada sobre o resto.

— Estou?

— Sim.

— Vá em frente, então, conte-me. O que faria você executar isso?

— Culpa. Não a culpa dele, ele não sente nenhuma, mas eu sinto. Eu devia tê-la protegido, não deveria ter sido tão... crédula. Tão insanamente *estúpida*.

— Você não tinha como adivinhar o que eles estavam planejando.

Seus rostos estavam tão próximos, tão pálidos nas sombras cada vez mais profundas do quarto, que elas pareciam conspiradoras. Até começaram a se parecer. Isto teve um efeito extraordinário em mim. Eu estava começando a duvidar da evidência dos meus sentidos, como se tivesse olhado para o céu noturno e visto duas luas.

— Nunca tive um filho — falou Cassandra. — Quando eu tinha treze anos fui enviada para ser sacerdotisa, uma sacerdotisa virgem, portanto, quando meu irmão Heitor teve um filho, fiquei muito apegada a ele e a Andrômaca, minha cunhada, foi generosa e me deixou... compartilhá-lo, suponho, até certo ponto... E depois, quando o palácio foi tomado e os homens estavam todos mortos, começaram a atacar os meninos. E ele foi atirado das ameias.

— Você viu?

— Sim.

— Eu vi minha filha morrer.

— Eu decidi naquele momento. Agamêmnon tinha que morrer.

Senti Clitemnestra começar a se afastar dessa fusão de mentes.

— Entenda, Cassandra — disse ela, agora totalmente a rainha. — Não tenho nada contra você. Nada disso é culpa sua, você não escolheu nada disso, assim como eu. O que estou tentando dizer é: você não precisa estar envolvida.

— Eu *estou* envolvida.

— Por quê? Porque você dorme com ele?

— Não por escolha.

— Eu não estou com *ciúmes*.

— Quer dizer que não se importa?

Clitemnestra piscou.

— Bem, para ser sincera, esta manhã eu me importei um pouco. A maneira como ele exibiu você. Não havia necessidade disso. Mas, então, pensei: bem, se não tivesse sido você, teria sido outra. As garotas dele nunca duraram muito. Depois de alguns meses, Aquiles saquearia outra cidade e haveria outra safra de meninas para escolher. Às vezes, a garota anterior simplesmente era expulsa. Sabia? *É inverno, não há lutas, os homens merecem um pouco de diversão...* Pelo menos você foi poupada disso. Embora eu suponha que sempre haja o estábulo.

— O estábulo?

Clitemnestra deu de ombros de novo.

— Acontece.

— Isso não vai acontecer comigo.

— Porque você é filha de Príamo?

— Não, porque sou esposa de Agamêmnon. — Ela olhou diretamente nos olhos de Clitemnestra. — Ele se casou comigo. Aposto que seus espiões não lhe contaram isso, não foi?

— Não, porque não é verdade.

— Ah, acho que você descobrirá que sim. Macaão estava lá.

— *Macaão?*

— Sim. Por que não pergunta a ele?

— Agamêmnon não está tão comprometido com você quanto você parece pensar. Ainda agora ele estava dizendo "Ela não importa". Ele falou isso. Essas palavras. Ele disse "Se ela for um problema, eu me livro dela".

— Não acredito em você.

Clitemnestra deu de ombros.

— Como queira. — Então, casualmente, como se a resposta não tivesse importância: — Quem mais estava lá?

— Odisseu. Calcas. Ele realizou a cerimônia.

Clitemnestra soltou um gritinho curioso.

— Aquele desgraçado. Onde ele está, afinal?

— Foi visto pela última vez entrando em Troia.

— Você não está indo muito bem, não é? Quem mais?

— Ritsa, aqui.

Elas se viraram para olhar para mim. Naquele momento, eu sabia como um tatu-de-jardim se sente quando a pedra é erguida e toda aquela luz branca e abrasadora entra. Eu tinha tanta certeza de que ninguém jamais me perguntaria sobre o casamento. A evidência não comprovada de uma mulher não serve para nada. Exceto, talvez, para outra mulher.

— Você estava lá? — perguntou Clitemnestra.

— Sim.

— Bem...?

— Tudo o que deveria ter sido feito foi feito. Suas mãos foram unidas, ele falou... Calcas falou a oração de união e depois trocaram votos... Não consigo pensar em nada que tenha ficado de fora. Tinha um bolo...

— Um *bolo*? Acha que é isso que torna um casamento válido?

Lembrei-me de como grudou no céu da boca, de como foi difícil engolir.

— Não, mas ele fez os votos.

— Votos! Ele vai esquecer o que aconteceu.

— Não vai — declarou Cassandra. — Estou grávida.

Houve um zumbido ao meu redor, como se um enxame de moscas tivesse entrado pela janela, embora eu não conseguisse ver nenhuma. Elas deviam estar lá fora, no quintal, banqueteando-se com o sangue dos animais que haviam sido abatidos para o banquete.

— Ele precisa de outro filho — prosseguiu Cassandra. — E ele não vai conseguir um de você, vai? Você está velha demais.

Clitemnestra grunhiu. A pele flácida de suas bochechas se enrugou como mingau fervendo quando ela pulou da cadeira. Erguendo o braço, ela desceu a mão no rosto de Cassandra, não um tapa, mas um movimento cortante, usando seus anéis como arma. Um vergão, sangrando dos olhos aos lábios, surgiu na bochecha de Cassandra.

Clitemnestra deu um passo, fez alguns movimentos ineficazes de esfregar com as duas mãos, depois virou-se e saiu do quarto.

23

— Deuses, eu odeio este lugar.

Cassandra tocava o lábio enquanto falava, sentindo o canto externo inchado da boca, de modo que as palavras eram pouco inteligíveis. Pegando-a pelo braço, levei-a até a janela, onde podia ver melhor seu rosto. Nada mal, típico, na verdade, dos ferimentos que se sofre em brigas entre mulheres.

— Não vai deixar cicatriz — declarei. Mas ela teve sorte, mais um centímetro, e teria acertado o olho dela. — Pelo menos temos um pouco de água. — Comecei a trabalhar: limpando, levantando o pano, esperando que novas gotas de sangue aparecessem, limpando de novo. Eu podia ver que estava doendo, mas, para ser sincera, uma pequena parte de mim queria que doesse. — Pronto — falei, jogando o pano no chão. — Não vai estar muito óbvio. Você apenas terá que puxar o véu para a frente.

— Não vou usar véu.

— Você decide. Se fosse eu, esconderia.

— Bem, sim, é claro que *você* faria isso.

Eu estava cansada de ser o objeto sempre disponível do desprezo de Cassandra.

— Experimente — disse, jogando um véu fino sobre seus cabelos. Imediatamente, ela parecia mais velha, mais digna, majestosa até, e as dobras lançavam sombra suficiente para obscurecer o ferimento. — Acho que funciona.

Não tínhamos espelho, desse modo, ela não podia julgar por si mesma, mas decidiu deixar o véu no lugar "por enquanto". Coloquei o jarro no chão, torci o pano manchado de sangue e estendi-o no parapeito da janela para secar. Tudo isso, sem falar. Atrás de mim, ouvi-a suspirar.

Quando ainda assim não me virei, ela disse:

— Vamos, fale. O que foi?

— Você poderia ter dito *mais* alguma coisa para antagonizá-la?

Ela fingiu considerar.

— Suponho que eu poderia ter dito que Agamêmnon é um amante maravilhoso, que estou me divertindo muito na cama... Mas, infelizmente, graças a Apolo, sou obrigada a falar a verdade.

— Você ouviu o que ela disse: "Você não precisa se envolver". Ela não tem nada contra você.

Estalando a língua, ela apontou para sua bochecha.

— Você a provocou.

— Ah, então isso é culpa minha?

— Acho que ela estava falando sério. Não é por sua causa.

— Ela estava falando sério *disso*. — Ela cutucou o corte e estremeceu. — Quanto à justiça para Ifigênia, não confio nela, acho que ela está prestes a desistir.

— Eu não concordo.

— Você não concorda?

— Acho que você a está subestimando. E sabe, Cassandra, você faz bastante isso.

— Faço o quê?

— Subestimar as pessoas.

— Quem?

— Macaão. Sua mãe. A rainha.

— Ah, e você também, suponho?

— Eu não me importo. Mas pode ser muito perigoso subestimar a rainha.

— Ela está vacilando.

— Acho que ela não está. Você é uma mulher inteligente, Cassandra, e pode estar certa. Só estou dizendo que não vejo isso.

— Por baixo da fachada que ela veste, tem as mesmas fraquezas que todo mundo.

— Cassandra, ela deteve o poder no mundo dos homens durante os últimos dez anos. Poder supremo, sobre um grupo de homens fortemente armados e turbulentos. Uma mulher assim não está necessariamente escondendo suas fraquezas, é provável que ela esconda seus pontos fortes.

— Não sei, parece que conhecemos duas pessoas completamente diferentes! Eu vi alguém à beira do colapso.

— Fisicamente? Bem, suponho que o joelho seja um pouco preocupante...

— *Um pouco preocupante?* Escute a si mesma! Estamos falando da esposa de Agamêmnon. Você não deveria se preocupar se os joelhos dela falham. De qualquer forma, não há nada de errado com o joelho dela, ela só está perdendo a coragem. — Ela estava mexendo no véu. — Tem certeza de que está tudo bem?

— Sim, você está bem. —A propósito, falei com sinceridade, apesar do lábio que inchava rapidamente, ela estava bonita.

— O que acha, o colar também?

— Não, vai ficar demais com o bordado.

Devo admitir que não gostava de vê-la usando o colar de opalas que pertencia por direito a Briseida.

— Muito bem — aceitou ela, dando tapinhas na frente do vestido, embora não parecesse convencida. — Agora, e você?

— *Eu?*

— Sim, não posso permitir que ande atrás de mim parecendo um espantalho. — Ela virou a sacola de roupas na cama, escolheu uma túnica, simples, mas de boa qualidade, e jogou-a para mim. — Pronto, experimente essa.

Fez uma enorme diferença, não tanto na minha aparência, mas na maneira como eu me senti. Não havia muito o que fazer com minhas sandálias, mas eu as limpei com o mesmo pano que usei no rosto dela e depois me sentei na beira da cama. Eu esperava que ela me entregasse a escova, mas não, ela começou a se esforçar para passá-la no meu cabelo crespo.

— Isso é impossível! — exclamou ela, e me lembrei dolorosamente de minha pobre mãe, que falara exatamente as mesmas palavras todas as manhãs da minha infância. — Bem, isso é o melhor que posso fazer — declarou Cassandra, recuando; mais uma vez, as mesmas palavras. Eu estava chorando e tentando não deixar que ela visse. Portanto, ali estávamos nós: eu, na cama, choramingando; Cassandra parada perto de mim, escova na mão. O clique quando ela colocou a escova na mesa me trouxe de volta aos dias atuais.

— Vamos, vamos — chamou ela.

— Não é um pouco cedo para descer?

— Não, eu quero dar uma olhada. Ainda não vi os jardins.

Assim que saímos do quarto, comecei a andar um passo atrás dela como era a regra de cheira-peidos, mas ela diminuiu a velocidade, forçando-me a recuar ainda mais e, depois, ela diminuiu a velocidade de novo. Passamos uma hora passeando pelos jardins formais e, então, eu falei que gostaria de ir ao jardim de ervas. Estava pensando na pele de Electra, mas, também, querendo algo melhor que água morna para banhar o corte de Cassandra. Chegando lá, ajoelhei-me e comecei a colocar pequenos maços de ervas em uma cesta. Enquanto isso, Cassandra caminhou até o jardim venenoso. Quando atravessei para me juntar a ela, vi que estava agarrada às grades de ferro preto que o cercavam, olhando para as plantas exuberantes lá dentro.

— Aquilo não é beladona? — perguntou ela.

Eu olhei.

— Sim.

— Então, é venenosa?

— Muito, especialmente o colírio. Mulheres se cegando para ficarem bonitas. Eu não me preocuparia se fosse você, seus olhos são brilhantes o suficiente sem isso.

— Lembra de quando minha mãe estava planejando matar Helena? Ela queria que Briseida desse um bolo envenenado para ela, porque sabia que eram amigas e que Helena confiaria nela.

Eu tinha uma vaga lembrança de Briseida falando de algo do tipo.

— Você deve sentir falta da sua mãe — comentei, pensando em minha própria mãe, tentando estabelecer algum ponto em comum.

— Não.

Então, não havia amor ali? Pensando bem, percebi que só tinha ouvido Cassandra expressar amor pelo pai. Ela era todinha filha de Príamo, como a deusa Atena, que surgiu totalmente armada da cabeça de Zeus. Nenhuma confusão e dor feminina acompanhou seu nascimento. As mulheres realmente não contavam para Cassandra; seus pontos de vista e opiniões não tinham qualquer relevância para ela — exceto agora, quando ela era confrontada por uma mulher que ela não podia ignorar.

A JORNADA PARA CASA

Ela se afastou das grades e eu a segui, contente por deixar as plantas verdes e brilhantes em sua sombra profunda e úmida. Nunca gostei de plantas venenosas, elas sempre me deixavam desconfortável, embora eu trabalhe com elas, claro. Elas são a fonte dos medicamentos mais poderosos que temos. À medida que caminhávamos pela trilha, percebi como nossas sombras haviam crescido mesmo no pouco tempo que estivemos ali. No portão, ela se virou e olhou para trás. O sol já havia passado do seu auge, sombras azuis se reunindo sob as árvores.

— Está ficando tarde — comentou ela.

— Não tarde *demais*. Você ainda pode ter uma vida.

Ela olhou para mim, obviamente chocada por eu ter respondido ao pensamento não dito. Ela era autorizada a fazer isso, eu não.

— E se simplesmente não for ao banquete? Ninguém vai cancelar porque você não está lá. E ela ainda fará tudo o que planeja fazer.

— Não se pode escolher partes de uma profecia. Ela se cumpre integralmente ou não se cumpre.

Achei que ela estava repetindo algo que lhe disseram, talvez, quando ainda era criança.

— Bem, o que significa? Se você se salvar, talvez o salve também?

— Sim.

— Tem certeza?

— Não, não tenho certeza, mas não estou com vontade de correr o risco. Ele tem que morrer, Ritsa. Não se pode assassinar um povo e sair impune.

Do lado de fora do jardim de ervas, paramos. Nenhuma de nós duas queria voltar para o palácio.

— Não vimos os leões — comentei —, não devidamente.

Assim, como duas visitantes comuns matando o tempo, fomos até o portão principal para ver suas enormes esculturas: os leões de Micenas. Estava fresco à sombra do portão, mas mesmo assim não nos demoramos. Os leões eram impressionantes — quanto mais se olhava, mais impressionantes se tornavam —, mas as nossas vidas foram dilaceradas por suas garras e nenhuma apreciação estética pode sobreviver a isso. Enquanto atravessávamos o vasto deserto arenoso e varrido pelo vento do Pátio do Leão, estávamos pisando em nossas próprias sombras, que pareciam fugir em direção ao palácio, embora os deuses ajudassem qualquer um que buscasse segurança ali. Ao pé da escada, parei para recuperar o fôlego, lembrando-me de como os fardos de tecido vermelho rolaram em nossa direção como línguas esticadas.

Cassandra estava olhando para uma pequena figura no último degrau. Digo pequena, mas qualquer um pareceria minúsculo contra aquela fachada imponente. Ela parou, mas no mesmo instante se recuperou e continuou andando com firmeza. Agamêmnon a avistou e começou a descer as escadas para encontrá-la. Cassandra acenou para que eu seguisse em frente e eu corri o resto do caminho, virando-me para olhar para trás apenas quando cheguei à segurança do átrio.

Ficaram juntos, a meio caminho da escada, a brisa fresca levantando o véu e a bainha do vestido amarelo. Todo mundo estava olhando para eles. Não quero dizer que havia uma multidão de pessoas no pátio — na verdade, estava quase vazio —, embora os guardas no portão se virassem para olhar e um cocheiro, a caminho da cozinha, deixasse seus bois parados enquanto abertamente olhava. Contudo, a verdadeira pressão do escrutínio estava atrás de mim. A escuridão do átrio floresceu com olhos, todos focados no casal que se encontrara sob a luz plena do sol e agora, enquanto eu observava, se abraçava abertamente. Agamêmnon ergueu a mão para afastar o véu e com um dedo traçou o corte do olho até o lábio inchado; em seguida, ele retirou a mão e colocou-a na barriga dela. Cassandra ergueu a mão e cobriu a mão dele, e lá ficaram os dois, imóveis como moscas em âmbar, um homem e uma mulher, juntos, celebrando e protegendo seu filho ainda não nascido.

Olhando para a minha esquerda, vi Clitemnestra parada nas sombras, observando. Todos deviam tê-la visto, mas ninguém se aproximou dela, nem a cumprimentou, nem mesmo fez uma reverência em reconhecimento de sua presença.

Em meio a toda aquela multidão de observadores silenciosos, ela estava completamente sozinha.

24

Subindo os degraus correndo em minha direção, Cassandra arrancou o véu e o colocou em minhas mãos.

— Não posso usar isso, pareço uma velha franzina. De qualquer forma, deixe-os ver o que ela fez, não me importo.

— Ela estava observando vocês. — Dei um tapinha na minha barriga (que parecia muito mais grávida do que a dela). — A rainha. — Apontei com a cabeça para o lugar onde a rainha estivera. Eu não a tinha visto partir.

— Bom. — Ela olhou para mim. — O que foi? Ela não viu nada que já não soubesse.

Ela tinha voltado a ser ligeira, determinada e distante. Dobrei o véu.

— Devo preparar um banho, então?

— Não, não há tempo. O que você poderia fazer é ir buscar as opalas. — Ela estava coçando o peito enquanto falava. — Só acho que precisa de alguma coisa. Parece um pouco *vazio*.

Ela parecia frenética, embora eu ouse dizer que as pessoas que não a conheciam tão bem quanto eu talvez não tivessem notado a diferença. Subi pela escadaria principal, que eu sabia ser proibida para os escravos, mas com todos ocupados se preparando para o banquete, pensei que provavelmente conseguiria escapar impune. Caminhando depressa, de cabeça baixa, rezei para que Cassandra chegasse ao fim da noite sem nenhuma exibição pública embaraçosa. Eu podia vê-la com muita clareza, andando de um lado para o outro no salão de jantar, com os braços sacudindo e saliva voando, dizendo aos gregos reunidos que Agamêmnon merecia morrer. Ela teria sorte se sobrevivesse até o fim da refeição. Ah, e ela ficaria em tal estado — vomitando, gaguejando, mijando —, eu não queria que os gregos a vissem daquele jeito.

    Seguindo adiante, com os olhos no chão, percebi alguém bloqueando o caminho à frente, ergui o olhar e vi a rainha, apoiada pesadamente na balaustrada. Parei e esperei. Enquanto eu observava, ela colocou o pé no próximo degrau apenas para gritar de dor quando seu joelho cedeu sob ela. Corri os poucos passos que nos separavam.

— Você está bem?

— É, não, na verdade não. — Ela tentou colocar peso na perna e estremeceu.

— Há algo que eu possa fazer?

— Bem, você poderia se sentar ao meu lado. Pensei em ficar aqui um pouco e fingir que estou admirando a vista.

    Mais uma vez, eu gostei dela. Sentei-me e juntas observamos uma fila de jardineiros carregando plantas verdes pelo átrio até o salão de jantar.

— Apenas vive falhando. Sei que parece ruim, mas na verdade não é nada.

    Achei que provavelmente era o "parecer ruim" que a incomodava, e com razão. Os deuses ajudam qualquer líder que tropeça; uma queda é invariavelmente considerada o sinal externo e visível de um colapso interno. Bobagem, é claro, como qualquer dono de joelhos de meia-idade lhe dirá.

— Dói?

— Um pouco.

    Ela tinha desistido, pelo menos por enquanto, e não demonstrava nenhuma intenção de se mover. Depois de algum tempo, ela levantou a ponta de uma tapeçaria e começou a esfregar a parede. Só quando ela afastou a mão foi que vi uma fileira de marcas de mãos cinza-azuladas, talvez cinco ou seis no total, correndo ao longo do rodapé.

— Essas são novas — disse ela.

    Percebi que a tapeçaria estava posicionada estranhamente baixa e no mesmo instante me lembrei de ter visto outras tapeçarias igualmente mal penduradas: altas demais, baixas demais, não centralizadas na parede. Elas também estavam escondendo marcas de mãos?

— Elas somem? — perguntei.

— Depois de algum tempo, mas sempre há mais. — Ela hesitou. — Ele guardou as mãos e os pés para mostrar ao pai, para provar que eram os filhos dele que tinham acabado de comer.

A JORNADA PARA CASA

Ficamos em silêncio depois disso. Não ousei pensar no mal deste lugar, por isso voltei minha atenção para uma criança viva que ainda poderia ser ajudada.

— Estive pensando na pele da sua filha.

— E?

— Há uma ou duas coisas que eu gostaria de tentar.

— Bom, bom. Vou levar você para vê-la agora. Não posso ficar, mas a ama dela pode lhe contar tudo o que você quiser saber.

Cassandra estaria esperando lá embaixo, ficando cada vez mais impaciente; mas eu dificilmente poderia recusar um pedido direto. E, de qualquer forma, eu não queria recusar. Esta era minha única chance de voltar a fazer o trabalho que eu amava, de deixar de ser criada doméstica, enfermeira, guardiã de Cassandra — seja lá o que diabos eu fosse. Então, sem nenhuma relutância — com entusiasmo, na verdade —, segui Clitemnestra por um corredor até uma sala com persianas fechadas. As persianas tinham buracos esculpidos na madeira, de modo que círculos de luz cor de mel cobriam as paredes e o chão, embora o quarto estivesse na escuridão e insuportavelmente quente.

Uma mulher suada e de rosto suave se levantou quando entramos. Não consegui ver o rosto de Electra, apenas alguns fios de cabelo preto espalhados no travesseiro. Seu corpo magro mal levantava o lençol.

— Iras — disse a rainha —, esta é Ritsa. Ela vai dar a Electra algo para ajudá-la a dormir.

Nenhuma menção à sua pele ou ao peso dela; estava claro que apenas a poção para dormir importava. A garota parecia estar confinada naquele forno desde o meio-dia. Eu esperava que Clitemnestra ficasse, pelo menos por alguns minutos, mas ela partiu imediatamente. Assim que a porta se fechou atrás dela, Electra se sentou, com o cabelo desgrenhado, o rosto corado, bocejando para revelar o interior úmido e rosado de sua boca.

— Era minha mãe?

— Era, minha querida — respondeu Iras, em um tom apaziguador e nervoso.

— Eu queria falar com ela!

— Eu sei que queria, querida, mas ela está ocupada.

— Ela falou que papai ia gostar do meu vestido, mas ele não gostou.

— Ah, querida, não foi o vestido, foi...

— Ela *mentiu*.

— Ele só estava cansado, você o assustou. — Iras olhou, nervosa, em minha direção. — Sua mamãe não conta mentiras.

— Ela conta mentiras sobre Razmus.

— Quem é Razmus? — perguntei.

Electra imediatamente voltou sua atenção para mim.

— Ele é o homem que mamãe vai ver depois que escurece, quando ela pensa que ninguém está vendo.

Iras abafou um som que poderia significar qualquer coisa, mas eu deduzi que era medo. Ela disse, rapidamente:

— Razmus costumava guardar a fogueira atrás do palácio. É preciso colocar um guarda, porque sempre tem algum idiota que vai atear fogo nela por diversão. A rainha costumava ir até lá à noite para... verificar se estava tudo bem.

Eu assenti. Ela tinha cem escravos que poderia ter enviado.

— Ele é um homem velho — prosseguiu Iras. — Os pés dele fedem.

— Porque ele tem insetos sob a pele — explicou Electra.

Virei-me para ela.

— É por isso que ele é o vigia?

— Sim, eles coçam tanto que ele não consegue dormir. Eu também os tenho. Não consigo dormir.

— Algumas partes coçam mais do que outras?

Ela assentiu.

— Posso ver? — Aproximei-me um pouco mais da cama e Electra estendeu as mãos. De perto, mal se pareciam com mãos humanas, mais como as garras de uma ave predadora; tinham a mesma pele amarela e rachada. — E o seu peito? Dói quando você respira?

Quando ela se sentou, o lençol escorregou até seus quadris, revelando um corpo cujas costelas se destacavam como as cordas de uma lira. Havia cavidades profundas ao redor das clavículas e seus seios eram retalhos de pele vazia, como se vê em mulheres idosas à beira da morte. Ela não tinha nada da cautela, da consciência feroz de seu corpo como um lugar privado, que normalmente se encontra em garotas de sua idade. Esse corpo era uma espada, temperada, aperfeiçoada, afiada, projetada para infligir dor, e ela o exibia com orgulho. Entre os seios pequenos, um enorme hematoma preto começava a se formar. Olhando para baixo, ela pareceu notar pela primeira vez.

— Foi aqui que papai... — E então ela começou a chorar. Ela estava olhando para Iras por cima do meu ombro, e eu me afastei para deixá-las se abraçarem. Iras embalou-a, murmurou e deu tapinhas nos ombros pontudos, mas demorou muito até que Electra se acalmasse.

— Iras, pode pedir para eles mandarem um pouco de água para ela tomar banho? — Afastei o cabelo de Electra dos olhos dela. — Isso vai ajudar um pouco, não vai?

— E depois posso colocar meu vestido?

— Acho que mamãe quer que você fique aqui — disse Iras.

— Eu ainda poderia usar o vestido?

— Ah, tudo bem, acho que não pode fazer mal algum.

Assim que Electra foi acomodada, tentei falar com Iras.

— Espero que não preste atenção a essa bobagem sobre Razmus — falou ela. — Ele é um homem velho, realmente fede... Ela não entende o que está dizendo.

Eu achava que ela entendia perfeitamente bem. Havia muita malícia nela.

— Suponho que você já tenha tentado de tudo?

Iras me encarou sem expressão.

— Para a pele dela?

— Ela tem pomadas, banhos de ervas...

Pedi para ver as pomadas, cheirei, esfreguei algumas nas costas das mãos. Nada de surpreendente, nada que eu não tivesse usado, embora tenha recitado uma longa lista de ervas que estava inclinada a testar, certificando-me de que algumas eram suficientemente raras para que ela nunca tivesse ouvido falar delas, e durante todo o tempo fiquei pensando o que seria possível fazer para resolver o verdadeiro problema aqui. Uma menina presa o dia todo com uma enfermeira amorosa, mas francamente tola, sem amigos, sem ar fresco, sem exercício, sem trabalho, sem nada que pudesse deixá-la naturalmente cansada; e agora, este pedido para lhe dar uma bebida para fazê-la dormir. Talvez a intenção fosse ser uma medida temporária; talvez foi apenas nesta noite que ela precisou dormir?

— Não é fácil, sabe. — Iras, cheia de seus próprios problemas.

Toquei o braço dela.

— Não, tenho certeza que não é.

— Sou sempre eu quem leva a culpa. Ela não come, minha culpa. Enfia o dedo na garganta, culpa minha. Se ela sai quando deveria ficar...

— Como ela sai?

Silenciosamente, ela apontou para a persiana.

— Não posso observá-la a cada minuto, sou apenas humana... E ela é tão astuta quanto um bando de macacos.

Uma risadinha veio da cama.

— Não há nada de que se orgulhar, mocinha, deveria ter vergonha de si mesma.

Indo até a janela, abri a persiana. Houve um momento de puro horror quando olhei para o Pátio do Leão lá embaixo, mas assim que o choque imediato passou, comecei a ver tudo de forma um pouco diferente. Uma garota ágil e equilibrada, com boa cabeça para alturas, não correria nenhum perigo real naquele declive, em especial se estivesse andando no canto entre uma janela e outra. Dessa forma, alguns minutos a levariam à segurança de um telhado mais plano e, eu suspeitava, a um caminho fácil para descer.

Voltando-me para Iras, perguntei:

— Está com ela há muito tempo?

— Desde que ela nasceu. E, sabe, depois que Ifigênia morreu, a rainha não estava em condições de fazer muita coisa.

Não, pensei, Electra tinha todas as características de uma criança abandonada aos cuidados de escravos. Ao sair, vi que ela estava beliscando as dobras soltas de pele dos braços de Iras, implorando para que pudesse descer, sair... Duvido que qualquer uma delas tenha notado minha saída.

Cassandra ficaria furiosa, eu estive ausente por tanto tempo. Entrando em nosso quarto, tirei o colar do estojo de joias que havia escondido debaixo do colchão, com a única intenção de levá-lo o mais rápido possível para ela, mas, no momento em que senti as opalas frias e pesadas na palma da minha mão, diminuí a velocidade. Este colar pertencera à mãe de Briseida; tinha sido seu presente de noiva no dia do casamento, e havia tantas lembranças ligadas a ele, lembranças felizes. Mas não havia tempo para pensar no passado, eu tinha que seguir em frente rumo ao futuro incerto, por isso fui para a escada dos fundos e agarrei-me ao corrimão de corda.

Tenha cuidado nas escadas, dissera Macaão, meio brincando. *Observe onde está pisando.* A pior coisa sobre as escadas era a quase escuridão e as teias pegajosas e caóticas que roçavam meu rosto quando passava. Saí para um corredor estranho, ou pelo menos um do qual não me lembrava. Em algum lugar ali perto, uma criança chorava, não da maneira normal das crianças pequenas, que choram quase tão frequentemente quanto riem — não, este era o choro de uma criança que sabe que foi abandonada, sabe que nenhuma ajuda ou conforto virá, e que pode vir mais dor em vez disso, mas continua chorando de qualquer maneira porque não há mais nada que ele possa fazer.

Eu não poderia ter ignorado aquele choro, assim como não poderia ter decepado minha própria mão.

Parecia vir de três portas mais adiante. Com a mão no trinco, parei por um momento; não direi que eu sabia o que ia ver, pois como poderia saber? Mas senti o terror do que havia do outro lado. O grito soou mais uma vez; empurrei a porta e entrei. O quarto estava vazio, as persianas abertas, o céu cheio de raios de verão, do tipo que acontece no final de dias insuportavelmente quentes. Talvez eu tenha expirado, talvez tenha havido um momento de alívio, mas não por muito tempo. No canto à esquerda da janela, um berço começava a tomar forma: um menino pequeno, de pé, segurando-se nas grades. Nada de choro, porém, não agora, apenas olhos grandes engolindo a escuridão. Comecei a caminhar em direção a ele, mas então, de repente, barrando meu caminho, havia outras crianças cujos braços magros se uniram para formar um arco no qual eu teria que mergulhar para passar. Elas estavam cantando, cantando como se canções pudessem matar.

Aí vem uma vela na cama para te iluminar, aí vem um açougueiro para sua cabeça cortar!

Risadas. Risadas selvagens e rodopiantes. Eu não podia ajudar ninguém nesta sala, nem a mim mesma. Portanto, recuei, cambaleei até o corredor e bati a porta atrás de mim, sentindo como se tivesse acabado de fechar o portão do inferno.

25

O som de uma porta batendo em algum lugar próximo a traz de volta à plena consciência. Piscando para o teto, ela fica surpresa por ter conseguido dormir ao menos alguns minutos, mas ela mal dormiu na noite anterior. Algumas horas, se muito. O joelho dela dói. Levantando a perna, ela a segura com as duas mãos, ouvindo os estalos. Ritsa havia notado. Ela inspirava confiança, aquela mulher, suas mãos eram frias e capazes, ela levava a dor a sério.

Diferente daquela garota arrogante.

Não é o seu joelho.

Então, o que ela achava que era? Dúvida? Temor? Indecisão? A pura impossibilidade, agora que finalmente chegara o momento, de enfiar uma faca no peito de Agamêmnon? Se Cassandra pudesse ter ouvido seus pensamentos na noite passada, ela teria certeza de que era isso mesmo; mas Cassandra não era mãe, ela não conseguia imaginar o que era sentir a culpa de uma mãe.

Eu devia ter percebido.

De repente, ela está retornando ao passado, como sempre faz, só que não é o passado, é o presente, mais real do que qualquer coisa ao seu redor. Ela nunca conseguiu se libertar daquele tempo, cai nele rápido e com facilidade, entre uma respiração e outra.

Eu devia ter percebido. Porque desde o momento em que chegaram a Áulis, nada parecia certo. Para começar, não houve boas-vindas formais, nem visitas de Menelau, Odisseu, Nestor ou qualquer outro rei. Nem Macaão. E, acima de tudo, nada de Aquiles.

— Ele foi criado com muito rigor — explicou Agamêmnon. — Ele não espera vê-la antes do dia do casamento. Nem mesmo então... ele esperará que ela esteja velada.

Ela teve que aceitar isso, já que não conhecia Aquiles, mas ainda assim parecia estranho. Nenhuma visita, justo; mas nenhuma mensagem, nenhum presente, nem mesmo flores ou frutas...?

— Tem certeza de que ele quer esse casamento? — perguntou ela.

— Claro que ele quer! Fora todo o restante, ele quer ser meu genro.

— Ele é jovem demais para se casar. Quantos anos ele tem? Dezessete?

— Ele é o único filho do pai e vai para a guerra. Obviamente, faz sentido para ele tentar ter um filho antes de partir.

— Os jovens pensam assim?

— Este pensa. Ele é excepcionalmente perspicaz.

Ifigênia estava cansada da longa viagem e foi dormir cedo. Assim que teve certeza de que a filha estava dormindo, Clitemnestra saiu andando pelo caminho que levava à praia. Já estava tarde, muito tranquilo. A lua ia e vinha na superfície da água. Como fora avisada para não entrar no acampamento, onde havia vários casos suspeitos de febre, ela virou à direita atravessando um trecho de floresta densa, chegando a uma colina coberta de touceiras com vista para uma baía onde ondas curiosamente hesitantes rolavam, mas pareciam relutantes em quebrar.

Havia dois jovens na baía, que estava deserta, e eles apostavam corrida, um a pé e o outro em uma carruagem. Ela assistiu, compelida pela tentativa do corredor de transcender as limitações do corpo humano. Talvez, ao se aproximarem dela pela praia, o cocheiro estivesse contendo sua parelha, porque a corrida terminou empatada.

— Você venceu — disse o corredor.

— Não, acho que foi você.

A essa altura, ela sabia quem era o corredor. O filho de Peleu, Aquiles de pés velozes, cuja velocidade o definia. Um dom dos deuses, diziam as pessoas, embora ao vê-lo assim, curvado e vomitando na areia, ela pensasse que a velocidade dele não era apenas um dom. Deuses, ele a exercitava. Curiosa agora, ela deslizou pela última encosta de areia e caminhou em direção a ele. Ele pareceu surpreso ao ser saudado por uma mulher com idade suficiente para ser sua mãe, aparentemente, a julgar pelos seus modos, respeitável, porém, ainda assim, andando à noite, sem véu e sozinha.

Ele fez uma reverência, cumprimentou-a com cortesia — o que não era pouca coisa, já que acabara de vomitar —, e virou-se para apresentar seu companheiro, que se chamava Pátroclo. Aquiles parecia submeter-se a ele, o que a surpreendeu um pouco, pois não havia diferença de idade e as vantagens de posição social estavam todas do lado de Aquiles. Eles conversaram sobre cavalos por algum tempo, mas a conversa, embora nunca hostil, foi claramente estranha.

— Bem, vejo vocês amanhã, então? — despediu-se ela por fim e desejou-lhes boa noite.

Aquiles pareceu um pouco confuso, mas se curvou novamente. E, ainda assim, nenhuma menção ao casamento.

No topo da colina, ela se virou e olhou para trás. O excepcionalmente perspicaz havia encontrado um aglomerado de algas marinhas e estava perseguindo o amigo ao longo da costa, os dois gritando como garotos de dez anos. *Está errado,* ela pensou. *Tem alguma coisa errada.*

Voltando à fazenda meio abandonada onde estavam hospedadas, ela foi direto ao quarto de Ifigênia para verificar se ela ainda estava dormindo. O som de sua respiração tranquila acompanhava o quebrar das ondas na praia, à medida que a maré subia implacável. Ela ficou sentada ao lado da cama, tentada a acordar Ifigênia e contar o que acabara de ver, mas teria sido cruel incomodá-la. Ela precisava dormir com um dia tão importante pela frente.

— Eu devia ter acordado você e a arrastado para fora daquele lugar.

Ela está tão acostumada a conversar com Ifigênia e não obter resposta que é um choque descobrir que as palavras tomam forma em sua mente — se é aí que as palavras estão. A imagem que ela tem é de folhas de outono formando padrões fugazes no chão antes de serem erguidas por um vento forte e levadas de novo.

— Não teria adiantado nada — respondem as folhas. — Eles teriam nos seguido e nos levado de volta.

— Eu deveria ter protegido você.

— Você não tinha como saber. Ninguém poderia imaginar o que estavam planejando.

— Eu era sua mãe. Eu deveria saber.

— Você tem que parar de se culpar.

— Eu estou tão cansada.

PAT BARKER

Uma mão pequena e fria se insinua em sua mão.
— Não falta muito... então nós duas poderemos dormir.

26

Pela primeira vez, Cassandra não exigiu saber por que uma simples tarefa havia me demorado tanto.

— Acabei de inspecionar a casa de banhos — declarou ela, com a leve gagueira que desenvolvia quando alguma coisa a entusiasmava. — Nunca vai adivinhar o que encontrei.

Ela agarrou meu braço e me puxou para uma sala no final de um pequeno corredor, e devo admitir que era notável; eu nunca tinha visto nada parecido em Lirnesso, nem em Troia, aliás. A banheira era enorme — não de pés, como as banheiras normalmente são, mas embutida no chão. Pétalas de flores flutuavam na superfície da água, mas o que de fato chamou minha atenção foi a cena do outro lado da piscina. Um monte de redes de pesca escuras, um punhado de armadilhas de lagostas e até um barco virado — do tipo que os pescadores mais pobres usam para viagens curtas pela costa. À direita da banheira havia duas mesas de massagem e, atrás delas, fixada na parede, uma prateleira contendo óleos preciosos. Aromas de flor de bergamota e sândalo permaneciam no ar, disfarçando, mas não eliminando, um cheiro penetrante de decomposição.

— Tudo novo — informou Cassandra. — Feito para o retorno dele para casa.

Olhei em volta.

— Foi tudo muito bem pensado.

Cassandra deu um gritinho.

— *Si-im!* Venha, você ainda não viu os melhores detalhes.

Ela me arrastou até as mesas de massagem. Tudo que eu queria era sair o mais rápido possível; eu estava com medo de ser encontrada bisbilhotando, mas também estava curiosa. Nas costas de uma cadeira, havia vestes em tom azul profundo, ricamente bordadas em prata e ouro. Uma leve combinação de linho estava sobre o assento, sem dúvida destinada a ser usada por baixo, para proteger a pele de Agamêmnon de todos aqueles fios metálicos. Cassandra estava olhando fixamente para ambas as peças de roupa. Não consegui entender a intensidade do olhar dela até perceber que ela estava procurando uma arma ou, mais genericamente, tentando descobrir como Clitemnestra planejava matar um homem muito mais forte do que ela. Não era apenas a força física que seria um problema; havia também a velocidade de suas reações, sua hipervigilância para qualquer sinal de perigo. Ele era um veterano experiente de uma guerra longa e brutal — eu sempre retornava a isso, não conseguia superar. Os homens voltaram daquela guerra mudados em todos os sentidos e trouxeram consigo o campo de batalha. Diversos homens mataram uma criança muito amada por ela ter aparecido atrás dele, que a atacou antes de seus olhos terem tempo de se conectarem com seu cérebro.

Erguendo o olhar, encontrei Cassandra me observando.

— Está vendo?

— Não — respondi teimosamente. — Não vejo.

— Ela vai usar as redes. Ela o faz deitar de bruços, massageia suas costas, e então, quando os olhos dele estiverem fechados, ela pega uma rede de pesca e joga em cima dele. Ele fica indefeso, apenas por alguns minutos, mas é tudo de que ela precisa. Ela pode fazer o que quiser com ele depois disso. É por isso que é tão inteligente; *não está entendendo?* Tudo está escondido à vista de todos.

Ah, eu entendia sim. De repente, a sala silenciosa estava cheia de sangue e raiva e, ainda assim, grande parte de mim ainda não estava convencida. Mentalmente, medi a distância entre a mesa de massagem e a pilha de redes mais próxima.

— Ela vai precisar agir muito rápido.

Eu estava me lembrando dela andando de um lado para outro no pátio do túmulo de Ifigênia — e, sim, ela era ligeira, como costumam ser as mulheres grandes. Forte também. Ombros largos, braços surpreendentemente musculosos... Forte o suficiente? Rápida o bastante? Acho que não.

A JORNADA PARA CASA

— E suponha que ele *não* esteja com os olhos fechados? Acho que ela tem menos de um minuto antes que ele a alcance; e essas redes são pesadas. E ele não vai estar amordaçado, lembre-se, ainda vai conseguir gritar. O salão de jantar fica do outro lado daquela parede.

Pela primeira vez, Cassandra parecia estar ouvindo.

— Você está certa — disse ela, devagar. — Tem que haver mais alguma coisa. — Ela caminhou até as roupas e, com um saltito que curiosamente lembrava uma raposa pulando sobre um rato, pegou a túnica de linho e sacudiu. Para quem sabia alguma coisa de tecelagem, aquela vestimenta era uma obra de arte, o tecido tão fino que era quase transparente, mas seria forte. Uma das mãos dela — eu podia ver claramente através do tecido — estava enfiada em uma das mangas.

— *Ah!* — exclamou.

A princípio, não consegui ver o que ela havia encontrado, até que então, quando ela veio em minha direção, balançando os dedos, percebi que sua mão estava presa dentro da roupa. A manga não tinha abertura.

Rapidamente, verifiquei a outra manga, também não havia nenhuma abertura. Por um momento estúpido me perguntei como tal erro poderia ter ocorrido, mas apenas por um momento. Eu já tinha visto roupas assim antes — embora as que vi fossem feitas de lona e estivessem manchadas de comida cuspida e vômito. Elas são frequentemente usadas para restringir pessoas cujos problemas mentais as tornam um perigo para si mesmas e para os outros. Leva tempo para a pessoa presa entender que está presa e, nesse tempo, as pontas penduradas das mangas podem ser bem puxadas atrás dela e amarradas às costas. Depois de amarradas, são presas com tanta segurança quanto uma mosca na despensa de uma aranha.

— O que acha agora? — perguntou Cassandra.

Eu apenas dei de ombros.

— Ele ainda consegue gritar por socorro.

— Ah, dê-lhe algum crédito. Música, canto, batidas nas mesas? E todos ficarão bêbados. — Ela estava olhando ao redor novamente. — O que não consigo ver é uma arma. Suponho que ela possa trazê-la com ela.

— Ou ele poderia. Não esqueça que ele vai usar uma espada.

— Eles não têm que entregá-las?

— Creio que você vai descobrir que isso não se aplica a ele.

Havia velas acesas por toda a sala e ainda assim o lugar parecia escuro. E aquele cheiro de algo velho e úmido parecia estar ficando mais forte. Cassandra ainda procurava uma faca, levantava as dobras do manto azul, cada movimento seu era preciso e delicado. Nenhum vestígio agora do tremor que, nos piores dias de seu frenesi, fez suas mãos tremerem tanto que ela não conseguia levar um copo d'água aos lábios sem derramá-lo. No geral, achei que ela estava com um humor estranho; não assustada, como eu, mas também não calma. Se eu tivesse que escolher uma palavra, diria "exultante".

Olhei novamente para a pilha de redes, para os óleos perfumados, para a mesa de massagem, para a roupa de cama à espera.

— Tudo nisto é vil.

— Você esqueceu o que ele fez?

— Não, Cassandra, *não* esqueci o que ele fez.

Pode não parecer nada, mas foi um confronto surpreendentemente acirrado. Não ajudava em nada o fato de, depois de ver as crianças, eu estar em um estado de turbulência emocional, embora não, no meu caso, de excitação — muito menos de "exultação". Não, o que eu estava sentindo era terror, não de uma ameaça específica, mas de tudo, igualmente; como se uma membrana translúcida que me protegeu durante toda a minha vida tivesse sido rasgada, deixando-me exposta a todas as arestas afiadas do mundo.

Enfim, Cassandra, não tendo encontrado nenhuma arma escondida nas vestes, apontou com a cabeça em direção à porta. Fiquei muito satisfeita em segui-la. Lá fora, no corredor, ela se virou para mim.

— Você pegou o colar?

Fiquei na ponta dos pés para colocá-lo em volta do pescoço dela — ela era alguns centímetros mais alta que eu — e percebi, como se pela primeira vez, o quanto sua nuca era branca e pálida. E quão vulnerável. Quando terminei de soltar um fio de cabelo que estava preso na trava, ela se virou para mim e eu recuperei o fôlego, porque as chamas já haviam começado a dançar. *Olha, elas estão se mexendo!* Briseida costumava dizer quando era pequena, observando a mãe se preparar para um banquete. Ela sempre adorou aquele momento em que o calor da pele da mãe dava vida às opalas.

— Na verdade, pertence a ela, não é?

A JORNADA PARA CASA

Típico de Cassandra, respondendo o pensamento não dito.

— Foram dadas a você — eu falei.

Voltamos ao átrio, que estava se enchendo rapidamente de convidados principalmente de cabelos grisalhos ou brancos, todos ansiosos de expectativa. O salão de jantar ainda estava fechado, embora sons promissores viessem de trás das portas fechadas: liras, flautas, tambores e até o repentino e feroz toque de uma trompa de batalha. Os velhos adoraram. Se fossem cavalos, estariam levantando o rabo e galopando pela campina. Mas um dos homens mais jovens — havia um grupo deles que servira sob o comando de Agamêmnon em Troia — olhou em volta ao ouvir o som da trompa de batalha. "Calma", um dos outros jovens disse, pousando a mão no ombro dele, enquanto outro ria. Um momento depois, perdi-os de vista, conforme outro grupo de homens de cabelos grisalhos abria caminho no meio da multidão em busca de bebidas.

As pessoas começaram a se abanar, estava muito quente. "Gostaria que abrissem as portas", comentou um dos velhos. Ele parecia irritado; talvez os escravos que serviam vinho não estivessem andando rápido o suficiente. Quase imediatamente, como se alguém estivesse ouvindo, as portas do salão se abriram. Criados carregando jarras andavam ao longo das mesas, mas o que realmente interessava às pessoas era a primeira visão dos músicos. O bardo estava de pé, encostado em um pilar, como se precisasse de seu apoio. Ele estava testando trechos curtos de música, consultando o tocador de lira mais próximo dele e depois cantando a mesma estrofe novamente. A canção parecia ser um lamento pelas flores mortas, pela passagem do verão, mas também, por implicação, pelos mortos.

— Será que alguém não pode dizer a esse filho da puta para tocar uma música animada? — falou um dos conselheiros, elevando a voz alto o bastante para ser ouvido no salão. — Nós vencemos a maldita guerra, sabia?

Murmúrios de concordância. Eles começaram a procurar pela rainha, cujo trabalho era consertar coisas assim, porém esqueceram disso quando a próxima leva de convidados chegou. Mas, pensando bem, onde estava a rainha? Ela já deveria estar aqui, recebendo os convidados.

— O que eu disse? — falou Cassandra. — Ela está perdendo a coragem.

Eu não conseguia enxergar isso. A mulher que ficara acordada noite após noite, tecendo uma camisa de força para conter o marido enquanto o matava? Embora mesmo agora, uma pequena parte da minha mente estivesse procurando uma explicação alternativa, algo, qualquer coisa, que fizesse esta situação parecer menos ameaçadora. Poderia haver uma razão inocente para aquelas mangas costuradas? Alguns homens gostam de ser contidos; eles ficam excitados quando estão indefesos, humilhados, espancados. Não Agamêmnon, entretanto, eu nunca tinha ouvido nada do tipo sobre ele; e, acredite, eu teria ouvido. Eu ouvi e tentei consolar muitas das garotas com quem ele dormiu, incluindo minha própria Briseida.

Não sei quantas pessoas notaram a ausência da rainha, mas eu estava bem ciente disso. Por fim, quando eu estava abrindo caminho em meio à aglomeração para pegar uma taça de vinho para Cassandra, tive um vislumbre de Clitemnestra no salão de jantar conversando com o bardo. Minutos depois, uma música alegre e de ritmo bom e forte encheu o átrio, acompanhada por uma floresta de bengalas marcando o ritmo.

Entreguei a xícara a Cassandra.

— Vamos lá para fora? Está muito quente aqui.

Ficamos paradas por um momento no topo da escada, olhando para o portão do Pátio do Leão, onde dezenas de homens armados circulavam. Mais deles chegaram enquanto observávamos.

— O que está acontecendo? — perguntou Cassandra.

Eu apenas dei de ombros. Pelo que sabíamos, a guarda era reforçada a esta hora todas as noites, embora, considerando que o país estava em paz, o palácio parecia necessitar de um número excessivo de guardas. Uma explosão de música mais alta vinda de dentro do átrio fez com que nos virássemos.

— Talvez seja melhor entrarmos? — sugeri.

— Ainda não, preciso de um pouco de ar.

Estava muito mais fresco lá fora; senti uma onda de suor seco em minha pele conforme descíamos os degraus e virávamos a esquina em direção aos jardins mais adiante. Ao passarmos pela porta do jardim de ervas, Macaão saiu e nos cumprimentou. Ele havia passado a tarde trabalhando em seu galpão, e também aparentava isso, com manchas de sujeira nas mãos e no rosto. Ele olhou para mim.

— Eu fiz uma pomada para você usar em Electra.

Lentamente, voltamos para o Pátio do Leão. Na nossa ausência, uma mesa havia sido colocada no topo da escada e três jovens com ar entediado estavam atrás dela, recolhendo espadas dos convidados. Esta era a prática habitual na Grécia, onde a combinação de espadas, temperamento explosivo e vinho forte podia tornar as noites por vezes imprevisíveis. Uma fila se formou, estendendo-se até os degraus, e Macaão, que tinha uma espada, juntou-se a ela. Mais alguns conselheiros chegaram e pararam para cumprimentá-lo, dando-lhe tapinhas nas costas e um deles até mesmo bagunçando seu cabelo, como se ainda fosse o garoto de quem obviamente se lembravam. Do interior veio um burburinho de risadas, música, cantos e conversas, que ficava mais alto a cada minuto. Cassandra e eu permanecemos ao pé da escada, relutantes em entrar. Enquanto observávamos, um homem de meia-idade, claramente em posição de autoridade, saiu dentre os pilares e falou com os jovens atrás da mesa.

Um dos que chegaram mais tarde disse:

— O que ele está fazendo aqui? Ele não pode estar vindo para o banquete, certo?

— Bem, você não acharia isso, não é? — respondeu Macaão. Vendo-nos perplexas, ele explicou: — Esse é Egisto. Ele não é amigo do rei.

— Egisto? — perguntou Cassandra. — Ele não é irmão das crianças que Atreu matou?

Macaão balançou a cabeça; não em negação, era mais um aviso para manter a voz baixa. Tive a impressão de que ninguém no palácio mencionava os meninos assassinados. Ninguém falava sobre eles ou lamentava por eles; ninguém sequer reconhecia seu destino. Não era de admirar que as marcas de suas mãos manchassem as paredes do palácio. Muitas pessoas aqui deviam ter sido cúmplices desse crime, pelo menos por ignorá-lo e seguir em frente. Muitos desses velhos subindo as escadas teriam sido amigos leais de Atreu ou, pelo menos, servido sob seu comando.

Vagamente, percebi que alguém se juntara ao nosso pequeno grupo, mas não me virei; eu estava muito interessada em Egisto, que havia descido a escada e conversava com alguém na fila. Ele era moreno, de aparência taciturna, com o nariz torto e uma cicatriz branca dividindo uma sobrancelha. Não era como se esperaria que um príncipe de Micenas seria; ele parecia um lutador de rua. Um homem duro, impiedoso e lupino. Ele devia ser um bebê ou nem tinha nascido quando os irmãos morreram, mas isso não o teria salvado. Toda a sua vida teria sido obscurecida pelo dever de vingar as suas mortes, porque as rixas de sangue duram anos, passando de pai para filho e para neto, por vezes, sobrevivendo à memória do crime original. Uma vez iniciado o ciclo de vingança, não há escapatória. Então, por que ele estava aqui esta noite? Ele não sentia nenhum prazer com o retorno seguro de Agamêmnon.

Atrás de mim, ouvi Macaão dizer:

— Você *precisa* se livrar dele

— Eu sei. Eu *sei*.

A voz de Agamêmnon. No mesmo instante, recuei, ficando alguns passos atrás de Cassandra.

— Não é fácil. Ele tem sido útil. Houve combates ao longo da fronteira há algum tempo; nada demais, roubo de gado, esse tipo de coisa, mas ele cuidou disso. A rainha tem muitas qualidades notáveis, mas a única coisa que ela não pode fazer é empunhar uma espada.

— Então, ele era o cão de ataque dela?

— Ele foi... útil. E não me olhe assim. Acha que sou o único homem na Grécia que não ouviu as fofocas? Eu lhe digo uma coisa: *eu* não acredito. E tenho mais e melhores espiões dentro do palácio do que qualquer outra pessoa.

Foi uma troca surpreendentemente franca, pensei, dada a diferença de posição. Depois de mais alguns comentários desconexos, Agamêmnon passou o braço sobre os ombros de Macaão, claramente se preparando para se afastar, porém parou de repente e levantou o dedo indicador.

— Espere, você ouviu isso?

Um pássaro cantava em algum lugar na floresta, fora dos muros do palácio.

— Rouxinol. Sentia falta disso quando estava em Troia.

Enquanto escutava, o rosto de Agamêmnon se transformou. Não era mais o rei vitorioso retornando triunfante à sua terra natal, mas um homem cansado, de meia-idade, feliz por estar em casa e ansioso por uma boa noite de sono na própria cama. Naquele momento, acho que senti a perda do meu lar com tanta intensidade como jamais senti e me arrependi de compartilhar uma emoção tão simples como o amor pelo lar com um homem que eu odiava e desprezava. Eu não queria que ele fosse humano, me ressentia de ter de vê-lo daquele jeito. Para mim, ele era o açougueiro de Troia, o homem que ordenou o massacre de crianças e acompanhou sua execução; mas lá estava ele: vivo, contente, satisfeito por estar em casa. Com um último tapinha no ombro de Macaão, ele começou a subir os degraus, parando de tempos em tempos para apertar as mãos que lhe eram estendidas, rindo, brincando, cumprimentando os velhos pelo nome, perguntando sobre famílias, rebanhos, colheitas e crianças que nasceram desde que ele partiu. Finalmente, com um mar de cabelos e barbas grisalhas o rodeando, ele chegou ao topo da escadaria, onde um dos jovens que estava atrás da mesa teve a ousadia de pedir sua espada.

— Sem chance, filho — respondeu Agamêmnon. — Esta era a espada do meu pai.

Desembainhando-a, ergueu-a bem acima da cabeça, girou-a três vezes em círculos enormes e amplos, obtendo aplausos previsíveis da multidão, e em seguida desapareceu no átrio iluminado adiante.

27

Assim que retornarmos ao átrio bem iluminado, Macaão notou as manchas de terra em sua túnica.

— Não posso jantar assim. Vou ter que me trocar.

Com isso, ele subiu as escadas correndo, subindo dois degraus por vez, claramente contente por ter uma desculpa para pelo menos adiar a participação nas comemorações. Perguntei-me por que estava tão relutante. Ele era um homem sociável, adorava boa comida e vinho; talvez, até os apreciasse um pouco demais. Era tristeza pelos amigos perdidos? Pacientes que poderiam ter sobrevivido, mas não sobreviveram? Haveria muitas pessoas se escondendo esta noite e algumas delas, ouvindo os tambores e as trombetas de batalha estridentes, puxariam as cobertas por cima das cabeças e orariam para dormir.

Procurei pela rainha e a encontrei parada na porta do salão de jantar. Antes, mesmo na noite passada, sua aparição teria transformado a atmosfera do salão, deixando os presunçosos, hesitantes, os eloquentes, sem palavras. Eu já tinha visto isso ocorrer tantas vezes, sempre que Agamêmnon ou um dos outros reis entrava em uma sala. Os reis devem caminhar pela vida em uma bolha de silêncio. Saudações, claro, bandeiras agitadas, aplausos — mas essa não é a primeira reação, nem a mais importante. A homenagem realmente reveladora aos poderosos é o silêncio que provocam sempre que entram em um aposento.

Esta noite não houve silêncio para Clitemnestra. Ninguém se aglomerava em torno dela, nenhum homem ambicioso disputando vantagens, nenhum suplicante implorando favores. Ela ficou parada na entrada do salão, como deve ter feito tantas noites nos últimos dez anos — e foi ignorada. Havia algo perturbador nisso: essa perda total de poder.

Por outro lado, Cassandra era o centro das atenções. Os olhares dos homens se voltavam para segui-la e muitos dos olhares eram francamente especulativos. Eles sabiam quem ela era e sabiam o que ela havia se tornado: a concubina de Agamêmnon, a garota na sua cama. *Bastardo sortudo,* dava para ouvi-los pensar. A maioria deles era ignorante como porcos; não direi todos, porque acredito em ser justa, mesmo com os gregos, mas a maioria estava inclinada a desprezar as mulheres troianas, como se tivéssemos escolhido as vidas que nos foram impostas. Um jovem, imaginando ter chance ou talvez apenas se exibindo para os amigos, aproximou-se dela com ar de superioridade. Uma breve conversa, alguns sorrisos decididamente desprezíveis, então ele estendeu a mão e pegou uma das opalas, segurando-a na palma da mão como um ovo. De passagem, como se fosse sem querer, ele tocou nos seios dela.

— Eu adoro opalas — declarou ele, esfregando a pedra até que o fogo dentro dela se acendesse. — É verdade que elas ficam pretas?

— Acho que isso depende de quem está tocando nelas.

Uma voz familiar. O amante de opalas virou-se e encontrou Agamêmnon pairando sobre ele — parecendo estar achando graça, mas com uma pitada de ameaça por trás do sorriso. Forçando uma risada, um gritinho estranhamente agudo, embora sua voz tivesse sido bastante profunda um minuto antes, o jovem fez uma reverência profunda e recuou. Agamêmnon se inclinou e deu um beijo na bochecha de Cassandra. Talvez por necessidade de demonstrar posse, mas por toda a sala ouviu-se um silvo de inspiração. Era algo inédito um rei beijar sua concubina na presença da rainha. Uma ou duas pessoas trocaram olhares furtivos, mas a maioria olhava para a frente. Cassandra manteve-se firme, mas corou; ela devia estar ciente de que os olhares dirigidos a ela eram agora hostis de uma forma que não eram antes. Ela se retirou para a sombra de um dos pilares e eu a segui.

— Cretino — falei, e pela primeira vez não me referia ao rei.

Desvencilhando-se de um grupo de conselheiros, Agamêmnon foi até Clitemnestra e os dois ficaram de costas para o átrio, conversando, embora ninguém estivesse perto suficiente para ouvir o que falavam. O bardo estava chegando ao fim de uma canção, mas, quando sua voz se esvaiu em silêncio, a cantoria pareceu continuar, uma melodia aguda vinda do pátio lá fora.

A JORNADA PARA CASA

Ninguém comentou, ninguém se virou para olhar; Cassandra, porém, de imediato, como se tivesse sido convocada, caminhou em direção ao som. Eu a segui e ficamos juntas no topo da escadaria, olhando para a Pátio do Leão, cujas lajes, varridas pela lua cheia, estavam totalmente desertas. Até os jovens que estavam recolhendo as espadas tinham ido embora, mas as vozes estridentes continuavam. *Aí vem uma vela iluminar você na cama...*

— Não aguento mais isso — falei.

— Não, sei o que você quer dizer. Este lugar é terrível. — Ela olhou para o topo do telhado bem acima de nossas cabeças. — Não é de admirar que elas dancem.

❧

De volta dentro do palácio, vi Clitemnestra caminhando em nossa direção. Cassandra fez uma reverência; dei o passo regulamentar para trás, mas então, para minha surpresa, a rainha falou comigo primeiro, antes de se virar para Cassandra.

— O rei quer que você compartilhe o banho dele. Apenas fique de olho nele e siga-o quando sair. Ele esperará por você na casa de banho. — A voz dela era monótona, como se fosse imune à humilhação de transmitir tal mensagem, mas como poderia ser? Enviá-la nessa missão era um insulto calculado. — O banquete começa apenas dentro de uma hora — informou. — Mas ouso dizer que você vai pensar em algo para passar o tempo. — E, com isso, ela partiu, abrindo caminho entre grupos de pessoas que já não se afastavam automaticamente para deixá-la passar.

Agamêmnon estava tentando se libertar dos bajuladores que o cercavam, mas, sempre que tentava seguir em frente, era puxado para trás, outro elogio, outro pedido. Clitemnestra o resgatou, explicando que o rei precisava de uma pequena pausa antes do início do banquete; ele estivera tão ocupado reencontrando velhos amigos que mal teve tempo de lavar a poeira da estrada. Ela era boa: calorosa, convincente, diplomática, mimando todos os egos, exceto o próprio. E funcionou. Agamêmnon ficou livre para caminhar em direção à casa de banhos e Cassandra o seguiu. Um frêmito de excitação indireta percorreu a multidão. Ninguém acreditava que Agamêmnon tivesse sido tomado por uma súbita paixão por limpeza; todos estavam imaginando alegremente cenas lascivas por vir.

Os homens jovens, invejosos; os homens velhos, melancólicos — e, por baixo de tudo, desprezo pela prostituta troiana. Eles tinham esquecido que ela era uma sacerdotisa, porque não lhes convinha mais lembrar. O jovem que apalpara o seio dela sob o pretexto de admirar o colar virou-lhe as costas quando ela passou.

No começo do curto corredor, Cassandra se virou para mim.

— Vá agora, Ritsa. Não há necessidade de você ver isso.

— Não, eu estou...

— Você não pode. Não agora.

Recordando aquele momento, eu me pergunto: o que pensei que ia acontecer? Lembro-me de detalhes: as olheiras sob os olhos de Clitemnestra — aquela mulher em algum momento dormia? —, a risada em falsete do jovem ousado e, mais clara do que qualquer outra coisa, a voz andrógina do bardo elevando-se acima das gargalhadas dos velhos. Lembro-me de tudo isso, mas não posso dizer o que pensei que aconteceria a seguir. Eu só sabia que tinha que ficar com ela. Portanto, apesar do que ela acabara de dizer, eu a segui, até que a porta do outro lado se abriu e liberou uma névoa de vapor. De repente, emergindo do calor úmido, lá estava Clitemnestra, um braço nu e branco erguido para bloquear meu caminho.

— Deixe-a, eu cuidarei dela agora.

Um vislumbre da sala além, o cheiro de sebo derretido forte o bastante para revirar meu estômago. E depois Cassandra ergueu os dedos de uma das mãos em um meio gesto de despedida e seguiu Clitemnestra porta adentro.

28

O ar está úmido e tão quente que cada respiração machuca seus pulmões. Entretanto, os mesmos cheiros: o sabor salgado da piscina; abaixo disso, o fedor de madeira podre, ou pior. Voltando-se para Clitemnestra, ela diz:

— Você cavou fundo demais. — As palavras não são registradas; nada parece estar acontecendo por trás daquele olhar alerta e vazio. — Estou do seu lado — sussurra ela, tentando se aproximar, mas, novamente, nada. Juntas, elas observam Agamêmnon puxar a túnica sobre cabeça. Toda aquela carne nua e rosada, tão vulnerável. — Eu o quero morto tanto quanto você.

Nenhuma resposta, apenas o mesmo olhar mortal e predatório. Cassandra observa ao redor da sala, seus olhos passando de um lugar para outro, verificando se tudo está na posição correta, quase como se *ela* tivesse armado a armadilha: óleos, raspadores, toalhas, redes de pesca, túnica de linho… Mas ainda nenhuma arma, ou nenhuma que ela pudesse ver. Ela sente um medo repentino e doentio de que Ritsa tenha visto este lugar com mais clareza do que ela e que o plano de Clitemnestra, fosse ele qual fosse, poderia facilmente dar errado.

Enquanto isso, Agamêmnon, despreocupado como um menino no primeiro dia das férias de verão, caminha em direção à piscina.

A mão de Clitemnestra se fecha em torno do braço dela.

— Venha. — As pontas dos dedos dela estão frias, as unhas são longas o suficiente para serem sentidas como uma fileira de luas crescentes cravadas na pele. Meio puxada, meio arrastada pela sala, ela chega a tempo de testemunhar a alegria de Agamêmnon ao ver a piscina, as redes, as armadilhas de lagosta, o barco de pesca virado — ele está tão animado quanto uma criança em uma praia de verdade. Nu, ele desce os degraus e mergulha na água repleta de flores. Pétalas de rosa dispersando-se aqui e ali, mas principalmente lavanda, grandes jangadas roxas girando em novos padrões a cada movimento que ele faz. Ele vira de costas e seu pênis inchado rompe a água como uma foca.

Ramos de lavanda grudados na pele dele, bubões roxos no pescoço, na virilha...

Senhor do arco prateado, ouça-me! Senhor, cujas flechas voam nas trevas, ouça-me, ouça-me...

Uma resposta puramente automática — anos e anos de treinamento estavam presentes nessa oração; embora sem dúvida agora, neste momento entre todos os momentos, ela possa se livrar disso? Ela se lembra dos corvos andando pelo pátio do templo, com suas penas de voo cortadas para que não pudessem escapar e, em silêncio, recita seus nomes: Lete, Aqueronte, Estige... Todos nomeados em homenagem a rios do submundo, exceto seu favorito, Corônis. Seus nomes eram uma oração, uma litania que nas horas de escuridão nunca deixava de acalmar. Melhor repetir seus nomes do que rezar para Apolo, que a trouxe aqui para morrer.

Olhando para a água, ela imagina como seria entrar nua e percebe que não consegue fazê-lo. Ela precisa de camadas de tecido para protegê-la de um mundo cheio de pontas afiadas, arestas duras, coisas projetadas para esfaquear e matar.

Mas Agamêmnon está puxando a saia dela.

— Vamos, entre. — Outro puxão mais determinado. — Tire isso.

Não. Ela tenta recuar, mas ele não aceita. Agarrando a barra, ele a puxa para dentro da água, e a saia infla ao seu redor, enquanto os dedos dele mergulham dolorosamente dentro dela. Assim espetada, empalhada como um ganso, ela tenta lutar contra ele — ah, mas ele gosta disso, prefere as geniosas, desde que a resistência delas seja facilmente superada. A água está entrando na boca dela, forçando-a a engolir ou se engasgar. Sem fôlego, ela entra em pânico e tenta empurrá-lo para longe, mas ele é pesado demais. Com a papada tremendo, ele se empurra contra ela e seu peso a pressiona com força contra as bordas dos degraus. Cada impulso é o golpe de um machado rompendo o portão do palácio. Ela vê Príamo caído ao pé dos degraus do altar, a espada que ele era quase frágil demais para erguer, caída de sua mão. As crianças atiradas das ameias parecem, por um segundo, voar como pássaros, então Agamêmnon estremece, a cidade queima, a fumaça da cidadela em chamas arde em seus olhos, embora, ao voltar lentamente a si, ela perceba que não pode ser fumaça, não há nada queimando aqui, exceto as velas que aquecem as tigelas de óleos de massagem. Agamêmnon desaba em cima dela e enterra o rosto em seu pescoço. Erguendo o olhar, ela vê Clitemnestra, pairando como uma escrava de casa de banho ao lado da piscina, uma toalha branca pendurada em um braço. Há quanto tempo ela está lá? Cassandra olha para ela por cima do ombro sardento de Agamêmnon e Clitemnestra vira as costas.

Indiferente, agora, Agamêmnon tira o peso de cima dela e se levanta, seus pelos pubianos espetados. Enquanto ele sai da piscina; Clitemnestra enrola a toalha em volta dele e o conduz até a bancada de massagem, onde o convida a escolher os óleos que deseja.

— Nada muito soporífero — diz ele.

Cassandra se deixa afundar até ficar com a cabeça quase submersa, suavizando o som da música do salão de jantar. É estranho pensar que do outro lado daquela parede cerca de oitenta homens estão comendo e bebendo — e sem dúvida começando a se perguntar o que está ocupando o rei. Fechando os olhos, ela percebe que pode ver, através das pálpebras fechadas, Clitemnestra pegar uma tigela, derramar um pouco de óleo na palma da mão e deixá-lo escorrer nas costas de Agamêmnon. Cassandra abre os olhos e pisca várias vezes, assustada, porque o que aconteceu não é possível. Mesmo com os olhos abertos, ela não consegue ver as mãos de Clitemnestra, embora possa perceber pelo movimento dos ombros que esta será uma massagem breve e poderosa. Ela nada para o lado e sobe nos degraus. Daqui, pode ouvir a voz de Clitemnestra, alta e clara — nada de estranho nisso —, mas as respostas estrondosas de Agamêmnon parecem vir do fundo de seu próprio peito. Ela sente a vibração da voz dele em suas costelas, quase como se aquela união brutal e mecânica tivesse alcançado o que mesmo o ato sexual mais apaixonado e dedicado normalmente não consegue: a união de duas mentes.

Um som de celebração soou do salão. Agamêmnon se esforça para se sentar.

— Preciso me apressar.

— Eles vão ficar bem — diz Clitemnestra. — Há bastante vinho.

Ela precisa se apressar, a menos, é claro, que deixar os apoiadores mais leais de Agamêmnon atrapalhados faça parte de seu plano? Naquele momento, as unhas de Clitemnestra percorrem a espinha de Agamêmnon, da nuca até a fenda da bunda, com força suficiente para doer. *Cuidado,* pensa Cassandra, sentindo a dor na própria carne.

— Desculpe, foi forte demais?

— Nã-ão — responde Agamêmnon, embora em dúvida.

— Devo começar na frente do seu corpo?

Normalmente, isto seria o prelúdio para o clímax, mas esse navio já partiu. Nadando um pouco mais perto, ela vê Clitemnestra parada ao lado de uma cadeira, acariciando o manto azul que está pendurado no encosto.

— Mandei tecer isto especialmente para esta noite.

— Bom — diz ele, olhando para baixo para seu pau decepcionantemente flácido.

Cassandra fecha os olhos e vê através de suas pálpebras fechadas Clitemnestra se inclinar e derramar óleo nos pelos do peito de Agamêmnon, embora um momento depois sinta as mãos de Clitemnestra deslizando em movimentos circulares sobre os próprios seios. Suas pálpebras estão pesadas; ela tem de forçá-las a abrir, mas, mesmo quando está com os olhos arregalados e olhando fixamente, a sensação estranha permanece. Voltando a fechar os olhos, ela sente Clitemnestra iniciar o longo e lento movimento da clavícula até a virilha, tentando não olhar para a rainha, porque aquele rosto, pelo menos visto por esse ângulo, é assustador. Ele não está feliz; nem feliz, nem estimulado, nem mesmo excitado; na verdade, ele parece estar afundando no desânimo. O peito dela está pesado com a dor dele, e ele tinha estado tão bem antes, tão arrogante, tão cheio de si, transando com sua concubina na frente da esposa; entretanto, agora com aquelas mãos largas e capazes passando por seus órgãos genitais, é como ser um bebê recém-nascido nu e se contorcendo novamente — ou um cadáver. Os homens começam e terminam as suas vidas como pedaços de carne indefesos nas mãos de mulheres, e todos os anos entre isso — poder, sucesso, riqueza, fama e até vitória na guerra — são apenas uma tentativa malograda de fuga.

— Não, não adianta — fala Agamêmnon, sentando-se e levando as nádegas até a borda da laje —, não posso mais mantê-los esperando.

Clitemnestra aceita isso imediatamente.

— Vai usar a espada do seu pai? — Casualmente, sem pressa, ela vai até a mesa. — Você vai precisar usar alguma coisa por baixo desse manto. Tem muito fio de ouro no bordado, você não vai querer isso direto na pele.

Cassandra está tão perto que consegue sentir o cheiro da pele dele, não apenas o óleo, mas a umidade que permanece em suas dobras e vincos. Ele pega a espada do pai — uma espada curta e cerimonial, não uma arma de campo de batalha, porém capaz de matar, e é por isso que elas têm que renunciar — e a gira de forma que as chamas das velas subam e desçam na lâmina. Por um momento, ele fica hipnotizado, e Cassandra com ele, mas a seguir ele a coloca de volta na bainha. Seja o que for, esta curiosa ligação entre duas mentes, dois corpos, não vai desaparecer. O que ele realmente quer agora é dormir, mas ainda tem uma noite de farra pela frente. *Ah, bem,* ela o ouve pensar, *alguém vai me levar para a cama.* Erguendo o olhar, ele vê Clitemnestra segurando uma túnica de linho.

— Pensei que você poderia usar isso — explica ela. — Por baixo. É tão leve que você nem vai sentir.

Obediente feito um menininho, ele levanta os braços e permite que ela passe as dobras de linho fresco sobre sua cabeça. Ele não comenta o tecido excepcionalmente delicado, porque nunca em sua vida teve que se contentar com menos do que o melhor, mas gosta da sensação e dá um suspiro de contentamento quando o tecido se acomoda em seus ombros. Outra explosão de aplausos no salão.

— Eles parecem bastante felizes — comenta ele.

O bardo está cantando uma canção bastante alegre agora; ele não consegue se lembrar da letra, mas cantarola a melodia, enquanto seus dedos procuram as aberturas nas pontas das mangas. Não consegue encontrá-las e o tecido é tão leve que gruda na pele oleosa. Frustrado, irritado, ele empurra com mais força e consegue avançar alguns centímetros, mas as mangas parecem se estender para sempre. Por que são tão longas? Irritado, ele sacode as pontas. O que acham que ele é, um maldito macaco?

— Estão um pouco compridas? — pergunta Clitemnestra, arrulhando como uma avó demente. — Venha, vou enrolá-las para você.

Ele estende os braços; mesmo agora, não há medo, apenas perplexidade por não conseguir passar as mãos. Mas, então, com um movimento suave, Clitemnestra desliza para trás dele, puxa as mangas em sua direção e amarra as pontas soltas às costas dele. Algo no movimento das mãos dela diz a ele que este é um verdadeiro nó de marinheiro, não o tipo que uma mulher usaria para prender seu bordado. E, percebendo isso, ele passa direto da perplexidade ao terror.

— Clitem...?

Virando-se, ele vê que ela sumiu. Ela não podia ter ido embora — onde ela está? Um segundo depois, quando reaparece, ela está arrastando uma rede de pesca atrás de si, o que não faz sentido, não faz sentido — e mesmo quando a rede desce sobre sua cabeça e ombros, mesmo quando ele sente que os fios começam a se apertar ao seu redor, *ainda* não faz o menor sentido. Só quando ele a vê pegar a espada de Atreu é que começa a fazer algum sentido, do tipo que cozinha crianças e as serve para que o pai coma.

— *Veja*. — Ela está segurando a lâmina na frente dos olhos dele. — Veja, querido — repete ela, o mesmo arrulhar demente. — *A espada do papai*. Sim, isso mesmo, a espada do papai. Você se lembra do que a espada do papai faz? — E, depois, abruptamente, em sua voz normal: — Você se lembra? Lembra de como ela o chamou de papai pouco antes de você matá-la? Por que não chama seu papai agora?

Agarrando o punho com ambas as mãos, ela ergue a espada de Atreus bem acima da cabeça. Por um segundo, há uma quietude perfeita. A seguir, todas as chamas das velas na sala começam a diminuir conforme a lâmina desce.

E Agamêmnon grita.

Eu não conseguia ficar parada. Nenhum lugar era o lugar certo, mas para começar eu simplesmente me agachei do lado de fora da porta da sala de banho. Estava silenciosa. Do outro lado da parede, eu podia ouvir o salão de jantar se enchendo, mas não havia nenhum som vindo da sala de banho. O corredor estava silencioso; não havia ninguém indo ou vindo. Enquanto eu ficasse aqui, passaria completamente despercebida.

Mas eu estava inquieta, desesperada para descobrir o que estava acontecendo, se é que alguma coisa estava acontecendo, sendo assim, depois de algum tempo, saí para o átrio.

Os convidados já haviam entrado para jantar, mas a área estava repleta de guerreiros em grupos pequenos e tensos. Egisto, o homem que Macaão me mostrou, estava recostado em um dos pilares, aparentemente relaxado, embora seus olhos estivessem cautelosos. Apesar da cicatriz no rosto, ele era um homem de aparência impressionante, embora houvesse algo de errado nele, algo que o diferenciava, mesmo entre os próprios homens. Uma distorção interna, era o que eu detectava, mas será que isso teria passado pela minha cabeça se eu já não conhecesse sua história? Ser irmão daquelas crianças, ter o dever de vingar-se de suas mortes imposto a você desde o nascimento...

A música, pontuada por gargalhadas, vinha de dentro do salão onde os apoiadores mais leais de Agamêmnon estavam ficando decididamente embriagados. Brindes eram feitos — *fizemos isso, fizemos aquilo, ninguém pensou que conseguiríamos, mas fizemos!* — e cada brinde mais incoerente que o anterior. Nesse ritmo, teriam que sair carregados.

Não havia nada disso no átrio, onde os homens de Egisto estavam armados, disciplinados, silenciosos — e sóbrios.

O bardo estava fazendo uma pausa, mas as liras e flautas continuavam tocando, música suave e nostálgica, mas com uma melodia dançante de vez em quando, para animar um pouco. Ocasionalmente, eles saudavam os homens que tinham lutado em Troia, pelo nome, os vivos e os mortos, tamborilando nas mesas e batendo os pés; depois, saudavam em alto e bom som a si próprios à medida que cada celebração atingia o seu auge. Preocupações com dinheiro, colheitas estragadas, estradas ruins: tudo foi deixado à porta, junto com suas espadas. Até mesmo a ausência prolongada de Agamêmnon era fonte de diversão, e não de inquietação.

— Onde está o rei?

— Em Troia.

— Aposto que sim, até o fim!

E outra canção: "*Prendam-no, guerreiros argivos, prendam-no, líderes argivos — líderes, líderes, líderes...*".

Entretanto, como às vezes ocorre em salas lotadas e barulhentas, um silêncio inexplicável se fez. As pessoas se entreolharam, conscientes da estranheza do momento e incapazes de explicá-lo, começando a dar risadinhas um pouco envergonhadas. E naquele silêncio, de repente, um homem gritava de dor e temor por sua vida. Alguns dos guerreiros mais jovens imediatamente saltaram — vi Macaão de pé no outro extremo do salão. Ninguém sabia de onde vinha o grito. Eles olharam para as paredes, para o átrio, por fim, nos olhos uns dos outros, mas encontraram pouca segurança ali. Era Agamêmnon? Essa era a possibilidade na mente de todos, mas embora a voz fosse inconfundivelmente masculina, não havia nada que a identificasse como sendo a do rei. E então soou de novo, um grito mais fraco que o primeiro. Comoção geral; homens treinados para a batalha desde que eram meninos agarravam os quadris sem espadas antes de pegarem facas da mesa. Ninguém parecia saber que caminho tomar; a casa de banho era tão nova que a maioria provavelmente não sabia que existia. E não ajudou o fato de estarem bêbados. Enquanto isso, os homens de Egisto avançaram, empurrando os convidados que hesitavam na soleira de volta para dentro, depois fechando e trancando as portas.

Virando-me, corri em direção à sala de banho, com a intenção de arrastar Cassandra para fora, pelos cabelos caso necessário, mas, antes de chegar ao fim do corredor, a porta se abriu, e Agamêmnon cambaleou em minha direção. Digo "Agamêmnon", mas a princípio não atribuí um nome à coisa à minha frente, a pele lisa e prateada, marcada pelas escuras linhas da rede. A poucos passos da porta, ele tropeçou e caiu, derramando sua vida aos meus pés. E atrás dele, curvando-se para espiar sua boca exangue, Clitemnestra, a rainha, brandindo uma espada manchada de sangue.

Tudo nela era vermelho: seios, braços, barriga...

— Você matou meu bebê!

Ele olhou para ela, talvez tentando falar alguma coisa, mas apenas bolhas de sangue saíram de sua boca. Ela mergulhou a espada sob o arco inchado das costelas dele, inclinando a lâmina para cima para ter certeza de perfurar o coração. Em seguida, ela se afastou, com os cabelos desgrenhados de suor, como se tivesse acabado de dar à luz.

Ela devia estar ciente da minha presença, mas não falou. Juntas, esperamos pela próxima respiração, trocando olhares especulativos conforme os segundos se arrastavam. Essa respiração nunca veio. Em vez disso, um vasto silêncio se escancarou, espalhando-se a ponto de cobrir o mundo inteiro. Até que foi rompido por uma única palavra.

— Mamãe?

A rainha olhou para a garota de cabelos escuros e vestido vermelho.

— Acabou, querida, pode dormir agora, nós duas podemos dormir...

— *Mamãe?*

Clitemnestra parecia atordoada. Depois, quando o horror completo se apoderou dela:

— *Electra?*

— O que há de errado com papai?

— Electra, o que você está fazendo aqui? Iras? Pelos deuses, onde essa mulher está?

Ela estava se debatendo, tentando esconder as feridas de Agamêmnon, tentando cobrir os seios, por fim, percebendo que nada mais poderia ser escondido, estendendo o braço para colocar as mãos vermelhas sobre os olhos de Electra. A garota recuou, mas não rápido o suficiente para impedir que marcas de dedos sangrentas manchassem seu rosto. Virando a cabeça de um lado para o outro, o olhar de Clitemnestra se fixou em mim.

— Você, sim, você. Leve minha filha embora.

Eu a ignorei. Esquivando-me de seu braço estendido, empurrei a porta, irrompendo em uma névoa de ar fumegante. A princípio não consegui ver Cassandra, porém, seguindo um rastro de manchas de sangue, encontrei-a deitada nos degraus da piscina, em parte dentro, parte fora da água. Atirei-me ao lado dela, procurei por ferimentos, encontrando um bem abaixo de suas costelas e outro, um ferimento mais leve, mais um corte do que uma facada, no baixo ventre, logo acima do osso púbico. Ela estava sangrando, esvaindo-se rapidamente, e não havia nada que eu pudesse fazer para impedir. Plumas de sangue espalhavam-se e giravam na água ao seu redor. Deslizando meu braço sob sua cabeça, segurei-a, tirando mechas de cabelo molhado de seus olhos. Agora, quando já era tarde demais, eu a amava.

Ela tentou focar no meu rosto.

— Ele está morto?

— Sim.

— *Ótimo*.

Não consegui evitar que a raiva explodisse.

— Por que você? Ela não precisava fazer isso.

— Ela precisava... temos que morrer juntos. Os deuses exigem isso.

— Então fodam-se os deuses.

Ela levou a mão ao pescoço.

— Pegue.

Eu balancei minha cabeça.

— Não, vá em frente, pegue. É dela, você sabe que é, nunca foi meu.

Seus olhos se fecharam. Achei que tinha acabado, mas ela os abriu de novo.

— Sabe que — disse ela, sorrindo — eu acho que os deuses se divertem?

Dessa vez seus olhos se enevoaram, de forma súbita, como os olhos de um pássaro quando morre. Eu nunca tinha visto outro ser humano morrer assim, nunca antes, ou desde então.

Fiquei sentada com ela por um momento, sua cabeça, agora mais pesada, ainda apoiada em meu braço. Então, estiquei o vestido dela o máximo que pude, porque sabia que as próximas pessoas que tocassem seu corpo não demonstrariam nenhum respeito, nenhuma gentileza. Gritos vieram de fora da sala, junto com o barulho de pés marchando. Tirei o colar do pescoço dela, tomando cuidado para soltar cada fio de cabelo que havia ficado preso na trava, sem puxar, sem arrancar, mesmo sabendo que ela nunca mais sentiria dor.

Depois coloquei o colar dentro da minha túnica, junto à pele, e as pedras ainda estavam quentes.

30

Imediatamente do lado de fora da porta da sala de banho, ocupando toda a largura do corredor, estava Agamêmnon, preso em uma rede tal qual um peixe monstruoso. Nenhum sinal de Clitemnestra, e alguém deve ter levado Electra embora, ou então ela teria fugido. Eu sabia que teria que me mover e me mover rápido. Mesmo no pouco tempo que estive ao lado do corpo de Agamêmnon, minhas sandálias ficaram grudadas no chão manchado de sangue e cada passo que eu dava depois disso produzia um guincho audível. Quando passei pelo rei morto, a luz da lamparina incidiu sobre seus olhos arregalados, mas ele não piscou nem virou a cabeça. Com que rapidez e facilidade um homem se torna uma coisa.

Clitemnestra estava no átrio, conversando com Egisto, e, vendo os dois juntos daquele jeito, achei que fazia sentido: essa aliança cautelosa de duas pessoas dedicadas apenas à vingança. As pessoas batiam com os punhos contra a porta trancada, mas debilmente, sem causar mais impressão do que galinhas em um galinheiro. Fiquei afastada e esperei para ver o que aconteceria em seguida. Por fim, Egisto acenou com a cabeça para seus homens, que imediatamente formaram duas fileiras que conduziam ao salão. Os convidados que partiam seriam forçados a caminhar entre essas duas fileiras de homens fortemente armados e, presume-se, seriam solicitados a jurar lealdade à rainha — aceitar qualquer história mirabolante que ela e Egisto conseguissem inventar juntos. Eu tinha certeza de que o instinto dela era gritar o que tinha feito do telhado do palácio, mas ela precisava pensar no filho, Orestes — e ele ainda estava, ao que se sabia, a caminho de casa. Nenhuma das pessoas no salão havia testemunhado nada. A grande maioria eram homens idosos, velhos demais para lutar há dez anos, quando Agamêmnon partiu para Troia. Agora, estavam confusos, desarmados, desorientados, sem liderança e muito, muito bêbados. Provavelmente a maioria juraria lealdade à rainha e ao seu filho, o herdeiro legítimo.

Assim que as portas foram abertas e a patética pequena procissão de velhos de cabelos grisalhos e confusos começou, caminhei em passo constante ao longo do átrio, mantendo-me perto da parede, e subi correndo as escadas. Dentro do quarto que eu dividia com Cassandra, parei com as costas apoiadas na porta, o som da minha respiração ofegante alimentando meu medo. *Acalme-se, respire...*

Eu tinha que encontrar o porta-joias porque teria que pagar suborno para sair daqui. Eu sabia que o tinha escondido de novo quando vim buscar o colar, mas minha mente estava tão confusa que não conseguia lembrar onde. Debaixo da cama, provavelmente, esse era o lugar óbvio — óbvio para todos os pequenos gatunos maltrapilhos do palácio, creio eu. Deitei-me no chão e mexi na poeira, perturbando várias aranhas grandes, uma das quais, uma fêmea cheia de ovos, passou por cima das costas da minha mão. Por fim, meus dedos se fecharam em volta da caixa. Não havia tempo para verificar o conteúdo agora. Eu precisava de uma muda de roupa: minha túnica estava manchada com o sangue de Cassandra onde eu havia segurado sua cabeça em meus braços. Esvaziei a sacola na cama e escolhi uma roupa discreta, simples, mas feita de tecido de boa qualidade, o tipo de roupa que a esposa de um comerciante próspero poderia usar. Despindo-me, passei-a por cima da cabeça. Meu cabelo estava espetado de sangue, mas não havia nada que eu pudesse fazer a respeito. Encontrei um véu e prendi-o no lugar, minhas mãos tremiam tanto que me espetei várias vezes antes de conseguir. Pronto. Apressada, enfiei a mão dentro do estojo de joias, selecionei um anel de ouro simples que coloquei no dedo e guardei a caixa dentro da túnica. Eu estava pronta, ou tão pronta quanto jamais estaria. *Cassandra*, eu ficava pensando, continuando a conversa que havíamos iniciado na sala de banho, aquela que havia sido encerrada com a sua morte.

Depois de vestida, olhei pela janela. O palácio era tão vasto e a vida dos escravos tão separada da vida dos seus senhores que era possível a notícia da morte de Agamêmnon ainda não ter chegado ao pátio da cozinha. Manchas de sangue seco da matança matinal zumbiam sob uma camada eriçada de moscas. Nenhuma carroça entrou enquanto eu observava; o movimento, agora, era da porta da cozinha em direção ao portão. Obviamente havia um condutor se preparando para partir e, sabendo que tinha que aproveitar a primeira oportunidade, desci correndo as escadas dos fundos tão depressa que tropecei várias vezes, cada uma das vezes esfolando as mãos ao me segurar no corrimão de corda. De alguma forma, cheguei intacta ao andar térreo e me forcei a caminhar — de novo, muito devagar — atravessando o átrio e saindo para o pátio.

Puxando o véu sobre o rosto, caminhei com confiança em direção à carroça. Meu objetivo era parecer respeitável, moderadamente abastada, mas não rica, e não tive dificuldade em fazer isso; afinal, eu estava apenas personificando a mulher que tinha sido durante a maior parte da minha vida adulta. Só que, naquela noite, as circunstâncias estavam contra mim. Mulheres prósperas e respeitáveis não perambulavam por pátios de cozinhas depois de escurecer, sem criadas e implorando por uma carona. Eu estava em terreno incerto e sabia disso.

O condutor se virou quando ouviu meus passos. Ele era um homem de meia-idade, de aparência um tanto cínica, provavelmente não avesso a conseguir um pouco de dinheiro extra — provavelmente, também, não muito meticuloso sobre como o conseguia. Ideal, para meus propósitos, mas ele não seria facilmente enganado. Eu precisava chegar ao porto, expliquei, e infelizmente precisava partir imediatamente, sendo assim, ele se importaria de me dar uma carona? Ele pareceu ficar em dúvida — estou certa de que percebeu o tom de desespero em minha voz, embora eu tenha feito o possível para escondê-lo —, porém seus olhos reluziram quando lhe ofereci o anel, nada de especial, mas ainda assim valia mais do que ele conseguiria facilmente ganhar em um ano.

Com um amplo sorriso, ele desceu do banco do condutor e me ajudou a subir na carroça. Sacos de juta, exalando um cheiro forte de raízes e terra, estavam empilhados perto do banco. Mesmo em meio aos meus medos imediatos, aquele cheiro me levou de volta ao depósito do hospital, a um semicírculo de velas dispostas em torno de um leito de juta. Ele subiu no banco do condutor, estalou as rédeas e avançamos. Colocando as duas mãos atrás de mim, preparei-me para os solavancos da carroça, enquanto minha mente se inundava como uma piscina rochosa na maré alta: a mão manchada de um velho batendo no ritmo de uma canção, galhos verdes sendo carregados pelo átrio até o corredor, e a voz do bardo, andrógina e de certa forma comovente, elevando-se acima de tudo.

Voltando ao presente, olhei para as costas do carroceiro. Ele tinha ombros enormes, o tecido do seu gibão bem esticado sobre eles. Ele só tinha visto o anel de ouro, mas era esperto o suficiente para adivinhar que eu estaria carregando outras coisas de valor. Assim que atravessássemos o portão e chegássemos à estrada estreita que levava ao porto, seria simples para ele agarrar a caixa, cortar minha garganta ou apenas me estrangular e me jogar em uma vala. Ninguém notaria que eu estava desaparecida, nem se importaria caso notasse. Portanto, comecei a conversar sobre Andreas e o *Medusa*. Ainda estava no porto? Perguntei.

Nenhuma resposta. Ele estava olhando para o portão, onde um grupo de guerreiros — homens de Egisto, não guardas do palácio — verificava as carroças à nossa frente. Cada vez que uma carroça era liberada, avançávamos mais alguns metros. Os guerreiros andavam para cima e para baixo na fila, enfiando as lanças em qualquer saco que não estivesse visivelmente vazio, sem dúvida esperando gritos de dor, embora até agora tudo o que tinham para mostrar por seus esforços fosse um par de galinhas mortas, que prontamente confiscaram. Quando um deles olhou direto para mim, compeli um sorriso, embora só Deus saiba que risada forçada e horrível produzi.

Outra carroça passou. Pelo canto do olho, percebi um movimento no topo da escadaria do palácio: Egisto, apequenado, como todo mundo, pela imensa fachada branca, descia correndo por ela. Enquanto isso, o condutor à nossa frente recebeu ordens de esvaziar suas caixas.

— O quê? Todas elas?

— Sim, todas elas! — Os guardas não deram nenhuma ajuda. Apenas observavam placidamente sua luta.

A essa altura, Egisto já estava na metade da quadra. Com a última das caixas inspecionada e liberada, o carroceiro voltou a se sentar e pegou as rédeas — e, nesse exato momento, Egisto gritou:

— Fechem os portões! Ninguém sai, ninguém entra.

— Merda — disse meu condutor.

Merda, ecoei mentalmente.

Devagar, os enormes portões começaram a se fechar, os campos iluminados pela lua e as estradas sinuosas se encolhendo até restar apenas uma fatia do mundo exterior. Depois, isso também desapareceu.

— Receio que seja isso — falou meu condutor. — Não há nada que eu possa fazer a respeito, nem hoje à noite, de qualquer forma. Esperar pra ver se abrem amanhã. Vou procurar por você. — Ele parecia preocupado. — Eu gostaria de saber o que está acontecendo.

Ele olhou para o palácio e depois para mim, como se achasse que eu pudesse saber de alguma coisa. Eu apenas balancei a cabeça. Descendo da carroça, afastei-me, desejando começar a correr, mas me forçando a caminhar como se não tivesse nenhuma preocupação no mundo. Eu tinha tirado dois sacos da carroça e, verificando se o carroceiro não estava olhando, enrolei um nos ombros e o outro, como um avental, na cintura, transformando-me em escrava de cozinha, uma lavadeira de panelas, esfregadora de chão, limpadora de sujeiras de vermes no quintal. Eu não fazia ideia de para onde estava indo, mas ouviram-se gritos vindos de dentro do palácio, seguidos do som de madeira se quebrando, portanto eu, com certeza, não iria para lá. Quando cheguei à porta do jardim de ervas, abri-a e entrei.

Fechando-a atrás de mim, virei-me e olhei para a escuridão mais profunda debaixo das árvores até que as formas das sombras começaram a mudar e a ganhar vida, como sempre fazem se você olha por tempo suficiente. Pisquei várias vezes e, quando olhei de novo, vi o jardim como de fato era: não o poço de cobras que eu imaginava, mas um lugar com caminhos estreitos de cascalho e canteiros floridos. A barra da minha roupa roçava nas plantas conforme eu caminhava, liberando uma tempestade de neve de pequenas mariposas pálidas. Ao passar pelo banco onde Macaão e eu havíamos sentado apenas algumas horas antes, perguntei-me o que teria acontecido com ele. Se houvesse alguma tentativa de resistência, ele estaria bem no meio. Armado ou não, Macaão lutaria.

Os aromas noturnos do jardim trouxeram consigo o conforto de longa familiaridade, mas, no momento em que abri a porta do galpão, um cheiro forte de raízes mofadas me agarrou. Fiquei parada na soleira e olhei em volta. Nada estava exatamente onde estava antes, e a princípio foi desorientador, até um pouco assustador, mas depois lembrei de Macaão dizendo que havia passado a tarde inteira limpando a sujeira (e, provavelmente, as marcas de mãos) de sua bancada de trabalho, e em geral organizando as coisas.

Havia uma cortina de juta na janela, então estendi a mão e puxei-a. Agora, com a luz da lua cheia entrando, senti-me confiante o bastante para caminhar até o banco dele. Havia vestígios do trabalho que estivera fazendo naquela tarde: um cheiro pungente de tomilho recém-cortado, uma jarra de vinho e, ao lado, um pote com o que parecia ser um unguento para a pele. Peguei o pilão. Normalmente o mármore parece fresco mesmo nos dias mais quentes, mas esse não estava. Ele estava fora havia horas e ainda assim o pilão estava tão quente quanto se tivesse acabado de soltá-lo.

Cassandra, morta; Macaão, possivelmente morto — então, como isso me deixava? Abalada até as raízes do meu ser, mas livre. Sem esses dois, ninguém era meu dono. *Eu* sou dona de mim agora. De repente, o espaço ao meu redor pareceu grande demais, o jardim e o pátio da cozinha iluminado pela lua, vazios e ameaçadores. A despensa, decidi. Um lugar pequeno e seguro com sacos de legumes que eu podia empilhar contra a porta. Eu poderia dormir lá. Bobagem, é claro, eu não estaria mais segura lá do que aqui, mas pensei que poderia me *sentir* mais segura; há muito a ser dito sobre aconchegar-se em um espaço pequeno, semelhante a um útero. Sacos vazios como cama, eu os tinha notado antes, embora nenhum círculo de velas reconfortantes para protegê-la. Havia velas na bancada, mas eu não tinha como acendê-las. Primeiro, levei a jarra à boca e tomei um pouco de vinho, o suficiente para enviar uma onda de falsa coragem correndo por minhas veias. E depois, bocejando, tanto de tensão quanto de cansaço, tateei até o depósito e abri a porta.

Imediatamente, sob o cheiro cru da terra, detectei um cheiro complexo e familiar — forte o suficiente para me fazer hesitar, mas depois disse a mim mesma para não ser tão estúpida. Quando entrei no cômodo, uma mão saiu de trás da porta e agarrou minha garganta. Fui puxada bruscamente para trás, enquanto a outra mão agarrava meus quadris e peito, em busca de armas. Golpeei com meu cotovelo para trás e ouvi um grunhido quando atingiu suas costelas. Soltando-me, corri para o outro cômodo, até a janela, com as mãos molhadas e os dedos pretos sob o luar. Olhando para baixo, comecei a mexer freneticamente na minha túnica, mas não conseguia ver de onde vinha o sangue.

A JORNADA PARA CASA

— Não é seu, tonta. *É meu.* — Macaão, é claro. — Sinto muito — continuou ele —, pensei que você fosse um dos homens dele. Tudo o que pude ouvir foi você sendo descuidada.

Ele estava respirando pesadamente e estava claro que sentia muita dor. Puxando-o para mais perto da janela, vi um rasgo em sua túnica com uma mancha vermelha grudada nas laterais.

— Qual é a gravidade? — perguntei.

— Grande.

Ele saberia. Com cuidado, afastei o tecido de sua pele. O ferimento era tinha quinze ou dezoito centímetros de comprimento, eu não sabia qual era a profundidade.

— Seria bom dar alguns pontos. — Sem intestino, sem agulha, sem nada. — Quer que eu tente limpar? — Mesmo isso tinha seus prós e contras. Eu estava pensando que, se perturbasse os estágios iniciais da coagulação, poderia fazer mais mal do que bem. — Preciso ver o que estou fazendo. Acho que poderia acender algumas velas com uma tocha no pátio da cozinha...

— Arriscado demais e não há tempo. Você vai ter que fazer o melhor que puder com o que temos.

Fui buscar água, panos limpos — e, revistando a despensa, encontrei um saco de sal. Peguei-me olhando para os sacos de juta empilhados contra a parede, minha memória fornecendo um círculo de velas acesas. Mergulhando a mão no pote, peguei o maior punhado que consegui e acrescentei à água. Voltando até ele, pressionei um pano limpo com força sobre o ferimento. Estávamos próximos um do outro, nos tocando, embora não nos olhássemos nos olhos. Eu estava pensando que ele não tinha feito nada que não tivesse o direito de fazer. Eu era sua escrava; ele era meu dono de corpo e alma. Eu não fiz as regras, mas ele também não. Se havia algo incomum em seu comportamento, foi o tamanho da gentileza que ele demonstrara antes daquela noite.

Levantando o pano, esperei que sangue fresco aparecesse. Estava mais lento do que antes?

Limpar a ferida foi angustiante e demorou muito. Ele grunhiu uma ou duas vezes, mas fora isso olhava para o nada.

Quando terminei, ele falou:

— Olha, só enfaixe. Preciso sair daqui.

Outra busca, desta vez por bandagens e tesouras. Ele provavelmente poderia ter me dito direto onde estavam, mas estava sentado com a cabeça baixa, lutando contra a dor. Homem corajoso, pensei, mas nunca duvidei de sua coragem. Não consegui encontrar nenhuma tesoura, então tive que me contentar com uma faca. De repente, vi o ferimento de Agamêmnon na minha frente, com a boca vermelha e aberta. Quem poderia culpar a rainha por fazer o que fez? Eu não — eu sei o que é perder uma filha. E quem me culparia se eu matasse Macaão? O que ele fez comigo naquele depósito — embora tivesse todo o direito de fazê-lo — tirou-me a dignidade e a esperança. Eu escaparia impune, eu sabia disso. Eu não tinha medo de ser descoberta. Se eu o esfaqueasse no ferimento, não haveria como dizer de que forma ele morreu — e com todo mundo sofrendo com a morte de Agamêmnon, ninguém tentaria descobrir. A questão era: eu o odiava? Eu odiava *o suficiente*? E a resposta era *sim*. Ah, eu o admirava: o trabalho árduo e incansável, o cuidado com seus pacientes, a compaixão — e ele tinha sido bondoso comigo, muito bondoso, noventa por cento do tempo. Ele me protegeu de todos, exceto de si próprio. Peguei a faca e voltei até ele, fiquei pensando: *Por que não?* Uma facada — é tudo o que seria necessário. Olhei para ele, sentado curvado em sua cadeira, e notei uma parte calva no topo de sua cabeça. Ele era tão alto que eu nunca tinha visto antes.

Uma súbita lembrança do hospital: Macaão andando de um lado para o outro, batendo o punho cerrado na palma da outra mão, enfurecido porque um garoto que havia sido ferido no ataque final a Troia morreu em decorrência dos ferimentos cinco dias depois que a cidade caiu. "De que importa?" falou, virando-se para mim como se achasse que eu poderia ter a resposta. Agora, olhando para sua cabeça baixa, eu disse:

— Acha que consegue se inclinar um pouco para a frente?

Parte de mim quer dizer que não seria capaz, mas não é verdade. Eu conseguiria fazê-lo. Muito, *muito* facilmente, eu conseguiria ter feito. Eu *escolhi* não fazer.

O que se seguiu foi um trabalho desconfortável, eu lutando para enrolar as bandagens em volta dele, ele fazendo o possível para ajudar, mas ficando rígido o tempo todo. Ele era um homem grande; a certa altura, acabei com a boca cheia de pelos do peito e cuspi. Ele estava apoiando as mãos nos meus quadris, apenas para se equilibrar, nada mais, mas senti uma onda irracional de raiva ao lembrar como ele agarrou meus quadris naquela noite. Foi um alívio, provavelmente para nós dois, quando o nó final foi dado.

— Acredito que você sabe mais do que eu — falou ele, massageando o ombro no lado machucado. — Ele *está* morto?

— Ele está morto.

— Egisto o matou?

— Não sei. Eu só vi o corpo.

Ele parecia chocado. Claro, ele perdeu um amigo próximo, um companheiro de armas — seu rei. Olhando para mim, ele disse:

— Creio que não posso tomar uma taça de vinho, não é?

— Melhor não.

Ele tinha a aparência arrasada de alguém que viu todo o seu mundo desabar. Bem, eu estava muito familiarizada com esse sentimento. Examinei as bandagens em busca de sinais de sangramento recente, mas não consegui ver nenhuma. Não adiantava pedir a opinião dele: estava tão enrijecido que, mesmo com o braço levantado, não conseguia se virar o suficiente para ver a lateral do próprio corpo. Eu estava tentando pensar no que mais poderia fazer para melhorar suas chances. Talvez as bandagens pudessem ser amarradas mais apertadas? Cortei a bainha de sua túnica, rasguei uma tira longa e circular e usei-a para amarrar seu peito. Há algo de estimulante no som de pano rasgando, um pouco vergonhoso também — ou pelo menos naquele momento eu senti que havia.

— O que você vai fazer? — perguntei.

— Ora, o quer dizer? Fugir!

— Os portões estão fechados.

— Vou pular o muro dos fundos. Conheço o terreno, cresci aqui, consigo encontrar o caminho no escuro. Não chegarei perto das estradas.

Por um momento insano, pensei que poderia fazer isso, mas uma mulher viajando sozinha em um país estranho, à noite, com sotaque troiano? Eu teria "escrava fugida" escrito na minha testa, e qualquer um pode fazer o que quiser com escravos fugidos.

— Vou para a casa do meu pai... se for seguro, é claro. Não vou arriscar levá-los até ele. E depois disso, não sei. Encontrar a resistência, suponho. Haverá uma. Ele não vai se safar, haverá muitas pessoas dispostas a lutar...

— E eles vão precisar de um curandeiro.

Ele riu, apenas para estremecer e agarrar o lado do corpo.

— Sim, de volta ao trabalho, receio.

Um fio de sangue apareceu agora. Empurrando-o com força para trás na cadeira, apoiei todo o peso do meu corpo sobre o ferimento. Quando recuei, o sangramento parecia ter parado de novo. Eu o observei.

— Você não pode ir assim. — Seu manto estava rasgado e ensanguentado, o que por si só já era motivo de suspeita se ele fosse pego antes de chegar à casa do pai. Peguei um saco no depósito, cortei abertura para a cabeça e os braços e ajudei-o a vesti-lo. — Pronto — falei. — Você pode se passar por um trabalhador rural, desde que mantenha a boca fechada. — Molhei um pano e limpei o sangue do rosto dele. — Vai precisar de uma faca.

— Eu tenho minha espada.

— Não pode comer com ela. Aqui, pegue isto. — Entreguei-lhe a faca. — Há muitas outras.

Na porta, ele falou:

— Leve a pomada para Electra. Se puder fazer alguma coisa para ajudá-la, você estará segura. Sabe, se você for inteligente, se jogar direito, há um lugar para você aqui.

Com a dor que ele estava sentindo, era admirável que ele pensasse sobre minha segurança. Observei-o sair mancando, sua sombra por um momento longa e escura atravessando o caminho iluminado pela lua. De repente, não aguentei me separar dele e corri atrás.

Ele se virou para mim.

— Cassandra também está morta?

— Sim.

— Por que ele a mataria?

Caminhamos juntos até o portão. Ele o abriu, passou e, num piscar de olhos, desapareceu.

Voltando ao depósito, enrolei-me nos sacos e tentei não me importar quando insetos invisíveis passavam pelas minhas pernas nuas. Aranhas, provavelmente, ou tatus-bola trazidos com o solo que estariam agarrados às raízes e tubérculos. Bichos-de-conta, como costumávamos chamá-los, quando eu era pequena. Adormecendo, fui surpreendida por um grande estrondo, muito próximo, a apenas alguns metros de minha cama improvisada. Esforcei-me para me sentar, mas não havia nada ali que explicasse isso. O barulho estava na minha cabeça. Com medo, esperei por uma repetição, mas ela nunca aconteceu e aos poucos voltei a me acalmar. Eu ansiava por dormir, mas estava irremediavelmente acordada. Pensei no ferimento de Macaão e perguntei-me quais seriam as chances de ele chegar à fazenda do pai. Cinquenta por cento? Eu não podia esperar mais que isso. Lembrei-me do ferimento na barriga de Cassandra, tão claramente dirigido ao seu filho ainda não nascido. Isto era bizarro sobre aquele ferimento: que a rainha tivesse se dado ao trabalho de fazê-lo — e deixado Agamêmnon escapar da sala de banho, em vez de acabar com ele enquanto tinha a oportunidade. Tudo sugeria uma mulher se debatendo, fora de controle — e isso me assustava.

E, então, na escuridão, senti Cassandra ao meu lado.

— Está tudo bem — declarou ela.

— Tudo bem para *você*. Você conseguiu o que queria.

— Sim, eu consegui, não foi? — Uma leve risada. Ela pousou a mão delgada e fria na lateral do meu rosto. — Durma agora.

31

Deitada na cama, com a luz do sol filtrada pelas persianas, ela pensa: *Nada mudou. Nada mudou. Exceto que agora ele está...*

A próxima palavra lhe escapa. Ela sabe perfeitamente qual é, mas não consegue dizer nem pensar. O que é uma pena, porque *é* um fato, e fatos são tudo o que ela tem. O fato é que Agamêmnon está deitado em um pequeno pátio adjacente ao salão de jantar, completamente nu e olhando direto para o sol. Nu, porque ela não deixa ninguém o cobrir; olhando, porque ela não deixa ninguém fechar os seus olhos. A rede de pesca sumiu, a roupa de linho sumiu, porque, tal qual diz Egisto, como diabos vai explicar essas mangas? Mas até agora ela se recusa a permitir que o corpo dele seja movido — ou o de Cassandra, que está deitada ao lado dele, também nua, com o olhar vago voltado para o espaço. Ela não se importa com a garota — podem movê-la a qualquer momento —, mas quer Agamêmnon exatamente como ele está, com aquele cheiro adocicado e rançoso saindo de sua pele inchada.

A vingança deveria terminar com a morte ou, pelo menos, é o que dizem. Mas por que deveria, quando o luto não termina com a morte? Anos atrás, ajoelhada ao lado da filha, ela afastou os cachos de cabelo escuro dos olhos dela e o movimento perturbou as moscas, que se ergueram em uma nuvem negra, raivosa e vibrante. Apoiando a cabeça mole de Ifigênia no braço, ela tentou afastá-las, mas não conseguiu; elas ficaram ainda mais irritadas, ainda mais persistentes, com suas cabecinhas esmeraldas cintilando ao sol.

— Temos que cobri-la — disse uma das criadas, e Clitemnestra tirou a túnica e envolveu Ifigênia com ela. Não importava que estivesse nua, porque não havia mais nenhum homem na praia, exceto um sacerdote, e ele virou a cabeça. Juntas, ela e suas mulheres prenderam dobras de pano em volta da cabeça e dos pés de Ifigênia, para que as moscas não pudessem alcançá-la.

Clitemnestra disse, para ninguém em particular:

— Ele nem parou para enterrá-la.

— Ele não podia — declarou o sacerdote. — No minuto em que o vento mudou, os homens correram para os navios. Ele não podia ficar aqui. Ele tem que estar à frente da frota.

Lá embaixo, no pátio, ela para, olhando o que sobrou do marido. *É claro que você tinha que estar à frente da frota,* ela pensa ou diz. Ela nem sempre sabe quando está expressando seus pensamentos em voz alta. *Você não podia deixar ninguém ser o primeiro, não é?* Seus olhos percorrem o corpo dele, do topo da cabeça até os pés. Pelos como hera agarrados às coxas. Uma floresta em sua virilha. Ela poderia cortar o pau dele se quisesse. Não há ninguém para impedi-la. Enfiar na boca dele. Aparentemente, essa foi uma mutilação bastante comum no campo de batalha em Troia; sem dúvida, com o incentivo de Agamêmnon, ou pelo menos com a aprovação tácita. Não adiantava dizer a *ele* que a vingança deve terminar com a morte, não quando havia uma maneira tão deliciosamente fácil de fazer seu inimigo parecer ridículo — e muito, *muito* morto.

Uma sombra aparece ao lado dela na pedra branca e a voz de Egisto interrompe seus pensamentos.

— Você não pode deixá-lo aqui assim.

— Quem vai me impedir?

— Pelos deuses, mulher, seu filho está voltando para casa. O que ele vai pensar disso?

— Ele não virá agora.

— Por que não? O pai dele foi assassinado; sim, é uma tragédia, é um desastre, mas pegamos os assassinos, eles foram executados, tudo está sob controle. O que o impede de voltar para casa?

— Você realmente acha que alguém acredita nisso?

— Ninguém viu você matá-lo, exceto ela. — Ele apontou a cabeça para o corpo de Cassandra. — E ela está morta.

Não é verdade. Aquela mulher, Ritsa, aquela que trabalhava com Macaão, ela a viu. Mas isso realmente importa? Ela é uma escrava; mesmo que fale, ninguém vai dar ouvidos a ela, ninguém de importância, pelo menos. Cassandra, sim, isso poderia ter sido um problema; embora Cassandra não a tivesse traído. Ela o queria morto. E Ritsa? Bem, ela é uma troiana, provavelmente, ela também o queria morto. Se ela contar a Egisto que Ritsa a viu desferir o golpe final, ele a matará. Sem hesitar, nem por um segundo. Mas não é necessário, e, mais importante, não cabe a ele tomar decisões. Electra é mais preocupante, embora ela não o tenha visto morrer, graças a Deus. Ela entrou em cena alguns minutos tarde demais para isso. Ninguém mais poderia ter visto nada, essa era a beleza daquele corredor, era possível passar pelo fim dele e, a menos que se olhasse naquela direção, não ver nada. E estava escuro.

— E a garota?

Egisto, invadindo seus pensamentos.

— Cassandra? O que tem ela?

— Apenas o fato de que ela precisa ser enterrada! Eles não vão durar muito...

*

— ...neste calor.

Ela está na praia de Áulis, onde as palavras não fazem mais sentido.

— *Você tem que enterrá-la.*

— *Não, vou levá-la para casa.*

Ela se ouve dizer isso, percebe, de forma calma e distanciada, que sua voz soa diferente. Parece ter desenvolvido seu próprio eco embutido, as palavras ricocheteando dentro de seu crânio. Um entorpecimento está começando a surgir na superfície de sua pele, mas trazendo consigo uma clareza mental surpreendente. Tudo o que ela vê está mais claro, mais brilhante e mais distinto do que nunca. Atrás da cabeça de Ifigênia há uma joaninha em uma folha e ela sabe — não acredita, sabe — que aquela joaninha estará com ela para sempre. O sol sempre brilhará em seus fragmentos vermelhos e eles nunca se separarão para revelar as asas negras que estão por baixo. Ela nunca sairá daquela folha, nunca voará para casa, não importa quantas vezes lhe seja dito que sua casa está pegando fogo e que seus filhos morreram.

— *Vamos precisar de uma carroça* — *diz ela, surpresa com a praticidade em sua voz.* — *E de algo mais grosso para envolvê-la.* — *Ela dá um tapinha na túnica.* — *Isso não vai mantê-las afastadas.*

Nada as manteve afastadas.

⁓

A mão de Egisto, segurando o braço dela.

— Você não pode simplesmente deixar as coisas assim. Ou começa a dar ordens, ou eu dou.

Ela olha para os dedos dele e lentamente solta o braço. Ele recua no mesmo instante, mas ela pode vê-lo a observando. Ele a odeia, porque ela matou Agamêmnon, quando essa morte pertencia a ele por direito. Sem dúvida ele se sente emasculado ou algo igualmente ridículo — e talvez ela devesse estar preocupada com isso ou com medo, embora o medo pareça ser uma das emoções que ela perdeu. Ele *é* perigoso. E seu desejo de vingança não vai parar com a morte de Agamêmnon, principalmente porque a satisfação de matá-lo lhe foi negada. No entanto, o que poderia satisfazê-lo? Nada. A fome de retribuição não pode ser saciada; um episódio de derramamento de sangue apenas fornece a justificativa para o próximo. E o próximo.

Matar Orestes, casar com Electra, tomar o trono: seria até mesmo isso suficiente...?

— Deixe-me — diz ela, e vê no rosto dele que está tentado a desobedecer, mas então, abruptamente, ele se vira e vai embora.

Mas ele está certo sobre uma coisa: ela terá que mover os corpos, dar-lhes algum tipo de enterro; obviamente, nada formal, nada público. Ela dirá às pessoas que o rei foi enterrado à noite no mausoléu da família, com toda a reverência e cerimônia devidas, porém, dada a crise em curso, de forma rápida e discreta. Provavelmente as pessoas aceitarão isso; e, para ser honesta, quem vai entrar nas catacumbas com um pé de cabra para investigar?

Uma última olhada antes de deixá-los ir. Cassandra primeiro, porque ela está perplexa e magoada com aquela morte. Nunca planejou que ela morresse. Também não queria que ela ficasse pelo palácio, veja bem, mas isso não precisava ser um problema; ela poderia ter sido enviada para um templo no fim do mundo, onde ninguém jamais teria ouvido falar dela de novo. Mas olhando para aquele corpo esguio e branco, só a verdade servia. Eu a odiei, no final. Parada ao lado da piscina, observando aquele bode velho e fedorento grunhir e suar até o clímax, ela sentiu a dor de ser descartada. Embora a ideia de tê-lo dentro de si a deixasse enojada, ainda a irritava ser tão desdenhosamente posta de lado. E essa raiva, esse ciúme, corrompeu tudo. Matar Agamêmnon sempre havia sido uma questão de justiça para com Ifigênia: nem sequer vingança — justiça. E bem no final, ter aquela pureza de intenção contaminada pela imundície deles... Porque lá estavam eles, os dois, a boca de Cassandra aberta para mostrar todos os seus dentinhos pontiagudos, sem sequer tentar se afastar, enquanto ele apalpava sua virilha.

Não, ela não suporta olhar para Cassandra, que a feriu de formas que ela não consegue explicar.

Agamêmnon, então. Olhe para ele. A densidade dele, a espessura, a largura, o peso... Nenhuma das palavras é exatamente a que ela deseja. Opacidade? Essa é a que continua recorrente, embora não faça sentido; não é como se ele fosse translúcido em vida. Pelo canto do olho, ela vê Egisto, pairando, esperando que ela tome a decisão, dê a ordem. Deliberadamente, ela vira as costas para ele. À medida que o sol sobe mais alto, o zumbido fica mais alto. Moscas, centenas delas, ziguezagueando embriagadas de um lugar para outro. Uma pousa no rosto de Agamêmnon e começa a explorar as cavernas escuras de suas narinas – um lugar favorito para pôr ovos, como ela se lembra muito bem. Outra mosca rasteja em seu olho aberto. Ela espera que ele pisque ou vire a cabeça, mas ele não o faz, é claro que não, ele não pode, porque ele está...

E de repente, a palavra que ela lutou para usar durante toda a manhã é dela novamente. Morto. Porque ele está morto.

— Muito bem — diz ela, virando-se para Egisto. — Pode levá-los embora agora.

32

Não foi a fome que me tirou da oficina de Macaão na noite seguinte, mas sim a necessidade de saber onde Cassandra havia sido enterrada, *se* ela havia sido enterrada. Era igualmente provável que ela tivesse sido jogada fora junto com o lixo.

Esperei o dia todo em uma agonia de indecisão, incapaz até mesmo de responder à simples pergunta de quão assustada eu precisava estar. Minha mente era um redemoinho de incertezas, de medo e mais que medo. Às vezes, estava mais perto do pânico. Entretanto, isso tinha começado, não com as mortes de Agamêmnon e Cassandra, mas antes disso, quando abri uma porta no corredor superior e fiquei cara a cara com as crianças. Com o seu ódio, o seu fracasso em fazer qualquer distinção entre homem e mulher, troiano ou grego, porque culpavam todo o mundo adulto por tê-las traído. Tudo o que me aconteceu desde então apenas se soma ao horror daquele encontro. Sendo assim, quando tentei lidar com a realidade da minha situação, achei muito difícil saber em quais impressões poderia confiar.

Obviamente, eu retornava sempre àquele momento no corredor em que vi Clitemnestra inclinar a espada para desferir o golpe fatal. Estávamos sozinhas; ninguém mais poderia ter visto o que havia acontecido. Electra chegou minutos depois; suponho que seja possível que ela tivesse visto alguma coisa. Ninguém mais. Então, sobrava a rainha. Não achei que ela teria medo de mim; ninguém realmente se importa com o que um escravo vê — o sistema seria impraticável caso se importassem. Ela falaria de mim para Egisto? Caso falasse, ele poderia muito bem se garantir e decidir me remover, e ele faria isso, sem mais escrúpulos do que um homem pisando em uma barata. Mas ela contaria a ele? Eu não fazia ideia.

Contudo, a minha necessidade de saber o que aconteceu com Cassandra permanecia. Assim, quando as sombras começaram a aumentar, enchi um jarro com água da chuva retirada do barril e parti para o palácio. Eu estava me sentindo mais corajosa do que antes porque consegui tirar uma soneca e comer alguma coisa, mesmo que fossem apenas algumas peras maduras demais.

Por trás de um dos pilares, espiei o átrio. Silencioso, surpreendentemente silencioso. Segurando a jarra na minha frente — é surpreendente como poucas pessoas questionam sua presença se você estiver carregando alguma coisa —, entrei no refeitório. Escravos tinham sido postos para trabalhar, limpando a bagunça, embora o trabalho estivesse longe de estar concluído. Ainda havia poças vermelhas no chão, sangue ou vinho? Havia tantos pedaços de pão encharcado e rosado ilhados no derramamento que tendi a pensar em vinho. Mais perto da mesa alta, no outro extremo do salão, onde móveis destruídos haviam sido usados para construir uma barricada, eu tinha menos certeza. Alguns dos combatentes, jovens que retornaram de Troia, tomaram posição aqui. Egisto certamente não teve uma vitória sem derramamento de sangue.

Na mesa ao meu lado, um pão havia sobrevivido misteriosamente à confusão, então o peguei, junto com uma jarra de vinho pela metade. Várias outras jarras ainda tinham um pouco de vinho; então, acrescentei-as e depois, largando a jarra de água que tinha trazido comigo, procurei por qualquer outra coisa que pudesse levar. Encostada a um dos bancos havia uma bengala cujo dono a abandonara, sem dúvida perdendo décadas em seu desespero para escapar. Peguei a bengala também, sem saber por que, e alguns lugares adiante encontrei uma travessa com fatias de carne! Um pouco coriáceas nas bordas, mas perfeitamente comestíveis — e sem dúvidas melhor do que peras velhas. Enfiei a comida dentro da minha túnica e me aventurei mais pelo salão. Caminhei até onde o bardo tinha ficado com as costas apoiadas em um pilar e vi uma lira solitária abandonada em uma cadeira.

Ainda segurando a jarra, saí do salão e subi as escadas até o corredor principal, onde uma dúzia de escravos estavam envolvidos no que parecia ser uma limpeza de rotina. Nenhum deles sequer olhou para mim. Todos estavam trabalhando arduamente — *ocupados, ocupados, ocupados* —, e levei um minuto inteiro para perceber como tudo estava peculiar. Uma empregada sacudia repetidamente um espanador nas teias de aranha que enfeitavam um canto do teto; não parecia incomodá-la nem um pouco que o espanador nunca chegasse perto das teias. Outra mulher, de joelhos, esfregava um pano úmido no chão enlameado. Muitos pés de homens deviam ter passado por aqui recentemente, dava para ver suas pegadas, e os azulejos com certeza precisavam de uma boa limpeza, mas ela só tinha o pano sujo, nenhum balde de água para enxaguá-lo, portanto estava apenas espalhando sujeira de um lado ao outro do corredor. A minha impressão mais forte — e a minha lembrança permanente daquela noite — foi a de um elaborado fingimento de normalidade que não convencia ninguém. Era só arranhar um centímetro abaixo da superfície e nada faria sentido. Não teria me surpreendido se a escada que saía deste corredor terminasse no ar.

Um ruído de pés marchando e ali, vindo em nossa direção, estava um esquadrão dos homens de Egisto. *Eles* não estavam fingindo estar ocupados; eles tinham um trabalho de verdade: incutir medo em todos que cruzassem seu caminho. A faxineira saiu do caminho deles. Encostei-me na parede, sentindo o cheiro de suor e do couro quente de suas roupas conforme passavam. Em um minuto, desapareceram, deixando-nos congelados ao seu rastro, tão imóveis como pessoas pintadas em um friso.

Alguém tocou meu braço. Virando-me, vi uma mulher que conhecia de Lirnesso, Charis — era esse o nome dela? —, ela estava na fila do pão naquela manhã quando soubemos da morte de Ifigênia. Na manhã em que o medo começou. A princípio, embora ela tenha me segurado, ela não falou, apenas ficou ali parada, passando a língua pela parte interna do lábio inferior, como se tentasse localizar uma afta.

— Bem — falou, finalmente. — Já estava demorando. Talvez se aquiete um pouco agora.

Percebi que ela se referia ao palácio, embora não parecesse quieta para mim. Atordoada, sim; porém, não quieta.

— Soube que ela o enterrou?

— O rei?

— Aposto que não consegue adivinhar onde? Aquele trecho de terreno baldio do lado de fora do muro. Em frente à escadaria, sabe, onde se desce?

Isso foi desnecessariamente detalhado, quase como se ela estivesse me dando instruções.

— Sabe se Cassandra também está enterrada lá?

— Sim, mesmo túmulo, se é que se pode chamar de túmulo. Está mais para o mesmo buraco no chão. A filha de Príamo... sem uma oração feita por ela. Poderia muito bem tê-la jogado no lixo.

Agora eu sabia o que tinha que fazer. Mesmo que o portão fosse aberto esta noite, eu ainda não poderia sair.

De volta ao barracão, descansei por um momento, preparando-me para os riscos que estava prestes a correr, depois juntei pão, vinho e ervas — ah, e a bengala, para espantar os homens de Egisto. Sim, eu sei, eu *sei* — mas fez com que eu me sentisse um pouco melhor. Esperei pela escuridão, que desceu rapidamente, o sol escaldante extinguindo-se abruptamente, como alguém jogando água no fogo. Até imaginei que podia sentir o cheiro azedo e de cinzas que isso deixa para trás. Alguns tufos de nuvens do pôr-do-sol permaneciam, mas não o suficiente para obscurecer a lua, que se erguia alta e magnífica acima das árvores mais altas. Eu escutei. Todos os jardins de ervas que conheço são frequentados à noite por pessoas que perseguem desejos ilícitos sob o manto da escuridão. O jardim de ervas de Troia era notório. Mas pensei que, com alguma sorte, a incerteza e o medo contínuos manteriam as pessoas nas suas próprias camas esta noite, e assim se provou ser. Esperei em silêncio, mas nada se movia exceto o farfalhar de pequenas criaturas na grama.

Quando julguei que já era tarde o bastante para que o pátio da cozinha estivesse vazio, peguei o pão e o vinho, puxei o véu bem para a frente e deixei a segurança do jardim. Sempre havia a possibilidade de guardas terem sido posicionados no túmulo para prender qualquer pessoa imprudente o suficiente para prestar homenagem a Agamêmnon. Porque a essa altura o paradeiro de seu túmulo seria conhecido. Se Charis sabia, então todos os escravos sabiam, e seus senhores também. Não se pode guardar segredos em um palácio.

Chegando ao topo da escada, espiei as sombras abaixo. Com cuidado, porque os degraus eram traiçoeiros devido ao musgo úmido, desci devagar, cheguei lá embaixo com segurança e me pressionei contra a parede. À minha direita, havia dois montes longos e baixos, possivelmente uma vala comum para vítimas da peste. A maior parte das cidades da Grécia as tem devido à tragédia de vinte anos atrás. Bem à minha frente, no topo da colina, havia um círculo de cinzas brancas onde devia estar a fogueira de vigia. Um riacho, margeado por samambaias altas, descia a colina, borbulhando e gorgolejando em seu leito pedregoso antes de se espalhar para criar uma área de terreno pantanoso.

Bem em frente, exatamente como Charis havia dito, havia um monte de terra revirada: argila vermelha e crua, sem nenhuma tentativa de criar uma superfície lisa, torrões apenas empilhados e espalhados por toda parte. Um trabalho malfeito, às pressas. Será que ao menos cavaram fundo o bastante? Teria sido um trabalho árduo cavar neste solo encharcado; talvez não tivessem se preocupado em dar aos mortos uma cobertura mais do que adequada. Sentindo-me desconfortavelmente exposta, avancei, ajoelhei-me no chão lamacento e comecei a recitar as orações pelos mortos. Como todas as outras mulheres da minha idade, eu as conhecia de cor, por isso fui capaz de dizê-las, prestando o mínimo de atenção às palavras. Uma pequena parte de mim queria rir. *Descanso eterno?* Sem chance. *Paz?* Não durante a minha vida. *Luz perpétua?* Já há luz maldita demais — eu estava rezando para a lua sumir.

Dessa forma, consegui terminar o rito, embora não possa afirmar ter sentido nenhuma emoção mais devota do que o medo. Não tenho certeza se senti tristeza, não de verdade, não naquele momento. O amor perfeito expulsa o medo. Hum. O medo perfeito também é bastante poderoso. Meus pensamentos, meu humor mudavam de minuto a minuto. Na maioria das vezes, eu apenas sentia raiva. Dos deuses, sim, óbvio, mas principalmente de Cassandra, que eu ainda achava que poderia ter sobrevivido caso quisesse. Talvez não fosse verdade; talvez ela estivesse condenada a partir do momento em que Agamêmnon disse querer que ela tomasse banho com ele. Mas não, ela queria morrer; ela escolheu a morte e conseguiu o que queria.

O frio estava subindo pelos meus joelhos; meus quadris estavam começando a doer. Achei melhor me levantar enquanto ainda podia. Eu estava quase, embora precariamente, de pé quando ouvi passos e me virei para ver uma figura vestida de preto, descendo os degraus. A minha nuca se arrepiou, mas então algo na posição dos ombros disse: *Electra*. Ela veio em minha direção, afastando o véu. Pela primeira vez eu a vi como ela realmente era — não a criança falsa que eu tinha visto beliscando a pele flácida dos braços da mãe, mas uma menina à beira da idade adulta.

Baixando o olhar, vi que ela carregava uma bandeja de prata com jarras de azeite e vinho.

— Vai me mostrar o que fazer?

De jeito nenhum eu poderia recusar tal pedido; portanto, juntas, preparamos a libação e em seguida ela se ajoelhou e derramou-a no túmulo do pai. Fiquei me perguntando quem teria dito a ela onde encontrar o túmulo do pai e quantas pessoas sabiam que ele estava aqui, porque de fato era uma loucura dar-lhe esse enterro desonroso. A vingança o perseguindo até o túmulo. Rezei as orações de libação mais uma vez, embora com ainda menos convicção do que antes, porque notei um movimento no topo da colina. Alguém tinha emergido das sombras e estava dentro do círculo de cinzas brancas. Quando olhei de novo, segundos depois, ele havia sumido. Enquanto isso, Electra, ainda ajoelhada ao pé da sepultura, chorava. Lembrei-me de Clitemnestra dizendo: *Ela poderia passar pelo pai na rua, não o reconheceria.* Devo dizer que, naquele momento, partilhei um pouco da irritação de sua mãe, mas seja por quem fosse que Electra estava a sofrendo — e poderia muito bem ter sido por ela própria — sua dor era inegavelmente real.

Outro movimento na colina. Com cautela, para não atrair a atenção de Electra, olhei com mais atenção. Ele era uma mancha de sombra contra as cinzas brancas, embora houvesse luz suficiente para ver que tinha ombros largos, quadris estreitos, movia-se depressa — tudo em seu corpo sugeria um homem jovem e vigoroso. Electra não o tinha visto — sua cabeça estava inclinada em oração —, mas nesse momento ela olhou para o alto da colina, e percebi que ela sabia que ele estava lá, ela sabia o tempo todo.

O irmão dela? Ou alguém que ela conhecia e em quem confiava? Muito mais provavelmente era um dos homens de Egisto e, nesse caso, estávamos em sérios apuros.

— Vamos — chamei, agarrando o braço dela. — Temos que ir.

Eu podia ouvir a capa dele farfalhando entre as samambaias, conforme ele descia a colina correndo. Minutos depois, lá estava ele, enterrado até os tornozelos no chão pantanoso, me ignorando, olhando para ela. Ela se levantou e por um tempo eles apenas se encararam, sem sequer dar um passo à frente. Ao olhar de um rosto para o outro, pude ver que eram irmão e irmã. Algo nos olhos, até nas sobrancelhas... Este deveria ter sido um momento comovente, dois filhos do mesmo pai, unidos na dor.

A JORNADA PARA CASA

Ele estendeu os braços; ela correu até ele e levantou a boca para a dele. Nada poderia ter me preparado para a sexualidade nua daquele beijo. Foi chocante, e não apenas por causa de sua paixão desenfreada, mas porque havia algo de predatório nele. A maneira como ele fechou os braços ao redor dela e grudou os lábios nos dela me lembrou um falcão cobrindo sua presa.

Depois de algum tempo, ele ergueu a cabeça, e os dois começaram a sussurrar juntos, Electra ainda presa no círculo de seus braços. Por fim, ele a soltou e se ajoelhou diante do túmulo, onde ela imediatamente se juntou a ele. Não se falava agora de paz, nem de orações por descanso eterno: rezavam por guerra, por vingança contra os assassinos do pai, incitando Agamêmnon a levantar-se da sepultura e juntar-se a eles em sua missão sagrada.

Quando terminaram, Orestes se levantou e agarrou Electra pelos braços magros.

— Ela tem que morrer... você sabe disso, não é?

— Sim.

Consentir, tão prontamente, tão facilmente, com a morte da mãe. Eu estava olhando para o rosto dela enquanto ela falava, e juro pelos deuses que vi as marcas das garras das Fúrias em sua pele.

— Electra — chamei —, você deveria voltar para o palácio agora.

Orestes virou-se para olhar para mim. Até aquele momento, ele tinha me ignorado, presumindo, suponho, que eu fosse apenas uma das criadas de sua irmã.

— Quem é?

— Ela é boa.

Ele pareceu aceitar isso.

— Tenho que ir de qualquer maneira. — De novo, aquele movimento predatório de sua cabeça enquanto sua boca se fixava na dela. Desta vez, desviei o olhar.

Ela ficou parada no topo da escada e observou até que ele desaparecesse de vista; depois, juntas, seguimos até a entrada principal.

— Iras sabia para onde você estava indo?

— Acho que não. Não sei.

Achei que Iras provavelmente sabia muito mais do que lhe convinha falar. Nós a encontramos esperando do lado de fora do quarto de Electra.

— Tem água morna — informou ela. — Você pode tomar um banho.

Electra sorriu e assentiu. Pelas costas de Iras, ela disse sem fazer som: *Obrigada,* e fechou a porta, deixando nós duas cara a cara.

— Ela é muito próxima do irmão, não é?

— Ah, sim, muito próxima. — Ela fazia com que tudo parecesse tão aconchegante. — Ela ficou em um estado terrível quando ele foi embora. Quer dizer, ela sempre sofreu com a pele, mas nada igual. Foi uma verdadeira crise. — Ela lançou um olhar para o corredor. — Quando eles eram pequenos, ele dormia ali mesmo, mas nunca dava para mantê-lo na cama dele, estava sempre se esgueirando pelo telhado e indo para a cama dela.

Lembrei-me da altura, imaginei um menino fazendo aquela travessia perigosa no escuro.

— Eu costumava vir e encontrá-los dormindo nos braços um do outro. — Talvez ela tenha percebido minha expressão. — Nada de errado nisso, eles eram apenas crianças.

Até que não eram.

Não havia nada que eu pudesse fazer para ajudar ninguém aqui. Ao sair, toquei no braço de Iras, porque, afinal, nada disso era culpa dela. Caminhei depressa, de cabeça baixa, com a intenção de voltar ao meu refúgio no jardim de ervas. Eu precisava de tempo para pensar, mas toda vez que dizia isso a mim mesma, meus pensamentos sumiam imediatamente, como peixes quando se atira uma pedra em um rio. Suponho que estivesse em choque, mas todos estavam, talvez até a rainha. Quase como se meus pensamentos a tivessem invocado, vi Clitemnestra subindo as escadas em minha direção. Achatando-me contra a parede, olhei para o chão como os escravos são treinados para fazer, na esperança, na expectativa de que ela me ignorasse, mas em vez disso ela parou. Eu podia ouvir sua respiração.

— Você foi ver Electra?

— Sim, pensei em dar uma olhada nela.

— E?

— Ela parece mais calma. Mais velha.

Uma risada quase risonha.

— Ah, acho que todos nos sentimos assim.

Conversamos sobre a pele de Electra, as diversas pomadas e banhos de ervas e outros tratamentos que poderíamos tentar. Besteira, basicamente, porque nós duas sabíamos o que afligia Electra. Os olhos de Clitemnestra nunca deixaram meu rosto. Eu estava preparada para ela mencionar a última vez que nos encontramos, quando a vi matar o rei, mas ela não fez nenhuma referência a isso. Claro, ela era astuta o suficiente para saber que não precisava fazer isso. Estava ali, entre nós, imóvel como uma pedra. Ela ia ter que dizer alguma coisa, entretanto.

Por fim, olhando bem nos meus olhos, ela falou:

— Sei que você perdeu sua senhora e... e sinto muito por isso. Mas há um lugar aqui para você, caso queira. Minha filha precisa de uma curandeira e, acho que ainda mais do que isso, ela provavelmente precisa de uma amiga. Preciso de alguém para... para me manter informada. Iras não serve.

O olhar dela havia se tornado, se é que era possível, ainda mais intenso. Ela estava me deixando desconfortável, mas me forcei a sustentar seu olhar.

— Sou muito leal às pessoas que me servem. Contanto que sejam leais a mim.

Ela estava me oferecendo um acordo que eu não poderia recusar facilmente.

— Seria um privilégio.

— Certo, está decidido então. — Ela assentiu, de forma bastante agradável, e seguiu em frente. Continuei descendo, aparentemente calma, contorcendo-me por dentro. Clitemnestra parecia ter total controle de si mesma e da situação, mas em minha mente uma boca vermelha se abriu. Quero dizer o ferimento no baixo ventre de Cassandra. Não a teria matado, era pouco mais que um golpe. Mas ainda assim, lá estava, e me falava de uma perda total de controle. Ah, tenho certeza de que Clitemnestra acreditava que só queria justiça para Ifigênia e de que outra forma poderia consegui-la quando Agamêmnon era juiz e júri na própria causa? No entanto, em certo momento, a busca por justiça caiu em um pântano de ódio e vingança. Estava tudo lá na segunda ferida.

Ela não era confiável. E não, não quero dizer que não podia confiar nela para lidar comigo de maneira justa, quero dizer que não se podia confiar nela para agir de forma previsível e racional para seu próprio bem. Quem decidiu enterrar Agamêmnon naquele terreno baldio estava louco. Tinha que estar — e sim, provavelmente tinha sido Egisto, mas ela permitira que ele o fizesse. Alguém os teria visto cavando a cova e adivinhado para quem era, porque os palácios são assim. Aconteça o que aconteça, alguém sempre vê.

Foi um alívio estar do lado de fora, olhar para a lua, tentar detectar naquele disco perfeito os primeiros sinais de declínio — embora as crianças estivessem sempre lá, não importava a fase de seu ciclo em que a lua se encontrasse. Desde o início, isso tinha sido relacionado a crianças: as crianças que Atreu serviu ao pai, os meninos massacrados em Troia, o bebê no ventre de Cassandra, e agora, por fim, talvez — mas nada era definitivo neste ciclo interminável — os filhos de Clitemnestra e Agamêmnon, concordando que a mãe devia morrer. A lua estava alta e cheia quando eu atravessei o Pátio do Leão, fechando os ouvidos e a mente para as vozes estridentes das crianças cantando.

Deitada em sacos na despensa, tentei dormir, mas quando fechei os olhos, vi Orestes ajoelhado junto ao túmulo de Agamêmnon, comprometendo-se a vingar a morte do pai. Sem escolha, sem esperança, as Fúrias iriam atormentá-lo até que ele matasse a mãe, e depois o levariam ao limite da loucura *porque* ele a matou. E, assim, de geração em geração, a roda gira.

À beira do sono, vi pássaros pretos, centenas deles, girando e girando em um céu branco antes de descer em espiral até seu poleiro. Uma visão reconfortante, mas então, antes de ver qualquer outra coisa, ouvi o raspar de garras nas telhas — e ali estavam elas, as Fúrias, pousando no telhado do palácio. Desamparada, observei, enquanto elas uniam garra com garra, mão com mão, movendo seus pés amarelos e rachados em uma dança antiga e interminável. Elas não tinham olhos, ou nenhum que eu pudesse ver, mas não precisam de olhos, elas conseguem farejar seu caminho de um derramamento de sangue para outro, nunca faltam vítimas, e todas as causas são justas.

Senti Cassandra perto de mim na escuridão.

Não é de admirar que elas dancem.

33

Na manhã seguinte, eu me lavei, vesti, tentei em vão domar meu cabelo e parti para o Pátio do Leão. Já estava lotado e, a princípio, não entendi o motivo, até perceber que os guardas estavam se preparando para abrir os portões. Um momento tenso: as pessoas estavam ali de pé, sozinhas ou em pequenos grupos, sem falar, sem sequer olharem umas para as outras, até que um guarda na parede gritou e brandiu a lança. Devagar, os grandes portões começaram a se abrir e carroças carregando alimentos frescos começaram a passar.

Eu não esperava que os portões ficassem abertos por muito tempo. Eles fariam o mínimo necessário para reabastecer os estoques e depois o palácio seria trancado de novo. Três carroças estavam sendo conduzidas até o pátio da cozinha e eu segui naquela direção, depressa, de cabeça baixa, na esperança de convencer um dos motoristas a me dar uma carona quando ele saísse. Eu tinha acabado de virar a esquina quando ouvi uma voz de homem gritar:

— Ei! — Continuei andando — quem quer que ele quisesse, eu sabia que não seria eu. Mas então o grito se repetiu, e desta vez olhei em volta. Não sei o que esperava, um dos guardas, provavelmente, vindo me levar para a prisão — ou coisa pior. Mas não, era meu condutor. Caminhei em direção a ele, forçando-me a andar devagar porque muita pressa poderia atrair a atenção. Eu ainda estava apavorada, porém sem saber exatamente do que estava com medo, ou o quão assustada deveria estar.

— Olá — cumprimentei, segurando a lateral da carroça. — Eu não esperava ver *você* de novo.

— Por que não? Eu disse que voltaria. Eles abriram os portões por uma hora ontem. Procurei por você.

Devia ter sido quando eu estava no túmulo.

— Vamos, suba. Só preciso descarregar essas coisas.

Essas coisas pareciam ser principalmente peixes.

— Preciso pegar alguma coisa primeiro.

— Vá em frente, mas seja rápida.

Corri de volta para o galpão. A essa altura, eu já estava tão acostumada com o jardim deserto que foi um choque ver um velho sentado no banco sob a macieira onde eu havia me sentado com Macaão.

— Só vim pegar uma coisa — falei, casualmente, como se ele pudesse estar interessado.

Ele não respondeu, apenas ficou sentado mastigando, plácido, folhas de hortelã, provavelmente mais para limpar o paladar do que qualquer outra coisa, porque quando passei ele cuspiu um chumaço verde e bem mastigado.

Dentro do galpão, peguei a sacola no depósito, vasculhei um saco de cebolas murchas para recuperar a caixa de joias e, depois, foi a última coisa que fiz antes de sair, peguei um pilão e um almofariz da bancada de Macaão. Não como uma lembrança — eu não corria o risco de esquecer o que havia acontecido aqui —, mais como uma espécie de compromisso comigo mesma para o futuro. O pilão aninhado na palma da minha mão me deu um prazer instantâneo e visceral: *se algum homem ama as ferramentas de qualquer comércio, os deuses o convocaram.* Acho que isso vale para as mulheres também.

Agora era meio-dia e o calor era abrasador, embora com trovões para avisar que o tempo estava prestes a mudar. A tempestade que se aproximava era visível no verde virulento das folhas. Os pássaros também estavam ocupados: voos curtos, urgentes e barulhentos de árvore em árvore, fazendo coisas antes que se tornasse impossível voar. Levei a sacola de roupas até o pátio da cozinha, esperei o condutor terminar de descarregar o peixe, atirei-a na traseira da carroça e subi atrás dela. O suor escorria pelas laterais do meu corpo, embora provavelmente fosse tanto de nervosismo quanto de calor.

Eu mal tinha me acomodado quando o condutor se virou.

— É verdade?

A JORNADA PARA CASA

— O rei? Sim.
— Ele está morto?
Eu balancei a cabeça.
— Tem certeza disso, não é?
— Eu vi o corpo dele.
Ele fez um ruído curioso, como se todo o fôlego tivesse sido arrancado dele.
— É um momento, isso é.
Era estranho. Quando Agamêmnon morreu, eu estava tão perto dele que podia sentir aquele cheiro estranho, íntimo e não totalmente agradável de dobras de pele quente e úmida. Talvez seja por isso que o seu assassinato parecia uma tragédia familiar: terrível, sim, para algumas das pessoas que o conheciam, mas intrinsecamente pequeno, doméstico, confinado a um grupo fechado de pessoas em um espaço apertado. Agora, naquele som sem fôlego, ouvi pela primeira vez as ondas de choque que se espalhariam por todo o mundo grego e muito além.

Depois disso, durante um minuto inteiro, o condutor olhou para o nada, depois pegou nas rédeas e dirigiu-se para o Pátio do Leão, onde nos juntamos a uma pequena fila de carroças à espera de partir.

Meus pensamentos se voltaram para o que eu faria quando chegasse à cidade — *se* chegasse à cidade. Meus únicos pontos de referência eram Andreas e o *Medusa*.

— Você pode me deixar perto do muro do porto.
— Não farei isso, vou levar você até o navio. Se Andreas descobrisse que apenas larguei você, ele nunca mais teria sossego. Bom cara, mas não quer contrariá-lo.

No tempo que ele levou para me dizer isso, outra carroça foi liberada. Eu a observei passar pelo portão. Pelo menos agora eu tinha certeza de que teria uma cama para passar a noite — e sim, me perguntei brevemente se Andreas estaria nela. O alívio durou pouco; quanto mais nos aproximávamos do portão, menos esperança eu sentia, até ficar ali sentada, com a boca seca, sabendo — não suspeitando, veja bem, sabendo — que a mesma coisa estava prestes a acontecer. Chegaríamos bem ao início da fila e, então, os portões se fechariam. O guarda veio em nossa direção, parou, disse alguma coisa por cima do ombro para os outros guardas e avançou de novo. Lançando apenas um olhar vago sobre os sacos vazios, ele recuou...

Houve algum tipo de consulta entre os guardas. Olhei na direção do palácio, esperando ver Egisto descendo correndo as escadas, mas não havia sinal dele. Inclinei-me para a frente, tentando entender o que estava acontecendo nas sombras sob o Portão do Leão. Aos poucos, ficou claro que estávamos sendo retidos para que alguém importante pudesse entrar. Um arrastar e barulho de cascos de cavalos na pedra, um brilho de olhos brancos na escuridão e então um jovem apareceu. Reconheci-o imediatamente, embora ontem à noite, ao luar, eu tivesse tido apenas uma impressão vaga de seu rosto. Foi do corpo dele que me lembrei. Hoje ele parecia não menos poderoso, mas com certeza mais jovem. Ainda um toque de adolescência: uma falta de jeito que ele superaria em questão de meses. Se ele sobrevivesse.

Orestes.

O nome passou de boca em boca tão suavemente quanto um suspiro. Nenhuma saudação, nenhum grito de aclamação, nada parecido com a recepção de seu pai alguns dias antes. A morte do rei ofuscava tudo, até o retorno de seu filho. A princípio, todos esperamos que a escolta de guardas armados o seguisse até o portão, mas apenas um jovem incitou seu cavalo a trotar até que voltassem a cavalgar lado a lado. Um igual, então: um amigo, não um servo. Mas onde estavam os guardas? Ambos os homens estavam armados, mas assim andam todos os que se aventuram em uma longa viagem por estradas sem lei. Orestes entrar no Pátio do Leão com apenas um companheiro era algo extraordinário. Ele parecia estar dizendo: *Esta é a minha casa, este é o lugar mais seguro do mundo. Por que eu precisaria de uma guarda?*

Ao pé da escadaria do palácio, eles desmontaram. Dois guardas vieram correndo para levar os cavalos embora. No último momento, antes de iniciar a longa subida da escadaria, Orestes passou o braço sobre os ombros do amigo e puxou-o para perto. Clitemnestra havia saído de entre os pilares e estava esperando no topo da escada. Todos os olhos estavam voltados para Orestes quando ele começou a subir, com firmeza, sem pressa, sem hesitação. Lembrei-me de como Agamêmnon tropeçou, porque os tecidos vermelhos o impediram de ver onde estava colocando os pés.

Teria sido natural que Clitemnestra descesse correndo as escadas para encontrar o filho, ou pelo menos acenasse e chamasse seu nome; mas ela não fez nada disso, apenas esperou que ele a alcançasse. No último segundo, antes de se abraçarem, a sombra dele caiu sobre o rosto dela. Ouvimos o murmúrio de suas vozes, embora estivéssemos longe demais para distinguir palavras específicas. Depois de um tempo, Clitemnestra virou-se para dar as boas-vindas ao outro jovem, que estava afastado, a uma distância prudente, para dar a Orestes tempo com sua mãe, e então os três — quatro, se incluir Egisto — que pensei ter avistado esperando nas sombras, desapareceram na escuridão do palácio.

Imediatamente, as pessoas ganharam vida, sorrindo, conversando, especulando. Outro grande momento — um bom momento — o jovem rei voltando para casa. Alguma coisa batia asas no telhado, pássaros, provavelmente corvos, comedores de carniça atraídos pelo cheiro de sangue do quintal da cozinha. A carroça avançou e me sobressaltei tanto que quase perdi o equilíbrio e tive que me agarrar às laterais. A sombra do Portão do Leão passou sobre nós e emergimos em um dia de nuvens velozes, rajadas de vento salpicado de chuva que tiravam o fôlego da boca e, ao longe, além do túmulo de Ifigênia, vislumbres do mar.

{ 34 }

No caminho de volta para a cidade portuária, o condutor não parecia disposto a conversar e fiquei grata por isso. Eu sabia que teria de inventar uma história para explicar como tinha visto Agamêmnon morto, mas sem testemunhar seu assassinato. Não demorei muito para apresentar uma versão plausível dos acontecimentos. Após a morte de Agamêmnon, os escravos foram reunidos e obrigados a passar por seu corpo, como sinal de lealdade e respeito, antes de serem estritamente confinados em seus alojamentos. A história era simples, totalmente confiável — e eu só precisaria dela nos próximos dias. Depois disso, todos saberiam o que tinha acontecido — ou pelo menos a versão oficial —, e ninguém se daria ao trabalho de me questionar. Entretanto, a curto prazo, esta era a versão dos acontecimentos que eu teria de dar de forma consistente a todos os que pedissem. Até Andreas.

Quando chegamos ao porto, a maré estava baixa e não havia nenhum véu de água decente para esconder as laterais verrugosas do *Medusa*. Perto dali, sob a tempestuosa luz amarela, o casco estava empenado, amassado e incrustado de cracas, com algas verde-escuras penduradas no rosto da Medusa. Estava em condições de navegar? Não parecia. No entanto, carregou-nos por uma tempestade e, com alguma sorte, nos carregaria pela próxima.

— Andreas? — gritou o carroceiro.

Uma figura sombria atravessou o convés e lá estava ele, inclinado sobre a lateral, ruivo, apimentado, agressivo, difícil — de alguma forma, inconfundivelmente difícil, mesmo agora, quando sorria de orelha a orelha.

— Suba. — Ele estendeu a mão como se quisesse me ajudar a embarcar. Uma coisa que aprendi ao longo dos anos: você está sempre sozinho em uma escada de corda. Esta estava molhada e viscosa devido à longa imersão na água. Agarrei com toda a força que pude, mas meus dedos continuavam escorregando. No topo, as mãos calejadas de Andreas me arrastaram para o convés. O carroceiro veio em seguida; era óbvio, pela maneira como cumprimentou Andreas, que eles eram velhos amigos. Perguntei-me quão diferente minha história poderia ter sido se isso não fosse verdade.

Naqueles primeiros minutos de volta ao *Medusa*, senti-me entorpecida. Nenhuma alegria, nenhum alívio, nem mesmo tristeza pela perda de Cassandra, embora eu estivesse intensamente consciente de que na última vez em que estive neste convés ela estava ao meu lado. Contudo, nada traz à tona memórias como um cheiro familiar — e, conforme descíamos, o cheiro naquela passagem não tinha igual na terra. Lembrei-me de como, naquela primeira noite, Cassandra tapou a boca com a mão e imediatamente comecei a lutar contra as lágrimas. Tentei não deixar transparecer, mas Andreas adivinhou que eu estava sofrendo. Ele me conduziu pelo corredor até a sala de jantar, onde a mesa já estava posta, luminárias e velas acesas. Ele serviu vinho na maior taça que eu já vi e sentou-se ao meu lado enquanto eu bebia.

— Ela também está morta?

— Sim. Aparentemente, ela estava com o rei quando ele morreu.

Aparentemente. Fiquei muito orgulhosa de mim mesma por ter tido a presença de espírito de dizer isso e, ao mesmo tempo, envergonhada por não ter contado a verdade a ele. Andreas tocou meu ombro — apenas para retirar a mão imediatamente, como se temesse que fosse um gesto íntimo demais.

— Ela era uma mulher notável — declarou ele.

E senti que ele a tinha compreendido, que nas noites que passamos juntos nesta mesa ele tinha sido mais perceptivo com relação a ela, talvez mais perceptivo com relação à minha relação com ela do que eu me permitira ser.

— Eu a amava.

— Claro que amava.

Grande parte do meu relacionamento com ela foi obscurecido pelo meu ressentimento por ser sua escrava. E sua arrogância. Eu não estava tão imersa no amor e na dor a ponto de estar preparada para absolvê-la de toda a culpa.

Ouviam-se vozes vindas da cozinha.

— Ainda tem tripulação a bordo?

— Não, é a minha irmã. Ela trouxe um pouco de comida.

Um minuto depois, uma pequena mulher morena entrou apressada na sala, enxugando as mãos no avental antes de estendê-las para mim.

— Kari — apresentou-se. — Suponho que Andreas não lhe tenha contado quem ele é, não é? — Ela acenou com a cabeça para o carroceiro, que sorriu e se remexeu. — Esse é Alcar, marido da nossa irmã.

Naturalmente, ofereci-me para ajudar na cozinha, mas ela não aceitou.

— Não, sente-se. Deve ter sido horrível lá em cima.

Não muito tempo depois, estávamos todos sentados em volta da mesa. A minha falta de conhecimento em primeira mão sobre quem foi o responsável pela morte do rei os frustrou, mas pelo menos lhes deixou bastante espaço para especular, o que fizeram. Egisto, foi o que todos pensaram. Nenhum dos homens conseguia imaginar uma mulher superando um guerreiro experiente e testado em batalhas como Agamêmnon, portanto Clitemnestra foi automaticamente descartada.

— Mas aposto que ela estava envolvida — declarou Andreas. — Todo mundo falava que ela e Egisto andavam se divertindo.

Tentei de modo intermitente participar da conversa, mas minha cabeça doía e durante grande parte do tempo eu parecia estar em dois lugares ao mesmo tempo. No palácio, eles estariam se preparando para o jantar, Clitemnestra em seus aposentos, acompanhada por suas criadas. Perguntei-me se Orestes teria ido ver a casa de banhos. Talvez não. A mesa de massagem e as redes de pesca seriam objetos de horror para ele, porque era perfeitamente capaz de imaginar como o assassinato deveria ter sido cometido. E Egisto? Ele se sentaria para comer com a família? Eu duvidava. Clitemnestra ia querer que ele ficasse fora de vista. Portanto, ele estaria… bem, o que ele estaria fazendo? Andando pelos corredores, sozinho, uma encarnação viva do mal que assombrava o lugar. Mas talvez isso não fosse justo? Fechando os olhos, vi os filhos de Clitemnestra ajoelhados diante do túmulo do pai, rezando por vingança. Se eles eram vítimas, Egisto também o era, ele que era um bebê no útero quando seus irmãos foram mortos.

Quando os pratos foram retirados, eu estava quase cochilando. Irmão e irmã se abraçaram. Kari nos convidou para comer em sua casa na noite seguinte, e Andreas subiu ao convés para vê-la descer a escada de corda e entrar na carroça. Alcar iria levá-la para casa.

Deixada sozinha, olhei ao redor da mesa enquanto lentamente a sala se enchia de sombras. Foi um alívio quando Andreas voltou.

— Eu preparei esse para você — indicou ele, apontando para o que havia sido o quarto de Agamêmnon. Imaginei que era ali que o próprio Andreas normalmente dormia. A partir daquele momento, fiquei intensamente consciente da porta da cabine atrás de nós, embora não tenha certeza se ele estava igualmente consciente dela. Com certeza, não fez nenhum movimento nesse sentido. Suspeitei que ele tivesse entrado no *modo sou um cavalheiro*. A irmã pedira cautela? Não, eu achava que não — era apenas Andreas. Teria sido intolerável para ele que uma mulher que tivesse se refugiado sob o seu teto — ou melhor, mastro — não pudesse desfrutar de uma boa noite de sono em uma cama confortável sem medo de ser molestada. Ah, eu respeitava sua integridade, mas, ao mesmo tempo, a última coisa que queria era passar a noite sozinha na cama em que Cassandra havia dormido recentemente.

No entanto, eu não conseguia dar o primeiro passo e ele não o daria. Então, depois de uma série de silêncios cada vez mais longos, aleguei cansaço e nos despedimos com civilidade. Fechando a porta sem fazer barulho atrás de mim, sentei-me na cama e tirei o colar de opalas da caixa de joias. Sempre tinha gostado de olhar para ele, embora nunca tenha ficado tentada a colocá-lo. Eu sabia que não era meu para usar. Em vez disso, aninhei uma das pedras na palma da minha mão, esperando que o calor do meu sangue agitasse as chamas. Talvez um dia eu voltasse a ver Briseida e pudesse devolver-lhe o colar da mãe. Com a ajuda de Andreas isso seria possível.

Abrigado pelas muralhas do porto, o navio estava em paz, o piso subia e descia tão suavemente quanto uma respiração. Devolvi o colar ao estojo e coloquei-o debaixo da cama. Nada a fazer agora senão deslizar entre os lençóis, esticar as pernas nos espaços frios onde os corpos de Agamêmnon e Cassandra tinham se deitado e tentar dormir. Mas uma coisa estava me incomodando, um pensamento que eu havia tido sobre Cassandra que já não parecia justo ou verdadeiro. Naquela conversa que tive com ela no depósito quando estava prestes a dormir, eu falei: "Você conseguiu o que queria". Eu estava com raiva dela, pois pensei que ela não queria viver — e até hoje ainda fico com raiva de vez em quando. Contudo, agora não acho que ela tenha conseguido o que queria. Acho que nenhuma de nós conseguiu. As mulheres de Troia, as mães que viram os seus filhos serem atirados das ameias, o que elas queriam? Justiça para os seus meninos — e vingança também. Vingança pelo próprio sofrimento, pelas esperanças perdidas. E suponho que se poderia dizer: "Bem, elas tiveram sua vingança". Agamêmnon, o homem que deu a ordem para matar seus filhos, estava morto.

Será que realmente importa que nenhuma delas tenha desferido o golpe que acabou com ele, que ele tenha sido morto por uma rainha grega para se vingar de um crime totalmente diferente?

Sim. Eu acho que importa.

Justiça. Vingança. Chame como quiser, no final das contas, acabou sendo uma prerrogativa dos ricos e poderosos. O melhor que essas mães escravas podiam esperar era a sobrevivência; e nem todas conseguiram isso.

Não afirmo que naquela noite no *Medusa* eu tenha pensado nisso com clareza, ou sequer nos termos que estou usando agora. O que senti foi uma profunda inquietação, uma perturbação. Eu sabia que não conseguiria dormir e sabia que não queria ficar sozinha. Por isso, depois de me revirar de um lado para o outro por meia hora, voltei para a sala de jantar onde Andreas estava sentado à mesa quando o deixei, tomando o restante do vinho. Descalça, movendo-me silenciosamente, passei os braços em volta dele por trás e enterrei meu rosto naquela cabeleira encaracolada.

— Não quero ficar sozinha esta noite.

Virando-se, ele estendeu a mão e tocou meu rosto.

— Você não precisa ficar.

E então, de mãos dadas como duas crianças travessas, nos deitamos na cama de Agamêmnon. Fazer amor foi fácil, sem nada do constrangimento da nossa primeira noite, como se de alguma forma, em meio a todo o caos e perigo dos últimos dias, nossos corpos tivessem se lembrado e continuado aprendendo.

Depois, à beira do sono, vi Cassandra de novo, coroada de louros, caminhando por campos de asfódelos brancos, sozinha. No momento em que senti que não conseguiria suportar, ela se virou, olhou para mim e acenou. Orações haviam sido ditas, libações, derramadas: ela podia atravessar o rio agora. Eu não voltaria a vê-la dessa maneira.

Enquanto isso, lá estava Andreas, cada respiração terminando com um assobio, cada respiração a seguir começando com um grunhido. Não me importava, até gostava. Pressionando meu rosto entre suas omoplatas, abracei-o e dormi.

{ 35 }

O luar derramando-se como ácido nas pedras brancas do Pátio do Leão. As crianças cantando.

Parada no topo da escadaria, com o átrio iluminado atrás dela, Clitemnestra estremece.

— Quero ver o túmulo de meu pai — havia dito Orestes, quase a primeira coisa que ele falou depois de entrar no palácio; portanto, ela o levou escada abaixo até a escuridão iluminada por velas do mausoléu. O ar estava pesado com incenso e aromas de flores do fim do verão. Orestes ajoelhou-se aos pés do túmulo e jurou vingar a morte do pai, todas as orações dirigidas aos deuses, mas destinadas a ela. Ele está aqui para matá-la; ela sabe disso, é a única razão pela qual ele arriscaria a vida voltando para casa. Ele não acredita na história de seu pai ter sido assassinado por rebeldes, já capturados e executados, e por que deveria? Ninguém mais acredita. E ele tem, ou terá em breve, o relato da própria Electra sobre como o pai morreu.

Será que ele acredita que o pai dele está enterrado debaixo daquela pedra? Ela o observou puxar uma faca, cortar uma mecha de cabelo e colocá-la sobre a laje. Em seguida, ele se levantou, alto e ereto, alguns centímetros mais alto do que o pai, pronto para deixar a tumba e enfrentar o que quer que ainda restasse para enfrentar.

Ela foi na frente. No degrau mais alto, onde o piso está desmoronando, ela tropeçou e teria caído caso Orestes não tivesse estendido a mão para apoiá-la. O gesto de preocupação de um filho adulto por uma mãe envelhecendo, oferecido instintivamente e recebido com educação. Sem significado algum.

Ele está esperando por ela agora, no átrio iluminado atrás dela. Pelo menos Egisto não apareceu. Orestes não suporta o homem, mas será difícil livrar-se dele: ele é útil e sabe demais. E de qualquer forma, eles são parentes, embora por um momento ela não consiga lembrar como. Primos, ou algo assim. Ela está muito cansada: quando fecha os olhos, suas pálpebras raspam nos globos oculares que não têm mais a reconfortante lavagem das lágrimas. Será que ela vai voltar a chorar? E realmente importa? O que resta pelo que valha a pena chorar? Embora ela sinta uma pontada momentânea de tristeza por Orestes como ele costumava ser: beligerante, desafiador, apaixonadamente leal ao pai que ele não conhecia, culpando-a porque ele não tinha permissão para ir para Troia.

Agora, em seu lugar, há um jovem equilibrado e de maneiras impecáveis, que se curva sobre a mão dela antes de levá-la aos lábios, cujos olhos são do cinza de um mar de inverno. Virando-se, ela olha por cima do ombro para o átrio iluminado, e lá está ele, andando de um lado para o outro, esperando que ela apareça. Ela devia entrar e tentar mais uma vez se relacionar com ele? Não, ela decide, ainda não.

A lua sobe mais alto; as vozes das crianças estão mais estridentes agora — aquela nota aguda, feroz e pura que se ouve nos meninos muito pequenos. Ela vê figuras sombrias emergindo de uma névoa que ela não sabia que estava ali até agora, uma multidão delas. Não são apenas as crianças que Atreu matou, então quem são? Meninos que morreram em Troia, seguindo suas mães enquanto andavam atrás da carruagem vitoriosa de Agamêmnon, desde o muro do porto até o portão do palácio? O que mais poderiam fazer, essas crianças desoladas, senão ficar perto da única segurança que alguma vez conheceram?

Rastejando e esperando, rastejando novamente, eles sobem os degraus em direção a ela, olhos vermelhos, poeira branca na pele e nos cabelos emaranhados, sangue escuro coagulado em torno de suas feridas não tratadas. Ali vêm eles, saindo de sua cidade em ruínas, entoando uma de suas rimas bobas, cheia de nomes que ela não reconhece: *Aí vem uma vela iluminar você na cama...* Vislumbres de amígdalas inchadas e dentes parcialmente nascidos, enquanto eles gritam na cara dela: *E aí vem um açougueiro cortar sua cabeça!*

E, então, no mesmo instante, como se tivessem assustado a si próprios, começam a se afastar, recuando escada abaixo, olhando por cima dos ombros conforme avançam, reconhecendo sua falta de poder. Chegam ao patamar e ali, um por um, entram em buracos no luar e desaparecem.

Quebradas como estão, estas crianças não são as Fúrias, que jamais desistem, jamais recuam, não reconhecem limites ao próprio poder. Infelizmente para ela e para Orestes, são as Fúrias que, com garras e faces terríveis, os acompanham agora. Preparando-se, Clitemnestra vai até o átrio onde seu filho, que de repente parece dolorosamente jovem, com o queixo coberto por uma penugem suave, para de andar e faz uma reverência. Ela lhe oferece a mão para que ele a beije; ele a leva aos lábios e depois se inclina para beijar sua bochecha. Ela permite que ele a conduza até o salão de refeições, onde ela sabe que Electra estará esperando.

Conforme ela passa, os escravos se viram para encarar a parede, mas não há nada de novo nisso. Escravos são treinados para desviar o olhar. A novidade é o comportamento de seus conselheiros. Antes, eles estariam competindo entre si para chamar a atenção dela; agora, nenhum deles encontra seu olhar de bom grado. Há um grupo deles logo adiante. Consciente, agora mais do que nunca, da imagem que deve apresentar, ela endireita os ombros, torna-se mais uma vez a rainha; viúva, sim, porém ainda poderosa, uma mulher afortunada, desejosa por passar uma noite na companhia dos filhos. E ela está desejosa por isso. Que as Fúrias arranhem e batam seus pés com garras contra o telhado; o momento delas chegará e em breve. Mas não esta noite. Esta noite é dela.

NOTA DA AUTORA

Eu gostaria agradecer a Clare Alexander pelos muitos anos de incentivo e bons conselhos, primeiro como minha editora na Viking Penguin e mais recentemente como minha agente na Aitken Alexander Associates. Simon Prosser sempre foi um revisor e editor muito entusiasmado e solidário. Nenhum autor poderia ter uma equipe melhor e sei o quanto sou sortuda.

Gostaria também de agradecer à minha filha, Anna Barker, por ser uma primeira leitora perspicaz.

SIGA NAS REDES SOCIAIS:
@EDITORAEXCELSIOR
@EDITORAEXCELSIOR
@EDEXCELSIOR
@EDITORAEXCELSIOR

EDITORAEXCELSIOR.COM.BR